本书出版受到西北师范大学国际文化交流学院学科建设经费资助

盛唐诗歌中风词群的文化义研究

李　莉　著

民族出版社

目　录

第一章　绪论

第一节　选题缘起

语言是文化的载体，任何语言都蕴含着该语言使用民族的深厚的文化底蕴。而作为语言中最活跃、最敏感的要素，词汇承载着最大的信息量，反映了一个民族的文化观念和心态。美国人类学家卡·恩伯、梅·恩伯夫妇指出："一个社会的语言能反映与其相对应的文化，其方式之一表现在词语内容或者词汇上。"① 作为汉民族共同语，汉语同样反映了中华民族几千年来认识自然和社会的哲学思想、道德观念、价值观念、审美情趣、民族心态及风俗习惯等，并且首先体现在词汇方面。汉语中有相当一部分词汇，除了其指称意义、概念意义之外，还具有丰富的文化义。

"风"是汉语中的一个基本词汇，在甲骨文中就有关于"风"的记录，可见该词语在先民的认知范畴中有着非同寻常的意义。"风"在郑张尚芳（1995）《华澳语言比较 300 核心词表》中居第五位；在江荻（2000）所列出的汉藏语言核心词表中为二级核心词。《汉语大词典》中，风的义项有 29 项之多，大致浏览一下，我们会发现，"风"从最初的意义——空气流动的现象，到风教、教化，习俗、风气，再到风操、风度、风格流派，甚至中医所称的人体的病因等等，似乎已在历史的发展中进入了汉民族

① C. 恩伯、M. 恩伯：《文化的变异——现代文化人类学通论》，杜杉杉译，132 页，沈阳，辽宁人民出版社，1988。

生活的方方面面。并且随着意义的发展，以“风”为基本构词成分，衍生出了一系列“风词语”，形成了一个动态发展、不断扩大的风词群。因此，我们可以认定，“风”这样一个看似普通的词语，实则为汉语词汇中非常重要的核心词之一，而要研究风词群（“风”及“风词语”）的文化义，较理想的办法是从中国古代文学典籍入手，从中国古代最重要的文学样式——诗歌入手，考察古典诗歌中风词群的使用情况。为此，我们对电子版《诗经》《楚辞》《先秦汉魏晋南北朝诗》《全唐诗》《全宋词》做了字频统计，发现在先秦两汉魏晋南北朝的诗歌作品中，“风”的出现频率逐步增加，风意象是诗歌中重要的意象，并随时代的变迁而体现出不同的文化内涵。到了唐诗宋词阶段，“风”的使用频率大大增加，所派生的风词语的数量也成倍增长。在《全唐诗》中，“风”的使用频次达 15965 次，在字频统计中位列第七，在自然物象类词语中的使用频率仅次于“山”。在《全宋词》中，“风”的使用频次达 13223 次，在字频统计中位列第三。[①] 同时，我们也发现，古代文人诗性的语言，使“风”这个表自然物象的词语不但因人类的感觉、经验保留了原有的意义，也在诗人大胆的联想、创造中被赋予了人类情感的意义、社会文化的底蕴。

盛唐诗歌，在经历了现实主义与浪漫主义的诗骚传统，走过了洒脱不羁的魏晋风度，跨越了南北朝清新活泼与刚健激越的诗风之后，以其雄浑、磅礴的气势，深远、超逸的意境以及深厚的意蕴、昂扬的精神风貌成为诗歌创作的高峰。这一时期涌现出一

① 本研究所用字频统计工具为中国语言文字网上提供的 MyZiCiFreq 字词频率统计软件。电子版《诗经》《楚辞》《先秦汉魏晋南北朝诗》《全唐诗》《全宋词》来源于北京中兴华劲科技有限公司制作的“经典多媒体图书馆”中古典文学部分。

大批天赋极高的诗人，除李白、杜甫之外，还有王维、孟浩然、王翰、王昌龄、李颀、高适、岑参、王之涣等。他们的诗歌题材多样，不仅有传统的山水、田园、宫怨、离情诗，也有边塞诗和政治诗。盛唐诗歌无论是在艺术形式上还是在诗歌题材上都较成熟和完备，能够反映社会生活的各个方面，体现出多样的创作风格。当然，这一时期诗人们对语言的驾驭能力也更强，诗歌语言更加精妙、含蓄，词汇也明显丰富起来。这都决定了盛唐诗歌中风词群的成熟和壮大，其中“风”及“风词语”的文化义也更为丰富。可以说，盛唐诗歌中的风词群，如盛唐诗歌一样，也处在一个承上启下的阶段，对这一时期风词群文化义的研究，将有助于理清“风”及“风词语”意义演变的脉络，明晰它们文化义的产生机制。

本书所研究的盛唐诗歌风词群，包括盛唐诗歌中出现的“风”及“风词语”，是一个在结构及意义上都有联系的词语群体。

第二节　选题意义

一、有助于理清汉语中“风”及“风词语”意义演变的脉络和文化义的产生机制

词义的引申和发展具有延续性的特征，尤其是文化义的产生，必然带有不同历史时期汉民族文化的印记。通过对盛唐诗歌中风词群的整理和归纳，我们发现其中的风词语可归入三个意义范畴，即自然意义范畴、与“人”有关的意义范畴和社会文化意义范畴。自然意义范畴的“风”因其本身的温度、性状、方向、

声音、动态等的不同被诗人们赋予了不同的文化义；在人的层面，风词语与人的情感、品德、风格、风度、文采、疾病都产生了联系；在社会文化层面，风词语又与风教、风土人情、音乐、文学、建筑、器物、社会风貌等相关联。上述文化义中，有一部分在唐前就已经出现，因此，本书所做的研究，不能局限于盛唐诗歌，还要在社会文化的背景之下，关注前代“风”及“风词语”的使用情况，做到共时与历时分析相结合。这样，通过盛唐诗歌中风词群文化义及产生机制的研究，我们对汉语中“风”及“风词语”意义演变的脉络和文化义的产生机制也能形成较为清晰的认识。

二、有助于了解风词群所表现出的民族文化的内容，更好地理解盛唐诗歌

认知语言学认为，语言的意义是人类基于自身的感知和体验，对客观世界范畴化、概念化的结果，而语义的扩展、变化与维特根斯坦所说的“家族相似性”密切相关。“一个词多种意义之间的相互关系不是任意的，而是通过特定的语义延伸机制（如：家族相似性、隐喻等）形成的。”[①] 盛唐诗歌中风词群的文化义，也具有家族相似性的特征，多通过隐喻、转喻认知机制或社会文化的赋予获得。对这些文化义的产生机制的分析，能够帮助我们了解古人的认知方式和思维特点，了解汉语词汇意义发展的动力和方式；对不同风词语文化义显著度的分析，能够使我们看到盛唐时期不同风格、不同际遇、不同信仰的诗人对于风词语使

① 王寅：《认知语言学》，117 页，上海，上海外语教育出版社，2007。

用的偏好，并结合前代不同社会背景中的诗人诗歌中风词语的使用情况，了解社会文化的变迁所带来的古代文人文化心理的变化以及观物审美的变化。因此，通过这一研究，我们能够了解盛唐诗歌风词群中蕴含的丰富的民族文化的内容，也能够通过语言学研究的途径更好地理解诗歌语言。

三、能够为汉语中其他基本词汇文化义的研究提供新的思路

在语料收集过程中，我们发现其他自然物象类词语，如山、水、云、雨、雪等，在中国古典诗歌中的使用频率也很高，而且这些词语也具有丰富的文化意义。盛唐诗歌中风词群文化义的研究是我们所做的探索性工作，这一工作能够为进一步展开汉语中山、水、云、雨、雪等自然物象类词语及其他使用频率较高的基本词汇文化义的研究提供新的思路。如果能够在此基础上展开上述词语文化义的研究，了解它们在中国古典诗歌中（先秦至明清）文化义的演变过程，分析演变原因，探讨这些词语文化义的演变与中国古代社会文化的关系，将对于我们整体把握汉语中一些基本词汇的语义系统，理解汉语词汇的深层含义，更好地领会汉民族的文化特性起到积极的作用。

四、对于汉语教学、词典编纂及中国古典诗词翻译具有积极作用

汉语词汇，尤其是具有文化义的词语，记录、传承着汉民族悠久的文化。对于汉语的学习以及中华文化的了解，词汇文化义

的研究都有着非凡的意义。在国际中文教育领域，研究者和汉语教师都已逐渐认识到词汇学习，尤其是词汇文化义的学习，有利于提高汉语学习者的语用能力及跨文化交际能力。而这首先要求汉语教师具有较好的对于汉语词汇意义的理解和把握能力。本研究所涉及的风词语的文化义，部分内容可进入汉语作为第二语言的教学课堂，但其更大的意义在于通过研究风词语及后续研究中其他词语文化义演变、发展的线索，理清汉语中一些基本词汇文化义产生的理据及与汉民族社会文化的关系。这对于提高汉语教师对汉语词汇和文化的整体认知、运用能力，更好地展开教学实践工作都具有积极的意义。同时，针对以汉语作为第二语言的学习者所编纂的学习型词典，若能补充一些重要的词语文化义的解释，则会更有利于学习者掌握汉语词汇的语用规则。

古典诗词是中国古代文学中的一块瑰宝，但是在古典诗词的译介过程中，若不能翻译出诗歌语言的文化内涵，则会在翻译的精准性上大打折扣，使得译出的诗歌在意境及语言上都失去原有的魅力。

因此，对盛唐诗歌中风词群文化义的研究，将为理清汉语词汇，尤其是诗歌语言的文化渊源做出探索性工作，为今后继续研究汉语词汇的文化义，为国际中文课堂教学、学习型词典的编纂及中国古典诗歌的外译贡献一份力量。

第三节 语料来源

盛唐指唐玄宗在位的开元、天宝年间。这一时期政治开明、经济繁荣、国力强盛，涌现出以李白、杜甫、王维为代表的一大批诗人，唐代诗歌迎来了一个气势恢宏的黄金时代。这一时期的诗歌，气势磅礴、韵味深厚，“达到了声律风骨兼备的完美境界”①。由于判断每一首诗的写作年代难度较大，所以我们选取袁行霈等主编的《中国文学史》中所提到的活跃于盛唐时期的18位诗人的诗歌作为盛唐诗歌的语料。这18位诗人是：李白、杜甫、王维、孟浩然、裴迪、储光羲、刘眘虚、张子容、常建、王翰、王昌龄、李颀、崔颢、祖咏、高适、岑参、王之涣、陶翰。

陈贻焮主编的《增订注释全唐诗》以上海古籍出版社影印扬州诗局本《全唐诗》为底本，对清编《全唐诗》所收诗歌的文字讹误进行了订正，对一些误收诗及重出诗作了甄辨，并增补了许多逸诗。更为重要的是对唐诗中一些疑难字词作了注释，具有较为准确、全面、易读的特点。故我们以《增订注释全唐诗》为底本，以北京中兴华劲科技有限公司制作的“经典多媒体图书馆”中电子版《全唐诗》的相关内容为辅，展开研究及检索工作。

本研究所用语料包括以上提到的18位盛唐诗人的诗作4507首，共36万多字，其中“风”的使用频率为1656次（见附录1）。

① 袁行霈、罗宗强：《中国文学史（第二卷）》，196页，北京，高等教育出版社，2005。

第四节　研究内容与方法

一、术语界定与辨析

（一）风词群、风词语

关于“词群”的界定，孙常叙（2006：23）、刘叔新（1990：386）及符淮青（1996：223）都有涉及，其中孙常叙和刘叔新未直接提出词群的概念，而是分别提出了“同族词”“同素族”，且意指含有相同构词成分的词语群体；符淮青则将词汇场、语义场改称词群，认为词群是在语言和思维的发展中形成的，意义上有关联的一类词语。冯英（2009：3）的词群研究，指的是具有相同范畴标志的、在形、音、义上有着联系的一类词。综合各家观点，本研究所说的“词群”，是以一个基本范畴词为核心，通过该词语与其他词搭配形成的一系列具有相同词素（语素）、意义上相关联的词语群体，其中包括词和短语。

盛唐诗歌风词群，就是盛唐诗歌中出现的单独使用的“风”和以“风”为基本构词成分，衍生出的一系列“风词语”，是一个在结构上相似、意义上相关的词语群体。

本研究所说的“风词语”，指盛唐诗歌中“风”与其他词（语素）搭配使用产生的含“风”的词及短语，不包括单独使用的“风”。

（二）隐含意义、文化义、自然义和临时义

“隐含意义”是英文中 connotation 或 connotative meaning 的汉译术语，指一个词除了其基本意义之外所含有的附加意义，最早出现于奥格登（C. K. Ogden）和理查兹（I. A. Richards）1923 年的语言学著作《意义之意义》（*The Meaning of Meaning*）中。该书中列出了意义的 22 个定义，其中包括“隐含意义”（the connotation of a word）。利奇（1987[1974]: 17）、苏瑞（1995）、蒋绍愚（2008：35）均提到了“隐含意义”（见第二章第二节第一部分），根据他们的观点，我们认为“隐含意义”指一个词除了它的纯理性内容之外，人们对这个词所指的客观事物附加的、非标准属性的经验性感知在语言中的反映。它不是词语的一个义项，不能直接参与交际过程，只能在具体语境中显现出来，如“风”的寒凉、速度快、破坏性、流动性、有吹送之力等，都是“风”的隐含意义。语用学研究中所说的会话中暗含的意义，言外之意（implicature），有时也被译为隐含义或隐涵，与我们所讲的“隐含意义”是完全不同的概念。在盛唐诗歌风词群中，“风”的隐含意义是通过隐喻和转喻认知方式产生文化义的前提和基础。

关于词汇文化义的界定，学术界尚未形成统一的认识，根据已有的研究成果（见第二章第一节第一部分的第二小部分综述），我们认为，文化义指体现在词语的表层概念义或隐藏在其内涵意义之中的，在特殊社会文化背景下产生，反映民族文化特性的意义。文化义可出现在词语的语言意义当中，表现为储存态的词义，如“风”所具有的教化、习俗、风格流派等文化义；也可出现在词语的语用意义当中，表现为运动态的语义，如“长风”所具有的“成功的助力”的文化义和“风雨”所具有的“艰危的处境”的文化义，因其在一定的语境中多次出现，意义较为固定，

所以我们也将这一类意义看作是文化义。

本研究所指的自然义，指风词语最初所反映的与自然风相关的意义，多为该词语的字面意义。如：春风的自然义为“春天的风”，风雨的自然义为“风和雨”，东风、西风、南风、北风的自然义分别指来自东、西、南、北不同方位的风。

本研究所指的临时义，指盛唐诗歌中出现的某一风词语的临时用法，是个别诗人偶然性的用法，不属于该风词语的文化义。

（三）意象、象征、隐喻

陈植锷（1990：13）认为，诗歌中的“意象”，是“通过一定的组合关系，表达某种特定意念而让读者得之言外的语言形象”[①]；西方意象主义代表人物庞德认为，意象“是在瞬间呈现出的一个理性和感情的复合体”[②]。可见在中西方人眼中，意象都是意念/情感与形象的统一体。隐喻是一种认知方式，是以彼类事物把握此类事物的心理活动，在中国的文学传统中，隐喻是无处不在的。一般认为，意象与隐喻并不存在必然的联系，意象可以不露感情、不涉理念，纯然依靠自身来传达诗人的独特感受[③]，但很多情况下，意象的“言外之意”都要通过隐喻或象征来表现，从而使意象具有更丰富的美学内涵。韦勒克、沃伦（2005：214）认为：“‘象征’具有重复与持续的意义。一个‘意象’可以被一次转换成一个隐喻，但如果它作为呈现与再现不断重复，那就变

① 陈植锷：《诗歌意象论：微观诗史初探》，13页，北京，中国社会科学出版社，1990。

② 转引自黄晋凯、张秉真、杨恒达：《象征主义·意象派》，132页，北京，中国人民大学出版社，1989。

③ 季广茂：《隐喻理论与文学传统》，160页，北京，北京师范大学出版社，2002；朱全国：《文学隐喻研究》，233页，北京，中国社会科学出版社，2011。

成了一个象征，甚至是一个象征系统的一部分。”[①] 因此，我们认为，隐喻性意象指在特定语境中表达特殊含义，指称某一事物的意象，而若这种特殊含义或指称在该意象的使用过程中被不断重复使用，那么该意象就成为了象征意象，相应的意象义也固定成为其文化义。我们所研究的盛唐诗歌风词群中，悲风、秋风、凉风等词语所具有的表达人物内心感伤的文化义，就是这些词语在长期使用过程中被反复使用、逐渐固定下来的象征义。

关于隐喻与象征，首先，我们认为这二者之间既有区别又有联系。象征的实现很多时候是隐喻映射的结果，隐喻是象征的基础，但象征往往是标志性的、表现观念性的内容，比隐喻更为深刻，是隐喻的提升。正如朱立元（2005：17）所说：“象征具有隐喻性，或隐喻是象征的基础；象征高于隐喻，是隐喻的提升，比隐喻更深刻、完美和动人。”[②] 本书所研究的盛唐诗歌风词群的文化义，包括“风”及“风词语”的隐喻义和象征义。

二、研究内容

（一）盛唐诗歌中风词群的使用情况及语义范畴

通过语料检索，我们发现盛唐诗歌中“风”的使用频次为1656次，其中“风”单独使用341次，其余都是与其他词语搭配使用。由于我们要探讨的是“风”及风词语的文化义，所以首先要将这些风词语按照意义范畴进行分类，以便呈现盛唐诗人诗歌

① 勒内·韦勒克、奥斯汀·沃伦：《文学理论（修订版）》，刘象愚、邢培明、陈圣生、李哲明译，214页，南京，江苏教育出版社，2005。

② 朱立元：《当代西方文艺理论》，17页，上海，华东师范大学出版社，2005。

中风词语的整体情况，为下一步文化义的分析做好准备。

（二）风词群文化义的产生机制

综观盛唐诗歌中的“风”及“风词语”，我们发现其文化义的产生机制主要有隐喻、转喻和社会文化的赋予三种。就运作机制而言，隐喻产生的基础是事物之间的相似性，转喻产生的基础是事物内部和事物之间的邻近性，而社会文化的赋予，则是词语在长期的使用过程中由于特定的历史文化背景而负载的民族文化的信息。因此，对于在盛唐诗歌中出现的“风”和使用频率较高的风词语，我们需要查找文献，追溯其语义演变源流，分析其文化义的产生机制和原因。

（三）风词语的语义显著度

通过分析盛唐诗歌中使用频率较高的风词语的文化义，确定不同词语的显著度较高的文化义，之后综合考量各个风词语的显著意义，尝试总结盛唐时期诗人使用风词语的总体特征。

（四）构建“风”的语义网络

以盛唐诗歌中风词群文化义的产生机制为依据，尝试理清“风—风词语—风词语文化义”之间的关系，构建“风”的语义引申网络。

（五）“风词群”的文化义与汉民族认知、审美的关系

结合前代“风”及“风词语”的使用情况，分析它们的文化义在盛唐时期使用频率的增减情况，进而分析“风”及“风词语”的语义演变与古代文人观物审美情趣的关系，与汉民族认知

特点的关系。

三、研究方法

（一）文献考证

由于风对我国古代农业社会的生产生活有着重大的影响，故我国古人在很早的时候就开始关注风，先秦时期的祭祀、音乐、舞蹈等都与风有关，诗歌中也较早出现了“风”。因此早期文献中有一些关于“风”的记载，我们在考证盛唐诗歌中风词群的文化义时，可以充分利用文献中的资料，理清风词群文化义产生的来龙去脉。

（二）自建语料库

从《全唐诗》中挑出所要研究的18位盛唐诗人的诗歌，自建小型语料库，内容包括含“风”的诗句、风词语、诗题、作者、“风”及“风词语”的各家释义等信息。其中，释义选用古代文学研究中较被认可的研究资料的看法，如俞平伯等《唐诗鉴赏辞典》、詹锳《李白全集校注汇释集评》、仇兆鳌《杜诗详注》、浦起龙《读杜心解》、王克让《河岳英灵集注》等。对于释义不明晰的“风”及“风词语”，则综合各家看法，结合诗歌语境判断语义。

（三）理论分析

传统的汉语词汇理论和认知语言学中的原型范畴、隐喻、转喻及意义动态理论对于词汇语义的生成机制有着较强的解释力，本研究将结合这几种理论的研究方法，分析盛唐诗歌中风词群的文化义。

（四）共时和历时研究相结合

词语文化义的生成不是一朝一夕之事，因此，本研究力争做到对风词群文化义的考证不但要考虑盛唐的社会、文化背景，还要结合前代“风”及“风词语”文化义的使用情况。

第二章　文献综述与相关理论阐释

第一节　文献综述

关于盛唐诗歌中风词群的文化义，目前尚无专门的研究。通过文献检索，我们发现，与本研究相关的成果，目前主要包括：关于词汇文化义及文化词语的研究；关于中国古代诗歌中风意象的研究；语言学、认知语言学视角下“风”及风词语的研究等。

一、词汇文化义研究综述

（一）国外相关研究

人类对于语义的研究可谓由来已久，涉及的学科也相当多。欧洲及中国古代的哲学、逻辑学、宗教学等都对语言的意义产生了极大的兴趣，不过，直到20世纪60年代中期以后，语言学中的语义学才真正发展起来。语义成了语言学界研究的热点。出版于1974年的利奇的《语义学》是语言语义学中的力著。在这本书中，利奇提出意义可以分为七个类型：理性意义、内涵意义、社会意义、情感意义、反映意义、搭配意义和主题意义。并指出，内涵意义、社会意义、情感意义、反映意义和搭配意义都可以用“联想意义”这一名称来概括。认为相对于理性意义，联想意义不那么稳定，可以因个人经历的不同而变化。[①]可见在当时，利奇就已经开始注意到要将词义放在社会文化的大背景之下来考虑。

伴随着20世纪60年代后期语言研究的“文化热”，“文化词语”的概念也被提出。Nida（1964：167）首先从翻译对等的角度将英语中的名词分为三类：① 两种语言中具有对应词的词语，如：river（河）、tree（树）、stone（石头）等；② 功能相似但具有文化差异的词语，如：book（书），英文中指将纸张装订成册的印刷物，而《新约》时代却指用长长的羊皮纸或莎草纸制成的卷轴；③ 可以识别文化特性的词语，即某一民族所特有的词汇，如：synagogue（犹太教会堂）、Homer（荷马）等。其中②③就是具有文化义的词语。Newmark（1988：94）明确提出了“文化词语”的说法，并将语言分为文化语言、普通语言和个人语言，将词汇分为普通词汇和文化词汇。他所指的文化词汇相当于Nida所说的第三类名词，即某个民族所特有的词汇，尚未涵盖隐含文化义的词语。

诞生于20世纪60年代末70年代初的苏联的语言国情学，是将语义和文化知识结合起来的代表性学科之一。它最初是为了适应交际与文化因素在对外俄语教学领域日益重要的地位和作用而创立的一个教学法的分支。该学科以维列夏金、科斯托马罗夫合著的《语言与文化》（1973）一书的出版为标志，主要任务就

① 杰弗里·利奇：《语义学》，李瑞华等译，13–33页，上海，上海外语教育出版社，1987。

是“揭示词语、句子或语篇中的民族文化语义”[①]。两位学科创始人认为，任何语言的词汇中都带有一定的民族文化因素，并将具有民族文化因素的词语分为三类：不对应词、背景词和伴随意义词。其核心理论是词汇背景理论。该理论对于义素的理解超出了传统语义学对于义素的理解，将反映民族文化特点的非概念性义素也归入了义素的范围。他们对词义的划分见图 1[②] 所示。

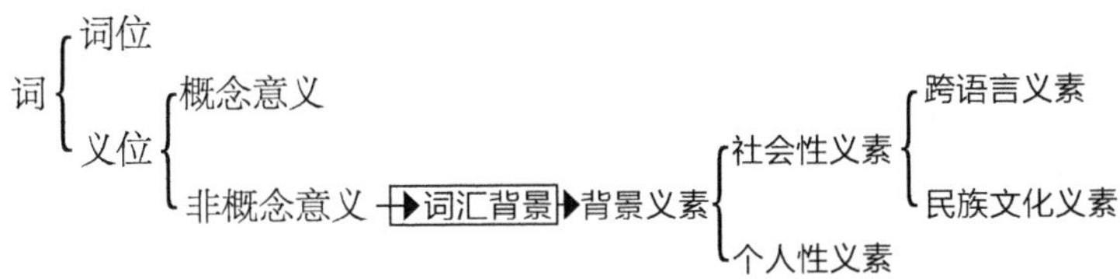

图 1　语言国情学词汇背景理论对词义的划分

由图 1 可以看出，词汇背景理论认为，词由词位和义位构成，分别对应词的表达平面和内容平面。义位又由许多义素构成，其中表达客观事物本质的义素为概念义素，即我们所说的概念意义、理性意义；而表达非本质的内容，表现人们在语言运用过程中通过联想产生的现实生活经验以及人们在使用语言时感情上的反应，并从广义上显示特定语言社团的社会文化特征的是非概念义素，也即非概念意义，又称为背景义素。背景义素的总和即为词汇背景。背景义素又按性质的不同分为社会性义素和个人

① 转引自吴国华、彭文钊、杨仕章：《引论》，见吴国华、杨仕章：《语言国情学》，1–36 页，上海，上海外语教育出版社，2005。

② 转引自解海江、章黎平：《汉语文化词典的设计与编纂：2004 年辞书与数字化研讨会》，233 页，2004。

性义素。所谓社会性义素是指某些义素在一定的语言社团内享有普遍性和广泛性，是人所共知的；而个人性义素则反映说话人对事物的认识程度，往往含主观因素，故其特点因人而异，不属于语言国情学的研究范畴。语言国情学主要关注的是社会性义素，其中包括跨语言义素和民族文化义素。

语言国情学关于词汇的背景理论的提出，丰富了人们对词义结构的认识，强调了词汇文化背景知识的学习在对外俄语教学中的重要作用，对我国词汇文化义的研究也具有借鉴意义。

（二）国内关于词汇文化义、文化词语的界定

1. 词汇文化义的界定

20 世纪 80 年代，我国学术界掀起了“文化热”的潮流，词汇与文化的研究逐渐成为研究的热点，很多学者开始将视角凝聚在词语文化义的研究上，也提出了文化词语的概念。不过到目前为止，关于词语文化义的界定，学术界尚未形成统一的认识，主要有内涵意义和附加意义两种说法。

一是“内涵意义”说。

邓炎昌、刘润清（1989：174）谈到了词的“涵义”，认为涵义是词的隐含或附加的意义，它与词的字面意义——基本的或明显的意义相对。我们认为，利奇的“联想意义”与邓炎昌、刘润清所说的词的涵义相当，实际就是指词汇所蕴含的文化义。

孟子敏（1993：103–108）指出：“文化意义是指社会赋予词或短语的感情色彩、风格意义、比喻意义、借代意义以及特有

的概念意义。”[①] 他指出，文化意义的义项，有的词典已经列出，有的则没有。我们认为，没有列出的义项亦不可忽视，它们产生于特殊的语境之下，同样承载着民族的历史和文化，是词义演变、引申中不可缺少的一个环节。孟子敏也特别指出，社会赋予某词语的特殊的概念意义，也是文化义。如汉语中以“心”来指思想。

苏新春（1994，1995）认为：“词语的文化义就是一种词汇通过它的词语形式和意义反映出来的该民族文化的内涵和特质，它广泛地存在于一种词汇的各个方面，而不仅仅是存在于部分词语或某些词语的部分词义当中。”[②] 即认为词的文化义与语言义并不是对立的，而是互相包含的；另外词的文化义也并不是仅存在于词义的范围，也存在于词的结构之中，而且隐含在词语结构之中的文化义对于语言本体科学的研究更有价值。

常敬宇（1995）的《汉语词汇文化》是国内第一本论述汉语文化词语和文化意义的专著。在该书序言中，作者指出，词语的文化义指词语的本义、引申义、比喻义、联想义、象征义、感情色彩与语体色彩等具有社会文化因素的含义。

苏宝荣（1996）认为：“词的文化意义和语言意义是一组相对的概念：词的语言意义，是指词的以概念义为核心的基本意义及由语言本身因素所形成的派生义；词的文化意义，是指词在特定社会文化交际背景下所获得的意义。”[③] 也就是说，词语在所指

① 孟子敏：《对外汉语中的文化词语》，见陈建民、谭志明：《语言与文化多学科研究》，103-108 页，北京，北京语言学院出版社，1993。

② 苏新春：《论语言的人文性与词的文化义》，载《学术研究》，1994（3）：88-92；苏新春：《文化词语词典的收词与释义》，载《辞书研究》，1995（5）：38-44。

③ 苏宝荣：《词的语言意义、文化意义与辞书编纂》，载《辞书研究》，1996（4）：1。

基础上又负载的特定的文化信息就是文化义。他认为文化义有两个来源：① 专门为表示文化义而创制的词语，如：闰月、秦晋。② 非文化词语在特定的社会文化背景之下被赋予的文化意义。如：在古人"崇右贱左"观念影响下产生的"左"的"卑下"义和"右"的"尊崇"义。

王光汉、曹焕英（1999）认为，那些不遵循逻辑规律，从词理上无法解释，只能从文化背景上去考察其生成、发展因素的词义为文化义。

黄金贵（2001：2）提出了词汇的语言义和文化义这一对概念，认为词义中凡是隐性或显性地反映语言之外某种文化背景、事物、现象和因素的就是文化义，没有这种反映的则是语言义。所有的词义都是语言义，文化义是反映文化内涵的特殊的语言义，因此这二者相互对立，又构成包容关系。同时还特别指出文化义与一般的语言义一样，可以出现在词，也可以出现在语，因此它既包括储存态的词义，也包括运动态的语义。

汲传波（2001）从对外汉语教学的角度界定了词的文化义，认为文化义是"词义中隐含的反映一个民族的社会状况、宗教信仰、风俗习惯、审美情趣、思维方式和心理态势等诸多文化因素的意义。它是对词义从文化视角考察得出的结果"[①]。

陈功焕（2002）提出，汉语的语义范畴由概念义、文化义及语用义三个平面构成，其中文化义和语用义都建立在概念义的基础之上。他所说的文化义是词汇在语言发展的历史中被打上的民族文化烙印，文化词汇则代表的是民族文化事物，如汉民族的

① 汲传波：《词的文化义、交际文化义与对外汉语教学》，载《聊城师范学院学报（哲学社会科学版）》，2001（1）：119。

龙、华表等。

周健（2010）认为文化义有显性和隐性之分，明显含有民族文化印记的文化词语所表现出的文化义为显性文化义，如：科举、端午等；而词语在特殊文化背景下获得的反映一个民族生活方式、风俗习惯、文化背景、价值信仰、思维方式等诸多方面的意义则为隐性文化义。

王琪（2011）也指出语言中的文化义有显性和隐性之分。一看便知其文化属性的为显性文化义，而隐藏在语言表层之下，须一定文化背景方能解释的为隐性文化义。

另外，李天翼（2000）、伊莉曼（2002）、周一农（2005）、陈岩（2005）、舒春玲（2008）、赵忠江（2010）、于嵩楠（2011）等都在已有研究的基础之上对词语文化义的概念进行了阐释，与以上诸学者的观点无太大差异，基本均认为文化义是词语在特定社会背景之下获得的，反映诸多民族文化内容的隐含义。

通过以上的研究我们会发现，学者们对词语文化义的界定有这样几个关键词，即：社会赋予、民族文化、隐含、联想、显性、隐性等。以上学者基本都认可文化义是隐含在词语的字面意义之下的，在特殊社会文化背景之中产生的，反映一个民族的传统意识、道德观念、价值观念、哲学思想、宗教信仰、风俗民情、思维方式、心理特征、审美情趣等多方面内容的意义。文化义通过引申、比喻、联想、象征等方式产生，也包括感情色彩和语体色彩等，即利奇的“联想意义”均属文化义之列。同时常敬宇、孟子敏、苏宝荣等学者认为，词语的文化义与概念意义并不对立，一些词语的概念意义本身就可表示文化的内容，如表示某民族特有事物的文化词语。黄金贵较早提出，文化义有“显性”和“隐性”之分，之后周健和王琪对显性文化义和隐性文化义分别作了解释。一般认为，明显带有文化印记的文化词语所承载的文化义为显性文化义；而不容易辨识，需结合一定文化背景才能解释的为隐性文化义。

二是“附加意义”说。

王德春（1991）在苏联语言国情学的基础上建立了“国俗语义学”，提出了“国俗语义”的概念。认为“国俗语义是语义民族性的一种表现，它反映使用该语言的国家的历史文化和民情风俗，具有民族文化特色。也就是说，语义在反映概念的基础上增添了附加的民族文化色彩，离开民族文化背景，难以准确理解词语的含义”[①]。同时他认为，国俗语义不但与言语环境和词的语用有关，也与词在词汇体系中的地位有关。如“白杨”一词除了其实物意义之外，在古诗“白杨多悲风，萧萧愁杀人”中有悲哀、悼念的含义；在茅盾《白杨礼赞》中有象征北方农民性格朴实、坚强的含义。这时的“白杨”一词已通过与其他词语发生多种语义关系获得了不同的文化义。至于在语用中出现哪种语义，则要由言语环境来决定。

陈建民（1999：198）提出了“文化伴随义”的说法，认为词语的文化伴随意义是在词汇意义的基础上通过丰富的联想而产生的文化附加意义。其中，产生文化义的手段称作文化联想，是通过象征、比喻、引申等方式与各种社会文化因素搭界而获得伴随义的。

吴土良（2002）认为：“文化义是词语本身所隐含的文化色彩或者附加在词语之上超语言的文化意蕴，它负荷着汉民族悠久

① 王德春：《国俗语义学和〈汉语国俗词典〉》，载《辞书研究》，1991（6）：8。

而深厚的历史文化内涵。”他认为汉语词的文化义应从成语与典故义、比喻与比喻义、借代与借代义、附会与象征义、联想与联想义、情态与褒贬义、风格与语体义等方面来发掘。

张慧晶（2003）也谈到了词语的文化附加义，认为一个词在指称实物的同时所蕴含的特定的民族文化信息就是词语的文化附加义。该文中特别说明文化义排除了词语的比喻义、借代义，也不包括词语的感情色彩、形象色彩、语体色彩等，是词语的语用意义，是狭义范畴的文化义。

陆稼祥（2001，2003）认为，真正的文化义是受特殊的个别民族文化影响与制约的附加意义、伴随意义。

解海江、章黎平（2004）也将词语的文化义看作是附加在理性意义之上的文化伴随义。

此外，毛海莹（2004）、吕世生（2011）等也认为，文化义是附加在概念意义之上的。

以上学者所谈到的文化义的内容和产生方式与持“内涵意义”观点的学者基本一致，所不同的是他们认为词语的文化义是在特殊的民族文化背景中附加在词语的概念意义之上的。综合各家的观点，我们采用“内涵意义”之说。其一是因为之前谈到的某些词语的概念意义从文化视角看本身就是文化义，“附加义”的界定无法囊括这一类词语；其二是因为文化义是民族历史、文化的内容在词义上的表现，在语言表达中的作用不容忽视，有些词语文化义的使用频率甚至高于其基本义的使用频率，在词语的意义构成中占有相当的比重，故文化义也是词汇意义中的主要成员，它们往往隐含于词语的概念义或感性义之中。魏春木（1993）指出：“从社会文化的角度看，语言的文化意义也是语言的本位意义。只要人们一张口说话，语言的文化意义也就随之产生了。只不过，文化语义具有某种易变和流动的特点。”[①] 虽然文化义具有易变性和流动性，但它绝不是无规律可循的，文化义的形成和演变规律对于文化与语言互动的研究极有价值。因此，文化义是词语意义中的重要组成部分。

综上所述，本研究所指的文化义，即为体现在词语的表层概念意义之中或隐藏在词语的内涵意义之中的，在特殊社会文化背景下产生的，通过引申、比喻、联想、象征等方式，反映一个民族的传统意识、道德观念、价值观念、哲学思想、宗教信仰、风俗民情、思维方式、心理特征、审美情趣等民族文化特性的意义。文化义可出现在词语的语言意义当中，表现为储存态的词义，更多地出现在词语的语用意义当中，表现为运动态的语义。

2. 关于文化词语的界定

王德春（1991）所说的“国俗词语”大致相当于后来学者们研究的文化词语，他认为“国俗词语”就是与我国的政治、经济、文化、历史和民情风俗有关的，具有民族文化特色的词语。这些词语有的是历史上形成的，有的是在现实生活中出现的，都固定或蕴含着带有民族文化色彩的国俗语义。它们的重要特点是，在其他语言中没有相对应的等值词语，学习该语言的外国人对之理解不易，翻译更难。在王德春主编的《汉语国俗词典》中，国俗词语分为七种：① 反映我国特有事物，外语中没有现成对应词的，如：太极拳；② 具有特殊民族文化色彩的词语，如表高风亮节的“竹子”；③ 具有特殊历史文化背景意义的词语，如“红豆”寄托相思之情；④ 国俗熟语，如“负荆请罪”；⑤ 习惯

① 魏春木：《跨文化交际中的语义位移研究》，载《外语教学》，1993（1）：23。

性寒暄用语，如用于回答称赞的“哪里，哪里”；⑥ 具有两种以上国俗语义的词语，如“粽子”既表示以苇叶裹糯米这种中国的传统食物，又表示祭奠屈原投汨罗江而死的食物，还表示端午节的应节食品；⑦ 具有修辞意义的人名，如：“诸葛亮”代称智者。

黄金贵（1993）认为，词汇按照体现文化意义的不同可以分为文化词语和通义词语两类：有不同程度文化义的为文化词语；弱而至无者为通义词语。其中特别说到汉语中除了纯文化词语和通义词语之外，还有大量二者交叉的词语存在。交叉词语有文化义项，所以也属于文化词语。黄金贵（1995：1463）认为，我们在词语文化义的研究中“不仅要看到那些体物词语、纯文化词语，更要注意那些抽象或交叉型的文化词语，不要被通义词语的表象所迷惑，认真从各种文化背景中去探索、掘发蕴藏的文化意义”[①]。

孟子敏（1993）认为，文化词语是指具有文化意义的词或短语，如“走后门”“开后门”等；带有感情色彩的，如“大师”“小人”“胡说”等；带有风格意义的，如口语风格的“干吗”、“亲（动词）”，书面语风格的“视线”“庄严”等。同时指出，有的文化词语在产生比喻义、借代义时，也会带有感情色彩、风格意义，这就需要在理解时做到几项文化意义并重。孟子敏将文化词语分为三类：① 根据感情色彩大致分为褒义词和贬义词；② 根据风格意义大致分为口语和书面语；③ 语言意义转化或消失之后产生文化意义的词语。他将第三类文化词语作为研究的重点，并进一步分出 24 个小类。其中包括动物文化词语，如：狗仗人势、老黄牛；植物文化词语，如：树大招风、落叶归根；

① 黄金贵：《古代文化词义集类辨考》，1463 页，上海，上海教育出版社，1995。

人物文化词语，如：诸葛亮、牛郎织女。其余还有人体、服饰、饮食、建筑、机械、医药卫生、军事、体育、艺术、教育、精神、方位、自然现象等方面的文化词语，可谓涉及了社会文化生活的各个方面。

常敬宇（1995：1）指出，文化词语是指蕴含社会文化意义的词语，它反映该语言使用民族的传统意识、道德观念、价值观念、哲学思想、宗教信仰、风俗民情、思维方式、心理特征、审美情趣等。他提出对于文化词语的界定有两个标准：其一是文化词语本身含有明确的民族文化的信息，并隐含着深层的民族文化的含义；其二是文化词语与民族文化中表层的物质文化和深层的制度文化、心理文化有各种关系。在《汉语词汇文化》一书中，常敬宇所论述的文化词语有直接表现民族文化的，如：龙、凤、长城等；有通过比喻、象征、联想等方式间接反映民族文化的，如：黄、红、绿、黑等颜色词和松、竹、梅、菊等象征词语；还有与各种文化存在渊源关系的，如：来自宗教文化的八卦、太极、坐禅、涅槃等，来自典籍文化的桃李、知音、过犹不及、秦晋之好等，来自民俗文化的“福”“如意”“和合二仙”等，以及来自饮食文化、民俗文化、酒文化、茶文化等的词语。

苏宝荣（1996）认为，那些最初就是在特定文化背景下产生的，只有文化意义，没有一般的语言意义的词语是文化词语，如“秦晋”“赋闲”之类；而那些在语言中大量存在，起初仅有语言意义，后来在特定的社会文化背景下才有了文化意义的词语也是文化词语。这与黄金贵（1993）的看法较一致，也是我们所认可的。

王光汉、曹焕英（1999）认为，文化词语有两类，一是直接产生于典籍的典故词之类；二是在词义引申过程中被渗进文化义的词语。这也与黄金贵（1993）、苏宝荣（1996）的观点基本一致。

王琪（2011）也对文化词语进行了界定，认为："文化词语即含有文化义的词语，是相对于通义词语而言的。文化义呈隐性或显性地反映在语言上，说明某种文化背景、事物、现象或因素。所谓词语的'显性'文化义，是指那些一看便知其文化属性者，如'蚁族、凤凰男、金融救市、上海世博会'等。所谓词语的'隐性'文化义，是指在语言表层下隐藏着文化属性者，需结合一定的文化背景方能揭示出内在的文化义，如'鸟巢、给力'。"① 可以看出，这一界定是在充分融合前人观点的基础上提出的，有较强的概括性。

以上学者从不同角度阐述了文化词语的概念和特点，也对它进行了分类。其中王德春、常敬宇、黄金贵都对文化词语做了较为详尽的研究，三位学者都有专著出版。综合以上诸学者的观点，我们可以明确文化词语是蕴含社会文化意义，体现民族文化特色的词语。正如常敬宇所说，文化词语反映该语言使用民族的传统意识、道德观念、价值观念、哲学思想、宗教信仰、风俗民情、思维方式、心理特征、审美情趣等。根据黄金贵（1993）的说法，我们认为文化词语有广义和狭义之分，狭义的文化词语指那些起初就产生于特定文化背景之下，没有一般语言意义的"纯文化词语"；广义的文化词语既包括"纯文化词语"，也包括起初仅有语言意义，后来在社会历史、文化的发展中被赋予文化义的词语。从以往的研究来看，学者们的视角多集中在"纯文化词

① 王琪：《2006 年以来的汉语新词语与社会文化》，载《广西民族大学学报（哲学社会科学版）》，2011（4）：27。

语”和那些明显具有隐喻义、象征义的词语上，而对那些文化义隐藏在概念意义之下，不甚明显的文化词语，或者只有在与其他词语的动态组合中，在一定语境之下才能看出其文化义的词语，如日、月、星、山、风之类，则研究较少。而这一类词语，也恰恰是需要我们注意的。

（三）词汇文化义的相关研究

在“文化热”的潮流中，学者们所讨论的问题除了文化词语和文化义的界定之外，更多的还是具体的汉语词汇文化义的挖掘工作。上文谈到的常敬宇、王德春、黄金贵、苏新春等学者，在词语文化义、文化词语的研究中不但从理论上做出了指导性的研究，在实践中，也做了大量开创性的工作。

王德春在他的“国俗语义学”理论的基础之上，主编了《汉语国俗词典》（1990），该词典汇集了大量的国俗词语，提供了这些国俗词语形成的社会历史文化背景、特定的含义和特有的民族文化色彩，也提供了这些国俗词语的特殊用法。词典中的国俗词语既包括反映我国特有的事物和概念的词语，如“太极拳”“元宵节”“月饼”等；也包括具有特殊民族文化含义的词语，如“松”“竹”“梅”“兰”等，基本展示了国俗词语的概貌。但综观词典内容，发现所列词条中具有显性文化意义的词语居多。即多为反映我国特有事物和概念的词语、典故词语、成语、俗语等国俗熟语，还有一些具有隐性文化义的词语未包括进去。也许是因为收词范围广的原因，故而对于一些含文化义的词语列举未能详尽。如该词典中有关“风”的词条仅有19条，基本是含“风”语素的成语、俗语，如“风花雪月”“风口浪尖”“风高放火天，月黑杀人夜”等，而含有文化义的风词语远远不止这些，因此正如作者所说，这本《汉语国俗词典》因语料所限，“仅是初步的尝试”。但它明确了汉语词语文化义研究的意义，为我们提供了研究的思路，不失为一部开创性的著作。

常敬宇的《汉语词汇文化》（1995）是国内第一本论述汉语文化词语和文化意义的专著。该书是一本主要供外国人学习汉语词汇和汉民族文化的参考书。作者以汉民族的诸种文化因素为纲，将汉语中的文化词语进行了分类，并论述其构词特点，阐述其文化内涵。书中对文化词语的分类较为明晰，如表达汉民族辩证观念的、表达伦理观念的、反映中庸和谐委婉意识的，还有前文提到的典籍文化词语、宗教文化词语、民俗文化词语、茶文化、酒文化词语，等等。也简单清楚地介绍了各类词语的文化义，但由于涉及文化词语太多以及阅读对象的原因，对文化义的溯源、语用情况的介绍，都不甚详细。还有一些文化词语未被涉及。但作者的分类很有意义，每一个部分都能作为一个专题来研究。事实上，近年来对于颜色词及一些象征词语文化义的研究已有不少成果。

黄金贵撰写的《古代文化词义集类辨考》（1995），是用文化语言学的方法在语义训诂领域进行的一次尝试。该书将中国古代文化词语分为国家、经济、人体、服饰、饮食、建筑、交通、什物八大门类，每个门类之下又分若干个同义词群，采用同义、类义系统辨考的方法和文物实证的方法，既注意词语形、音、义之间，雅言与方言之间错综复杂的关系，又注意文化史与语言史的对应关系，以文化通训诂、语言证文化的方式，系统训释、辨析了262个词群，共1306个古代文化词语。不但继承和总结了传统训诂学的成功经验，还开创了词义训诂的新方法、新思路，在古代文化词语、同义词的研究方面也取得了空前的成就。作者认为："文化词语，无论什么状态，都是词语的个体环境与所属的某一文化环境的统一体。"[①]这就意味着应该在语言与文化交融、互动的状态下全面考察词语的文化义，不但要考察语义文化义，也要考察语用文化义。

另外值得一提的是，葛兆光（1990）通过对唐诗中"云"的象征意蕴的论述，梳理了中国古代诗歌中的"云"从漂泊无依的悲凉意象到"闲适"的象征；从御风飘举的神物到"自然适意，无所系心"的禅意的象征；从纯粹的自然物象到与诗人心灵融为一体的关照物的演变过程。他还认为，诗歌语词不同时期的象征涵义是文化作用力的结果，显现了中国古代诗人文化心理上的变化和观物审美上的变化。通过对这些富有时代意味的词语象征意义的研究，可以因小见大，开拓文学、语言研究的领域，找到一条沟通时代文化与文本语言的途径。文章虽立足于文学研究的角度，但我们可以看到古代诗歌中"云"的象征意蕴的生成与变化，部分反映了该词文化义的生成、演变过程。象征义通过词义扩展和隐喻比况等方式形成，是文化义的一部分。

继以上几位学者之后，词语文化义的研究获得了越来越多的学者的关注，研究的方法和角度在不断更新，也取得了一些丰硕的成果。

从20世纪90年代至今，汉语词语中文化义的研究基本上有两个方向：一是遵循传统的方法，考察古今汉语中某一类词语的文化涵义，探讨词义发展与社会文化的关系。另一类是借鉴认知语言学中的原型理论及隐喻、转喻等理论，探讨汉语词语文化义

① 黄金贵：《古代文化词义集类辨考》，1486页，上海，上海教育出版社，1995。

的认知机制，或进行汉外语言词语文化义的对比。第二类研究始于 21 世纪初，近年来有增多的趋势。综观两类研究，成果较集中的是汉语方位词、颜色词、象征词语等的文化义，也有一些其他文化词语的研究。

杨琳《汉语词汇与华夏文化》（1996）通过文献考索与文物实证的方法，论述了方位词的文化内涵、词义的文化阐释、词汇发展的文化动因、汉字文化与仓颉传说等内容。尤其是第三部分词汇发展的动因论述得较深入。关于汉语方位词文化义的研究，还有范庆华（1991）、张德鑫（1996）、道尔吉（2001）、蒋冰清和彭芬辉（2008）、崔利平（2011）等的文章，或释方位词的文化内涵，或对英汉方位词的文化内涵加以比较。从认知语言学角度探讨汉语方位词文化义的有张军（2004）、李宗利和刘效群（2005）、张美云（2009）、吴玲娟和许婺（2007）、刘晓梅（2011）、曾庆娜（2012）等，分别从汉民族空间认知的文化倾向，方位词的文化隐喻功能，方位词所反映的汉民族的认知规律以及汉英方位隐喻的认知文化对比分析等角度进行论述。另外也有少量硕士、博士论文中涉及了汉语方位词文化义的研究。如刘艳红的博士论文《唐五代方位词研究》（2010）中就写到了部分敦煌文献中东、西、南、北方位的文化意蕴及所蕴含的文化观念。

这一时期颜色词文化义的研究成果较多，包括颜色词的人文特征、文化象征意义、跨文化比较等方面，这一类的文章有许嘉璐（1995）、于逢春（1999）、侯素玲（2000）、李庆祥（2002）、闫亚平（2005）、徐彩玲（2008）、潘峰和李锂（2009）、潘峰（2011，2012）等的研究，其中包括系列颜色词的研究，也包括红、绿、白等单个颜色词文化义的考察。从认知语言学角度研究汉语颜色词的，有北师大马燕华教授2008年以来指导硕博士研究生所作的汉语古典诗词曲赋颜色词系列研究论文，其中常用颜色词语义系统及含彩词语语义分析中涉及了诸多颜色词的文化义。另外李燕（2004）、朱宏（2007）、应利（2008）、赵晓驰（2010）和王琪儿（2012）等，分别对汉语基本颜色词、俄汉颜色词、《全唐诗》颜色词、隋前颜色词及颜色词“白”的文化义的认知机制进行了不同程度的分析。当然研究成果远不止这些，此处不再赘述。

这一时期其他含文化义的汉语词语的研究，亦成果颇丰。如：常敬宇（1992）论述了汉语中动植物类、自然气象类、人体类、服饰类、颜色类象征词语的文化含义；侯玲文（2001）论述了汉语中的“心”族词由于受中国传统文化和佛教文化的双重影响，表现出词面自然化、词义人文化的特征。“心”族词语以自身为中心，与人体、人界、自然形成了一个动态关系系统，体现了汉民族的整体观念和人文精神；丁建川（2004）的硕士论文中论述了汉语典故词语与汉民族文化的关系；毛海莹（2004）论述了汉语中生肖词语的文化附加义；还有杜倩（2007）、张军（2008）、吕丹斌（2010）、焦平平（2010）、吴玉凤（2011），这些硕士、博士论文中分别论述了汉英植物词语、汉语饮食味觉词语、“六畜”词语、仕进文化词语以及明清华南竹枝词中民俗文化词语、熟语的文化义研究。

这一时期词语文化义的研究结合认知语言学理论的有王文斌（2001）、张建理（2005，2006）关于汉语“心”的语义研究。其中王文斌分析了汉语中“心”的多维空间隐喻，认为汉民族通过空间隐喻，形象、具体地表达与“心”有关的各种抽象概念，反映了人们对“心”既对立又统一的整体空间结构思维；张建理则运用隐喻和转喻理论分析了“心”的多义网络产生的途径和理据，并指出汉语中思维义、情感义和实体义的“心”受汉民族整体思维方式及佛教文化的影响，亦表现为汉文化之“心”；另外杨镇（2006）从隐喻认知的角度论述了汉语中涉江、涉河、涉湖、涉海、涉川词语的文化特性；张再红（2009）从认知语义学和认知人类学的角度考察了文化词语意义的认知机制和意义关系模式，提出了文化—认知统一的文化语义分析的理论和方法；还有赵丽梅（2013），用认知语言学的原型范畴理论、隐喻理论、转喻理论和框架语义理论作为研究工具，对《黄帝内经》中的典型多义词进行多维研究，尝试从语言的角度认识中医文化。

另外，词语文化义的研究也渗入了词典编纂领域和对外汉语教学领域。苏新春（1995）、解海江和章黎平（2004）、马建奎（2010）都认为，词语文化义的研究对于汉语文化词典、双语词典释义的撰写和完善有着重要的意义，认为蕴含语义文化义及语用文化义的词语，都应在文化词典的收取范围之内，并讨论了文化词典和双语词典注释文化义的方法及应注意的事项。

在对外汉语教学领域，汉语作为第二语言教学中词语文化义的教授和掌握，对于学习者更好地学习汉语、了解中华文化、提高跨文化交际能力都有着积极的作用，已是不争的事实。叶军（2001）、汲传波（2001）、张慧晶（2003）、徐时仪（2009）、赵忠江（2010）等都作了相关的论述，并简单探讨了在对外汉语课堂教学中教授汉语词汇文化义的方法。其中，叶军（2001）论述了对外汉语教学中对词语进行文化释义的必要性，特别指出应在词典和教材中加入适量文化释义的内容，为汉语课堂提供较为统一、准确的范本。汲传波（2001）认为，应特别注意词语文化义中影响信息准确传递、引起误解的“交际文化义”，并指出初级阶段的汉语教学中应以"传授语言知识为主，揭示交际文化义为辅"①，中、高级阶段则应加大"交际文化义"教学的比重。徐时仪（2009）认为，对外汉语教学中应注重汉语词语古今意义的分析、文化义及语用义的阐释等方面的内容，注重揭示汉语语言现象的"所以然"，这在对外汉语教学水平的提高及普通语言学的理论探讨方面都具有积极的意义。赵忠江（2010）则强调，无论是汉语学习初、中阶段的"词汇文化义教学"，还是高级阶段的"文化导入"，都是为语言教学服务的，其最终目的和任务仍在于提高留学生的汉语水平及汉语语用能力，而非学习和研究汉文化。这些学者们在文章中也指出汉语词汇文化义的教学应循序渐进，把握教授的"量"和"度"，应首先引导学生学习易因文化差异产生沟通障碍的文化义。近年来，也有一些硕士、博士论文涉及这方面的内容，如柯慧俐（2012）关于对外汉语教学中词汇文化义的教学研究；林桦（2010）、张凤娇（2013）对汉语颜色词文化义及教学策略的研究；陈晦（2012）、苏锦锦（2014）的英汉植物词及动物词文化义的对比及教学研究等。

综上所述，语言学界"文化热"的兴起，使汉语词语文化义的研究得以在诸多领域展开，近二十多年以来已取得丰硕的成果。鉴于篇幅和与本研究关系的限制，我们不能一一赘述，但以上的研究，已为我们风词群文化义的研究奠定了理论基础，打开了研究思路。

① 汲传波：《词的文化义、交际文化义与对外汉语教学》，载《聊城师范学院学报（哲学社会科学版）》，2001（1）：121。

二、风词群的研究概况

关于盛唐诗歌中风词群文化义的研究，我们没有找到直接的文献，但是学者们已就“风”及“风词语”的文化义，中国古代诗歌中的风意象以及风词语的隐喻认知机制展开了一系列的研究，这些都为我们的研究奠定了基础。

（一）关于“风”及“风词语”文化义的研究

已有的关于“风”及“风词语”文化义的研究为数不多，内容主要包括“风”的语义流变、上古的风神崇拜、风与中国文化以及某个典籍中风词语的文化涵义等。

过常宝（1998）论述了“风”义的演变过程。他认为甲骨文时期，自然风与具有某种神性的“凤”，是合二为一的。即认为由于“风”本身就具有莫大的神性，而“凤”在最初就是自然风和神性的复合体，故古人以鸟形来代表无形而有神性的风，体现了古人万物有灵的思维定式。商代以后，“风”的自然性受到人们的重视，“风”字出现，“凤”特指具有神性的鸟。“风”因其在自然界和人们生活中的重要性，以及居于天地之间，来去无踪的特点，被看作是天帝的使者，自然也成为祭祀的对象；又由于风向在人们现实生活中的极其重要的地位，人们又幻想出善于鸣叫的神鸟“凤”，而瞽师也模仿“八风”以作乐，这样“风”又和祭祀中的乐舞联系起来。“风”的一部分含义最终演变为祭祀歌舞。春秋之后，“风”义再度演变为教化。

张应斌（1999）介绍了上古的“风与风神神话”以及“风与音律文化”，认为这二者都曾对文学的发生及文学发生哲学产生过深刻的影响，称“风”为民歌即是这样。认为古人称民歌为

“风”，隐含着民歌出自天地自然的宇宙哲学命题，也隐含着民歌与神灵相通的神学命题。从自然之风到民歌之“风”，不只是修辞上的简单类比，而是透露出古人原始的文学发生学思想。

张应斌（2002）通过对中国上古丰富的风神崇拜及风神文化的论述，得出风神崇拜产生了两大系列文化成果的结论。即由风与生物生长关系的崇拜，产生了天文历法文化；由风声崇拜产生了文艺。此外，还认为楚文化与风神崇拜有着特殊的关系。

杨辉（2005）认为，“风”在商周之初即被神化，并呈现出自然律与文化化相结合的特色。春秋时期，“风”在指自然现象的基础上，受阴阳宇宙论、类比思维等文化的影响，依次出现牝牡相诱、风气、采集、民间音乐等义项，体现了先秦民众群体文化氛围的自然粗犷以及官方采风听政的政教传统。并提出“天子省风以作乐”的传统，暗示着先王之乐即为对治粗犷的民众文化氛围即风俗而作，隐含着“移风易俗”的目标，故“风俗”之义也就由此产生。作者提出从自然“风”到“风俗”之义的演进，体现了“风”字本身不断文化化的过程。

以上几位学者的研究，从上古的风神崇拜开始，理清了自然意义的“风”，到先秦祭祀乐舞、歌谣之“风”，再到风化之“风”、风俗之“风”的语义演变过程，已充分体现出“风”文化义的产生与发展，与先秦时期汉民族社会文化生活有着密切的联系。

关于“风”与中国文化的关系，鲁枢元（2005，2012）和刘泰然、陈雪（2011）也做了论述。鲁枢元从字源学、语义学、语言哲学的角度，探讨了“风”在自然层面、社会层面、艺术层面和人格层面的诸多文化意蕴。认为“风”的语义场充满生态文化意味和审美文化情趣，显示了中华民族的生存大智慧，能为重整人与自然的一体化，促进人类社会的和谐发展提供有益的启示。刘泰然、陈雪则认为，“风”是中国文化中的一个本源性概念，其意义影响着后来中国文化性格的形成。并通过四方风，风与政治、教化的关系，与君子之德的关系的论述，说明流动不居的风运行于天地万物之间，能够带来世界整体性的转化与更新，在中国古代文化中，政治的力量、伦理学的原则和美学的效果最终通过风这一柔性中介的力量得到了统一。

关于风词语文化义的研究，高美丽（2006）、王玉晶（2008）的硕士论文中有部分论述。高美丽以王德春国俗语义理论为基础，认为“风”与其他元素结合，构成了自然界中如“风雨、风云、风水、风土、风霜、风浪”等种种奇妙的景观，这些风词语除了具有自然的意义之外，都有其他特殊的含义，这些含义也是人们所常用的。作者将风词语反映的国俗语义分为风俗民情、精神面貌、男女情爱、“风化”“风雨”“风云”“风角、风水”“风木、风蚀”、消息流传、女子美丽、古代民歌、中医疾病十二个方面，并进行了阐释，揭示了风词语的部分文化义。王玉晶在唐诗象征词语文化义的研究中概括了唐诗中春风、东风、秋风、金风、西风、北风、悲风、清风的象征义，但未作具体分析。此外，华振红（1999）研究了梁代慧皎《高僧传》中的“风”及其词族，分析了该书中风词族的构词特点，辨析了词族中各词的意义，其中也有部分文化义。张福存（2010）考察了《说文解字》雨、风、云三部的收字和释义情况，认为先秦时期人们已经积累了丰富的关于风、云、雨、雪等自然现象的认知。《说文》中风的来向、疾徐、程度强弱及形成方式等诸多方面都有专称，单音词有十多个，关于“八风”的解释虽然与《吕氏春秋》《淮南子》的记载有差异，但也反映出古人对风的称谓具体而细化的特点，表现了古人认识事物首先从其特征开始的特点。

（二）关于风意象的研究

风是人类最早认识到的自然现象之一，与远古社会人们的生活密切相关，因而也较早进入了诗歌，成为中国古代诗歌中最常用的意象之一。现有的风意象研究主要包括两类：一类是总述古代诗歌中风意象的文化内涵，这一类研究很少；另一类是对不同时代或诗人诗歌中风意象的研究，目前所看到的研究中，唐及唐以前的风意象研究相对较多，唐以后的则较少。由于我们研究的是盛唐诗歌中风词群的文化义，故主要看盛唐及盛唐以前风意象的研究，看看这期间诗歌中的风意象都表现了怎样的文化内涵。

1. 古代诗歌中的风意象概述

梁德林（1996）从“风与季节”“风与景物”“风与乡情”“风与爱情”“风与志向”五个方面论述了中国古代诗歌中不同的风意象所包含的文化内涵。具体如下：① 风与季节。古人非常注意季节的变化，观察到不同的季节有不同的风，而且将四季与四方相配，故诗歌中不同方向的风可以暗示不同的季节，冠以季节名称的风也可以暗示方位。另外不同季节的风给人以不同的感受，能引起人不同的情绪反应。故春、夏之风往往使人感到舒适、畅快；秋、冬之风则使人愁苦、伤感。不过有时也会因观察风的角度不同而产生不同的情感。② 风与景物。认为在古代中国人心目中，风与景物有着密切的关系。诗歌中的风意象可以起到烘托背景、营造气氛的作用。风力大小的不同，也会造成不同的环境氛围。如轻风带给人安逸，大风使人感觉豪放或悲壮，狂风使人伤感。③ 风与乡情。作者指出不同地方的风有不同的特点，东部、南部的风温暖、潮湿，西部、北部的风寒冷、干燥，所以，汉语中“风俗”“风土”等表地方特色的词汇中都有“风”字，诗人们也会借风意象写出地域特征。也正因为风有地域的差异，所以风意象也经常出现在表现乡情的诗歌作品中，而“秋风”则是表现这种情感最常用的意象。④ 风与爱情。作者认为清风、明月、鲜花、皓月是谈情说爱的绝好背景，故风月、风花雪月就自然地与爱情联系在一起。古诗中的风和月都能表现对情人的思念，诗中拟人化的“风”也常常多情而善解人意。⑤ 风与志向。作者认为古诗中风与志向相关源于《庄子·逍遥游》中大鹏鸟“抟扶摇而上者九万里”的句子及《南史·宗悫传》中“乘风破浪”的典故，前者使风成为实现理想条件的象征，后者则喻志向远大。“长风”意象常被用来表现豪情壮志。

丁国强（2006）论述了古典诗歌中“悲风”与“好风”两种意象与中国古代文化精神的关系。认为“悲风”现象普遍进入文学的世界，一是因为中国封建社会特定的历史状况，使得文人大多怀才不遇，悲多乐少；二是源于先秦以来所积淀的“以悲为美”的文化审美心理。但是在悲哀的文化底色上，文人们也建立了自己的“乐感文化”，并以审美的态度关照宇宙和人生，乐观地把握现在、眺望未来。于是具有积极意义的一系列“好风”意象便开始频频在诗歌中出现。刘芳（2008）、朱静（2010）也论述了古诗词中的风意象，其蕴含的意义大致也可分为悲情的和乐观的两种：生命力旺盛的风象征强大的力量，能展现豪迈之气；而秋风、西风等则往往传达凄凉之感，烘托愁苦的情怀，是游子思归、爱人相思常用的意象。

2. 不同时期、不同作家诗歌作品中的风意象研究

荣小措（2002）的硕士论文以古代诗歌中的风意象为研究对象，文章按照先秦、汉、魏、晋、南朝、北朝的顺序论述了这

期间不同时段诗歌中风意象的特点。作者分析、总结了每个时期风意象的使用情况，统计了先秦至南北朝每个时期常用和新增风意象的意义，使用的数量。之后荣小措又以不同时期的风意象为研究对象发表了一系列文章，分别是《论“诗骚”中的风意象》（2011），《论汉代诗中的风意象》（2011），《建安“三曹”诗中的风意象考述》（2011），《论南北朝诗中的风意象》（2011）。关于先秦至南北朝诗歌中风意象的研究还有吴冬梅（2010）庄子的风意象研究，李琨（2005）的汉代诗歌风意象研究，胡皓月（2006）和吴建辉、马林（2007）的建安诗歌风意象研究，张介凡（2010）曹植诗歌中风意象的研究和杨立群（2006）陶渊明诗文中风意象的研究。唐代的风意象研究，主要有蒋绍愚（2008）关于李白杜甫诗歌中“月”和“风”的研究，许家琍（2012）李白诗歌中风意象的研究和倪同刚（2006）唐诗中风意象的研究。另外还有钱爱娟（2005）、黄田田（2011）关于杜甫诗歌及唐诗中风雨意象的研究，杨杉（2013）唐诗中的风使意象。下文具体介绍。

荣小措（2002，2011）认为，《诗经》中的风意象可分为三类，分别是先秦民俗心理影响下的风意象、较客观的风意象和触动感情的风意象。第一类风意象涉及风神崇拜、爱情婚姻和灾难不祥的文化意蕴；第二类是写实性较强而主观情感较淡的风，是描述性的风意象，但也与诗歌中渲染的气氛密切相关；第三类是引发少女青春情思的风和表现丈夫对妻子深切思念的风。这样的风意象在《诗经》中仅有两处，却影响深远。而到了屈原的作品中，风意象不但在数量上有所增加，在风格上也表现得新颖、浪漫、抒情。总体而言，诗骚中的“风”均以悲愁色彩为主。

吴冬梅（2010）从哲学的角度谈论了庄子对风的研究及其对风意象的应用，认为风有“自然之风”和“人为之风”两种，自然之风是超脱困顿、迈向逍遥所需借助的工具，而借助风实现理想需经过必要的准备阶段，自然而然地进行；人为之风则是人“言”，人“心”，如果人“言”似自然之风，则人间无是非。一切源于自然，则最终均会归于自然。所以，庄子研究和运用风意象的真正原因在于他尊崇自然的主张。

关于汉代诗歌中的风意象，荣小措（2002，2011）、李琨（2005）认为，总体上继承了“诗骚”中的悲愁色彩。凉风、秋风、悲风等成了表示悲情的常用意象，春风、清风、香风等柔和的风也常被用来反衬悲情。另外，荣小措指出，汉代风意象的审美功能得到了扩展，如对风加强传播嗅觉效果功能的发现，对风音响效果的拓展以及对风使静态的衣物呈现动态美的功能的运用。

荣小措（2002，2011）、胡皓月（2006）和吴建辉、马林（2007）研究了建安诗歌中的风意象，认为建安诗歌继承和发扬了前代诗歌中风意象浓重的悲情色彩，风意象不论在数量上还是质量上都有了较大的提升。总体而言，悲风意象是建安诗歌的特色。悲风意象既指直接以“悲风”命名的意象，也包括含悲情意味的风意象，如凄风、凉风、寒风等，还包括风与其他物象组成的悲剧意味浓厚的组合意象，如“风＋浮萍”，“风＋烛”，“风＋转蓬”等。建安诗人以风“悲”写己“悲”，抒发了世事艰难，壮志难酬的悲哀；也以风中之烛，浮萍、转蓬等意象表达了对生命脆弱的感伤。这时期的诗人，处于社会动荡又人性觉醒的时代，他们对国家的忧虑、对人生的思考格外深刻，对理想的追求和自我实现的愿望格外强烈。因此，与前代相比，他们诗中的悲风意象，表现出的是壮志与悲慨相纠结的情怀，是万般悲凉却不懈追求的意境，体现出一种力度美。另外，张介凡（2010）分类论述了曹植诗歌中风意象的内涵。认为曹植诗歌多用惊风、悲风、秋风意象起兴、比喻，表达时光易逝、人生短促的焦虑；用回飙、回风、惊飙象征能随意改变诗人地位与处境，导致身世飘零的外在权势；用悲风暗示险恶的政治环境及理想、追求无法实现的苦痛。

杨立群（2006）分析了陶渊明诗文中风意象单独使用和与其他词语组合使用时所表达的独特内涵，并论述了陶渊明写风咏风的原因。认为陶渊明笔下的风常常是指自然之风，诗人通过比喻、烘托、映衬、对比的方式借风来表达相应的情感和哲理；另有一些风意象涉及社会生活的方方面面，如风俗、风气、风物等，具有丰富的文化内涵。

荣小措（2002，2011）对南北朝诗歌中的风意象也进行了分析。发现刘宋诗歌中传统的带有悲情色彩的风意象，如悲风、秋风、北风等的使用数量明显减少，出现了大量欢快轻松的新“风”意象，如惠风、清风、和风、春风等。诗人们开始发掘现实功利目的之外更纯粹的审美感受。但也仍有以风意象抒发悲愁情绪的，如谢灵运、鲍照等人，诗中的“朔风”“阴风”等意象情感充沛，具有打动人心的力量。到了热心闺阁、宫廷、美人、日常事物，细心又浪漫的齐梁陈诗人那里，风意象的悲情色彩更加淡薄，代之而来的是景风、灵风、宣风、熏风、惠风等千姿百态的风意象。北朝诗歌中风意象在数量和质量上稍逊于南朝，却也有自己的独特风格。表现出两种倾向：一种是北方自身的勇猛劲健之风，如朔风、霜风等；另一种是南朝影响下的柔腻温婉之风，如荷风、温风、光风等。

关于唐代诗歌中风意象的研究，蒋绍愚（2008）尝试利用北京大学中文系的《全唐诗检索系统》，找出李白、杜甫诗歌中的月和风意象进行分析。他将两位诗人诗歌中的风意象分为五类：① 用什么词来修饰“风”：用“A+ 风”表示；② 用什么词来表述“风”：用“风 +V/V+ 风”表示；③“风”和什么形象同现：用“风 ~N”表示；④“风”的表述与什么描述同现：用“风 V/S”表示；⑤“风”在诗歌中常与什么情景、感情相联系：用“风 -X”表示。经过这样的分类之后，李白、杜甫诗中的风意象的组合、使用情况就很清晰地呈现在我们眼前。其中第五类“风”在诗歌中常与什么情景、感情相联系（风 -X）与风的文化义相关，不过蒋先生的研究只是例举式的，并未做详细的分析。即使是这样，也为我们提供了很好的研究思路。

许家琍（2012）的硕士论文将李白诗歌中的风词语作为研究对象，逐一解释其文化义。其中包括暗示季节的春风、东风、香风；用来表达心境，呈现物我合一境界的清风、松风；描写秋天景象的秋风、长风、天风；以联合方式出现的风尘、风云、风波。认为李白诗中的风意象，大致包括季节的暗示、时间的变化、空间的传导、环境的描绘和营造诗歌的时空背景这样几种意义。另外，也通过“风与女性”“风与山水”“风与音乐”意象组合的分析，探讨了风意象在表现闺怨、行乐、送别、隐逸思乡主题中的作用。

另外，倪同刚（2006）也简单论述了唐诗中春风、夏风、秋风、冬风等的象征意义。

钱爱娟（2005）将杜甫诗歌中的风雨意象分为忧愁类和闲适类，认为杜甫诗中风雨意象最大的特点就是体现了杜甫深沉、博大的忧患精神。忧愁类风雨意象中，风阻行舟、雨阻归程、风餐露宿、凄风寒雨等意象在映衬时代背景的同时，也反映了诗人的遭遇和忧患情绪。作者认为，杜诗中风雨意象所体现的文化意蕴有：生命意识的凋残、理想价值的失落、归属感的缺失、淑世精神的外化和人情魅力的体现。

黄田田（2011）在唐诗风雨意象的研究中同样将风雨意象分为忧愁类和闲适类两种。认为闲适类风雨意象大多表现了诗人平静的生活和隐居的悠闲情调，体现了诗人对生命的热爱和对自然的亲近；忧愁类风雨从数量上讲远远多于闲适类风雨，多是直接以风雨写悲愁或以风雨起兴寄托哀愁，风雨的出现还常伴随着战争的描写。总体而言，唐诗中风雨意象所表达的情感内涵主要有离别相思、羁旅怀乡、前途失意和宇宙人生的感慨这四个方面。

另外，杨杉（2013）谈到了唐诗中的“风使”意象。认为该意象在先唐时代就已积淀了丰富的语言文化内涵，到了唐朝，风味、风声、风气、风信等风使意象的内涵意义进一步被充实，并开始进入塞漠、朝堂和江海背景中，表现出异于前代的雄伟气势。

综观以上的研究，我们会发现，“风”从一开始进入古代诗歌，就具有了丰富的文化内涵。诗歌中的“意象”，是“通过一定的组合关系，表达某种特定意念而让读者得之言外的语言形象”。[①] 从《诗经》时代开始，风意象就与风神崇拜、民俗观念有着密切的关系；风的大、小、急、徐，冷、暖、强、弱都被细心的诗人们所察觉，或用来烘托诗歌背景，或直接被赋予特殊的含义，表达或悲愁苦闷、或慷慨豪迈、或温婉闲适等情怀。随着时代的发展、社会环境的变迁，诗人们所使用的风意象不论从内容还是数量上，都在不断增长。很多常用意象被历代诗

① 陈植锷：《诗歌意象论：微观诗史初探》，13 页，北京，中国社会科学出版社，1990。

人反复使用，表达特定的含义，并逐渐成为该词语固定的义项；也有的意象只能在诗歌语境中才能够体会其言外之意，而不论是固定的意象义还是特殊的、只能在特定诗歌中体会的意象义，都与我们所说的文化义有共通之处。诗歌中意象的组合往往通过隐喻、象征的方式，传达诗人特殊的情感与体验，经过时间的沉淀，逐渐成为构成意象的词语的文化义。可以说，词语的意象义是文化义的一部分。意象义与文化义都是隐含在词语字面意义之下的特殊含义。

已有的风意象的研究，能使我们大致理清先秦至唐代“风”与其他词语组合使用的情况和意义发展的状况，便于我们把握盛唐诗歌中风词群文化义的来龙去脉，使我们的研究有据可依。

（三）关于风词语的隐喻认知研究

在古代诗歌语言中，“风”及“风”与其他词语的组合作为意象，被赋予了丰富的文化内涵，而获得这些意义的途径则多是通过隐喻。传统的隐喻理论认为隐喻是一种修辞手段，而以认知语言学的观点来看，隐喻不只是一种语言现象，更是人类一种重要的认知现象。随着认知语言学理论在汉语研究领域的传播，学者们发现，以“意义”为中心的认知语言学、认知语义学，在解释汉语词语的语义认知机制方面，尤其是一词多义的产生原因方面，有着较强的优势。因此，开始尝试使用认知语言学的方法来探讨汉语词语的语义问题。其中，也包括少量与“风”的隐喻认知机制有关的文章。

赵海亮（2008）以汉语风词群为研究对象，穷尽式地收集了《汉语大字典》《汉语大词典》及其他相关字典中的风词语，并从范畴的角度对这些风词语做了意义分类。在分类的基础上，论述了风词群中词语的语义认知机制。认为“风”除了本义之外，其他范畴的意义大多是通过隐喻的手段来实现的。文章中指出汉语里以“风”为构词语素的双音节合成词，其隐喻意义主要有：① 人是风。主要包括人的气度是风，如风宇、风采、风致；品性是风，如风性、风骨；仪表是风，如风俊、风姿、风容；作态是风，如风奔、风议。② 与文学艺术相关的隐喻，如风骨、风媚、风格。③ 与社会生活相关的隐喻。包括与道德评价有关的，如淳风、流风、陋风；与礼教律法有关的，如风宪、风旨、儒风；与信息传递有关的，如透风、跑风、风言；与男女私情有关的，如风话、风淫；与社会环境有关的，如风云、风浪、风暴；与生活的艰辛和旅途的劳苦有关的，如：风郁、风疟、风咳。另外，“风”在成语、惯用语中，常与别的语素合成整体概念，形成词语的隐喻意义。这时候的“风”多是风度、风流、风俗、迅速的代名词。具体而言，含“风”的成语、惯用语所形成的隐喻义大致有以下几种：① 喻指女子的风姿，如风骚劲；或表中性或贬义，如风摆柳、风姿绰约；② 喻指人的气度，如翩翩风度、风流倜傥；③ 喻指男女感情或私情，如风流事、风月债；④ 喻指人的性格、品质、行事方式，如风火性、雷厉风行；⑤ 喻指人善谈或有相当的影响力，如谈吐生风、风云人物；⑥ 喻指社会环境、局势的动荡或稳定，如风声紧、风雨飘摇；⑦ 喻指生活、旅途、境遇的艰辛，如餐风茹雪、仆仆风尘；⑧ 喻指某事物或风气很盛行，如风行一时、蔚然成风。该论文首先从语法结构的角度对风词群的词语组合方式进行了分析，又从语义范畴的角度对风词群做了细致的分类，剖析了风词群的意义类别，最后从认知的角度概括了风词群的隐喻意义。该文分类较为细致，但关于风词群隐喻义的认知机制，分析较简单。

张权、李晨（2005）和李耸、冯奇（2006）都做了中、英文“风”隐喻映射的文化对比研究，认为不同的语言因民族文化心理的不同，对同一事物的隐喻映射既有区别又有联系。在两篇文章中，作者都从风的自然属性出发，分析了其隐喻映射机制，其中看法大致相同的部分见表1：

表1　张权、李晨（2005），李耸、冯奇（2006）中风的隐喻映射

风的特点	隐喻映射	例词
风有流动性、方向性	隐喻消息	风声、风闻
	隐喻事物发展的趋势	风头、风势、望风而逃
	隐喻优势、劣势	占上风、甘拜下风
风的虚无飘渺，捉摸不定	隐喻无根据的，不实的事物	风言风语、空穴来风
风有震慑作用和破坏作用	隐喻危险、困难	风险、风涛、风口
	隐喻震慑力、破坏力	重振雄风、风卷残云、风起云涌
	隐喻风给人的身心带来的伤害	伤风、风凉话、冷嘲热讽

张权、李晨（2005）还从风的作用过程与后果的相关性质、风与其他事物的相互作用、风与人的相互作用、风的文化认知属性几个方面论述了风的隐喻映射情况。李耸、冯奇（2006）还根据风的动态性和有声音的特点，认为它可隐喻驱动性的力量、隐喻声音。陈琳琳（2009）在谈论天气现象的隐喻方式时也谈到了风，认为其隐喻意义有：风是消息，是某个地区或群体固定的习惯或规则，是一个时期内盛行的事物，是事物发展的形势。也与前两篇文章中的观点有相同之处。另外陈兵、刘上扶（2006）做

了中外汽车品牌有关风隐喻的对比研究，也是通过风隐喻来探讨不同文化在认知上的差异。

第二节　相关理论阐释

一、词汇语义学相关理论

利奇（1987 [1974]：17）中将意义分为七种类型，其中第二种“内涵意义”是指：“一个词语除了它的纯理性内容之外，凭借它所指的内容而具有的一种交际价值。”[①] 认为内涵意义是附加在概念意义之上的，非单独存在的意义，它可以因人而异，也可因不同的年龄、社会、国家或时代而异。如：在男性处于支配地位的社会中，woman 一词就具有了“脆弱、爱流泪、怯懦、缺乏理性”等内涵意义。

苏瑞（1995）提出了“隐含意义”的概念，认为“隐含意义”同于利奇的“内涵意义”，也指“一个词语除了它的纯理性内容之外，凭借它所指的内容而具有的一种交际价值”[②]。并认为隐含意义可以分析为“隐含义素 / 隐性义素”，如“水”的隐含意义的义素可以有 [无味的] + [清凉的] + [流动的]。隐含义素只能在特定的语境中显现，不能构成义位直接进入言语交际。隐含义素表现的是事物的非基本特征，是人们对某个词所指的客观事物附加的、非标准特性的经验性感知在语言中的反映。人们

① 杰弗里·利奇：《语义学》，李瑞华等译，17 页，上海，上海外语教育出版社，1987。
② 苏瑞：《隐性义素》，载《古汉语研究》，1995（3）：89-94。

的这种感知往往受到文化、历史时期及个人经历等因素的影响，因而隐含义素具有民族的、时代的特点，数量上也具有无限性。隐含义素因自身特点，很容易构成比喻中的喻体发挥交际功能，或在名物词中起构词作用，因而对增强语言的表达力具有重要的作用。

蒋绍愚（2005：35）也提出了词语的“隐含意义”的概念，认为：① 它反映事物的非本质属性，在某种语言环境中会被体现出来。例如“君子之交淡如水”“碧天如水夜云轻”和“旧恩如水满身流”中分别凸显了“水”的“无味”“清凉”及“流动”的隐含意义。② 隐含意义会因民族、时代而不同，如古汉语中“女”有“卑下”“柔弱”的隐含意义。③ 隐含意义若经常被使用，就会发展成为一个新的词或义位。如“飞”的隐含意义是“迅速”，后来由此隐含意义发展出副词“飞”，如“飞快”“飞跑”等。

关于词汇的意义，王宁（1996：37）指出，词通常以两种状态存在，即储存状态和使用状态。认为“储存状态中的词是作为全民语言的建筑材料而存在的，在它的意义中，保存了使用该语言的人们对这个词所标识的事物全部的共同认识和感情色彩，包括了全民族统一的对于用这个词命名的事物的各种经验”[①]。使用状态中的词是指个人言语中的词，它活动在言语者或作文者的口中或笔下，进入到一定的语言环境之中。因此，全民语言中概括的词义就转化成了个人语言中的具体词义，它具有固定的含义，亦带有说话者所希望展示的个人情感和形象的体验。但这些意义

① 王宁：《训诂学原理》，37 页，北京，中国国际广播出版社，1996。

要在全民共同理解的意义基础上才能实现，且出现在一定语境中，因此也具有社会交际性能，而非个人主观的。王宁将词在存储状态中的意义称为储存义，在使用状态中的意义称为使用义。

关于词汇意义的类型，符淮青（2006：24）指出，一般的划分方法是，“从派生关系上分出词的本义、引申义、比喻义；从词义在现时的作用上分出基本义、常用义、只存在于合成词和固定结构中的语素义（或称词素义）等；从传达的信息内容上分出概念义（理性内容）和附属义（或称附属色彩，如感情色彩、语体色彩等）”①。为了更好地描写词义，不少学者也提出了新的说明和分析。符淮青（2006：36）还提出了词的“言语义”的概念，认为言语义是词在运用中临时获得的新的意义，主要通过各种修辞手段的运用产生，而非概念义（语言义）因上下文及语境的不同而显现出的各种差别。指出言语义可通过比喻、借代、双关、改换词性、反语用法等方式产生，并不与语言义相对立，某些言语义在一定条件下可以发展成为语言义。

关于词义的引申，传统语言学对引申现象的关注由来已久，对于“词义引申”本身的研究，较有代表性的有陆宗达、王宁（1994）及蒋绍愚（2005）的研究。陆宗达、王宁认为引申是一种有规律的词义运动。“词义从一点（本义）出发，沿着它的特点所决定的方向，按照各民族的习惯，不断产生新义或派生新词，从而构成有系统的义列，这就是词义引申的基本表现。”② 二位先生将古代书面汉语词义的引申大体分为三类：① 理性的引申，包括因果的引申、时空的引申、动静的引申、施受的引申、

① 符淮青：《词义的分析和描写》，24 页，北京，外语教学与研究出版社，2006。

② 陆宗达、王宁：《训诂与训诂学》，109 页，太原，山西教育出版社，1994。

反正的引申及实虚的引申；② 状所的引申，包括同状的引申、同所的引申和通感的引申；③ 礼俗的引申，认为归纳、总结词义引申规律，对探求和判定古代汉语词义，具有非常重要的作用。尤其指出古代书面汉语中大多是多义词，在理解词义时必须将该义项放到多义词的引申系列中，找到其在引申系列中的位置，才能掌握该义项的特点，更准确、细致地理解文意；同时在整理多义词的义项时，要重视引申规律，注意义项之间的联系。

蒋绍愚（2005：71）指出，引申是基于联想作用而产生的词义发展，是词义发展的重要途径。他从义素分析的角度来看引申，认为甲义引申为乙义，两个意义之间必然有相关的部分，或者说甲乙两义的义素必定有共同的部分。并认为，词义引申的方式大致有连锁式和辐射式两种，而实际上，一个词的引申往往是这两种方式兼而有之。

苏新春（2008：41）指出，语言中的词汇，绝大多数都是多义词，而多义词的众多义项中，又多具有引申关系。词义的引申有着相当丰富的内容和错综复杂的关系，只有将它了解透彻，才能使整个词义纲举目张。在这一过程中，词义当中客观因素的联系和主观因素的作用都不容忽视，其中既具有语言之间的共同规律性，也具有民族语言的文化个性。他还特别指出，语言的变迁在表面上往往表现出超然的共同性，而在其背后，起左右制约作用的却总是文化基因。

二、认知语言学相关理论

（一）原型范畴理论

原型范畴理论是认知语言学中重要的理论之一，它产生于当代语言学和哲学界对亚里士多德经典范畴理论的批判。该理论认为，一个范畴内部各成员的属性不是完全相同的，存在很大的差别，它们仅存在家族相似性；原型是同一个概念范畴中能反映本范畴特征的最好、最典型的成员；范畴的边界是模糊的，范畴内的成员地位不相等。Lakoff（1987：57）和 Taylor（1989）都认为，语言结构也像非语言的概念结构一样，具有原型效应。人类可以像对自然物体一样，对语言进行范畴化。Taylor（1989：99）认为，语言中多义词所形成的语义范畴就具有原型范畴的特征。王寅（2007：116）根据 Taylor（1989）的论述认为，原型范畴理论对于多义词所建立的语义微系统也具有较强的解释力。即类似于范畴以原型成员为中心，通过家族相似性不断向外扩展，词义也是以中心意义为基础不断扩展，形成一个个意义链，构成了一个语义网络。语义链上的相邻节点因意义扩展的关系共有某些属性，但不相邻的节点之间却不一定有共同的属性。意义链上的节点相当于词语的义项，它们在一个语义微系统中的地位是不相等的。

（二）隐喻和转喻理论

认知语言学认为："在由一词表达的以相互关联范畴组成的复杂网络建构中，隐喻和转喻起着关键作用。"[①] 隐喻和转喻不仅是一种语言现象，更是一种认知活动，在人类的范畴化、概念结构、思维推理的形成过程中有着非常深刻的影响。

Lakoff, G. & Johnson, M.（1980：5）认为，隐喻遍布在我们的语言、思维和行为中，在我们的日常生活中几乎无所不在。我

① Ungerer, F. & Schmid, H. J. 1996. An Introduction to Cognitive Linguistics [M]. London: Addison Wesley Longman Limited. 114.

们用以思维和行动的日常概念系统，在本质上也是隐喻性的。二位学者给隐喻的定义是：隐喻的实质是借由另一类事物去理解和体验某一类事物。[①]他们将隐喻分为方位隐喻、本体隐喻和结构隐喻三类，其中本体隐喻又包括实体和物质隐喻、容器隐喻及拟人隐喻。虽然，对这样的分类方式两位作者后来有一些反思，认为所有的隐喻都是结构隐喻（从一个结构映射至另一结构）；所有的隐喻都是实体的（它们创造目标域实体）；许多隐喻是方位性的（产生方位性意象基模映射）。其他学者也提出了一些质疑。但也有学者认为，这种分类方式有助于研究者初步辨识和理解隐喻，为进一步的深入分析提供了方便。关于隐喻的运作机制，Lakoff 等人（1987，1989）提出了“映射理论”（Mapping Theory），明确揭示了隐喻涉及的两个领域（始源域和目标域）之间的互动这一重要特点，并称这种具有方向性的互动为“映射”，认为隐喻意义是始源域事物的部分特征向目标域映射的结果，映射具有系统性。

Lakoff, G. & Johnson, M.（1980：36）认为，转喻是以一个实体提示 / 指涉另一相关的实体。[②]如果说隐喻是在不同的认知域中由此及彼的映射过程，那么转喻就是在同一认知域中进行的映射，即用同一认知域中的一个范畴来代替另一个范畴。隐喻主要起描述作用，而转喻则起指称作用，转喻也被称为借代。关于

① Lakoff, G. & Johnson, M. 1980. Metaphors We Live By[M]. Chicago: University of Chicago Press. 5: The essence of metaphor is understanding and experiencing one kind of thing in terms of another.

② Lakoff, G. & Johnson, M. 1980. Metaphors We Live By[M]. Chicago: University of Chicago Press. 36: We are using one entity to refer to another that is related to it. This is a case of what we will call metonymy.

转喻的分类，Radden & Kövecses（1999：29-43）根据理想化认知模式中转喻喻体和转喻目标之间的关系，将转喻分为整体与其部分之间的转喻和整体中不同部分之间的转喻两大类。第一类又分七小类：事物与部分之间的转喻、标量转喻、构成转喻、事件转喻、范畴和成员之间的转喻、范畴及其特征（属性）之间的转喻、缩减转喻；第二类包含9个小类：行为转喻、感知转喻、因果转喻、生产转喻、控制转喻、所属转喻、容器转喻、地点转喻、符号和指称转喻。

（三）意义动态理论

束定芳（2008：235）谈到了Kecskes（2003，2006）提出的意义动态模型，认为意义动态模型中词的意义分为“核心意义”和“语境意义”。核心意义是一种指别性、相对稳定的客观特征，反映了语言社团的变化；语境意义是一种实际的、主观的、指代的特征，是根据情景和语境而变化的。在该模型中，词汇代表根据之前的语境经验建立的世界知识，其意义包括核心意义（对某个概念的一般世界知识）、词本身的语义特征（词汇化的世界知识）和属于特定文化的概念特征（世界知识中属于特定文化的部分）。

意义动态理论认为词义中最重要的变量是“显著度”，而不是字面意义，即最显著的意义是最可能的意义。人类的大脑在辨识词义时会给予某些意义更多的优先处理权。如英语中的cool，它的优先意义不是词典中的基本义“moderately cold（中度寒冷）”，而是“excellent，first-rate（好极了，一流的）”。束定芳认为出现这种情况的原因在于cool的后一个意义在当前主流的使用中更显著。这说明：（1）显著程度根据的是人们先入为主的知识和经验，与熟悉度有关；（2）显著程度是动态的，会因使用、社会、环境和说话者的变化而变化。在词汇意义理解的初级阶段，语境和词汇处理过程是平行作用的，词汇的显著意义会被自动激活，如果与语境不符，则会进行修正。因此，显著意义在话语输入和输出的过程中可以取代字面意义。

以上词汇语义学及认知语言学的相关理论，为我们研究盛唐诗歌风词群的文化义及产生机制提供了有利的工具，是我们展开研究的基础。

第一，我们认为利奇所讲的“内涵意义”和蒋绍愚、苏瑞的“隐含意义”是相同的概念，它们来自于人们对真实世界的体验和现实生活的经验。在盛唐诗歌风词群的研究中，我们认为“风”的隐含意义也是一个不容忽视的因素，它们反映了人们对于风的非标准特性 / 属性的经验性感知。隐含意义不构成词语的一个义项，因此不能直接进入言语交际，而只能在不同的语境中得到显现，如例 2-1 至例 2-4 中，分别呈现出风具有吹送之力、具有破坏性、速度快和寒凉的隐含意义。除此之外，风的其他隐含意义也在盛唐诗歌营造的不同语境中呈现出来。

例 2-1　风落吴江雪，纷纷入酒杯。（李白《对酒醉题屈突明府厅》）

例 2-2　风断青蒲节，霜埋翠竹根。（杜甫《建都十二韵》）

例 2-3　安知决臆追风足，朱汗骖驔犹喷玉。（杜甫《醉为马坠诸公携酒相看》）

例 2-4　霜被群物秋，风飘大荒寒。（李白《古风》其三十九）

正如苏瑞（1995）所说，隐含意义会因语境的变化而变化，也会受到文化、历史时期及个人经历的影响，因此，在数量上具有无限性，无限多的隐含意义在增强语言的表现力方面起着重要的作用。通过观察盛唐诗歌风词群我们发现，“风”的隐含意义本身会使语言呈现出丰富的内涵；同时，在其基础之上，通过隐喻、转喻认知方式或社会文化的赋予产生的“风”和“风词语的文化义”更使语言具有无穷的表现力。因此，我们可以说，“风”的隐含意义是从其本义向文化义引申的中间环节，是文化义产生的基础。

第二，诗歌语言具有含蓄、凝练的特点，诗人要想用有限的文字表达丰富的情感内容及审美体验，就必须使语词具有“言外之旨”，而这“言外之旨”则往往需要借助隐喻、转喻等手段来完成。我国古代文学作品中很早就出现了隐喻和转喻的用法。在盛唐诗歌风词群文化义的产生过程中，隐喻和转喻也起到了重要的作用。如盛唐诗歌中多次出现“风是人”的概念隐喻，通过赋予“风”以人的特点来表现人物内心的情感体验（例 2–5、2–6）；也以“风”的流动不羁隐喻人的超凡脱俗（例 2–7），使“风”具有了“人的风度”这一文化义；以“风日”“风土”来转喻天气、气候，使“风”具有了与“气候”相关的文化义（例 2–8）。

例 2–5　坐久风颇愁，晚来山更碧。（杜甫《白水县崔少府十九翁高斋三十韵》）

例 2–6　风恬日暖荡春光，戏蝶游蜂乱入房。（岑参《山房春事二首》）

例 2–7　少年词赋皆可听，秀眉白面风清泠。（高适《送

郭处士往莱芜，兼寄苟山人》）

例 2-8　山川如剡县，风日似长沙。（李白《秋浦歌十七首》其六）

第三，根据原型范畴理论，我们认为，在盛唐诗歌中风词语文化义的研究中，可以将“风”看作是一个语义微系统，而“风”的各个义项就是意义链上地位各不相同的节点。在“风”的语义网络中，我们认为“风”的本义——“空气流动的现象”是核心意义、典型成员，我们要考察的是其他意义，重点是文化义是通过怎样的方式产生的，在“风”的语义网络中处于怎样的位置。同时，“风”与其他词语搭配，衍生的大量风词语，也因与“风”的不同义项有关联而成为“风”家族中的成员，成为该语义范畴中的次范畴，我们也要考察它们中一些重要成员的文化义。

第四，盛唐诗歌中风词群的文化义，多为词义引申的结果，其中一部分为“风”及“风词语”的储存义；而另有一部分是“风”及“风词语”的使用义，依赖于特定的语境表现出来。如东风、春风所传递的时光易逝的感伤，西风、凉风所表现的内心的凄凉等，在盛唐诗歌不同诗人的笔下反复出现，虽未被列入词典义项，但已形成了较为固定的语义，因此我们依然将其算作相应词语的文化义。而那些在诗句中偶然出现，或个别诗人的临时性用法，则不属于文化义的范畴，我们将其称作“临时义”。

第五，依据意义动态理论，对盛唐诗歌中风词语文化义显著度的分析，会对于我们观察盛唐时期的社会文化风貌及文人的心理特征提供参考。

第三章　盛唐诗歌中风词群的使用概况

通过对电子版《全唐诗》中18位盛唐诗人诗歌作品的检索，我们发现盛唐诗歌中共使用“风”1656次，其中“风”单独使用341次，其余都是与其他词语搭配使用。“风”单独使用时，大部分使用其本义，即自然意义的“风”，也出现了部分文化义，如表示风操、风度、风习、教化、疾病等意义；风在与其他词语搭配使用时，有相当一部分词语的文化义隐含在字面意义之下，而一小部分词语则直接呈现出文化义。

第一节　“风”单独使用

所谓“风”单独使用，是指“风”在诗句中不被其之前的词（语素）所修饰，也不修饰、限定其后的词（语素），是一个相对独立的语义单位。盛唐诗歌中的“风”在单独使用时，大部分使用其本义，即表自然界的“风”，但因诗句语境的不同，自然意义的“风”也体现出不同的特性，我们视这些特性为“风”的隐含意义，而风的文化意义，都是在这些隐含意义的基础上产生的；还有一小部分单独使用的“风”，则直接呈现了文化义。盛唐诗歌中单纯的自然界之风、凸显隐含意义的“风”及含文化义的“风”出现的数量比为56∶219∶66，在单独使用的“风”中所占比例分别为16.4%、64.2%和19.4%。

一、“风”的隐含意义

可以看出在盛唐诗歌中单独使用的表自然意义的“风”中，仅有一小部分单纯指自然界的“风”，看不出其隐含意义，在诗句中也无特别的含义。如：

例 3-1　雾里江船渡，风前径竹斜。（杜甫《草堂即事》）

例 3-2　舟鹢排风影，林乌反哺声。（杜甫《奉送二十三舅录事之摄郴州》）

例 3-3　向风刎颈送公子，七十老翁何所求。（王维《夷门歌》）

例 3-4　暄鸟迎风啭，春衣度雨寒。（李颀《送窦参军》）

例 3-5　万鼓雷殷地，千旗火生风。（高适《塞下曲》）

另有一大部分表自然意义的“风”，则在诗句中凸显了其隐含意义，我们可以从中看到一些文化义产生的理据。

（一）风的吹送之力

例 3-6　大鹏一日同风起，扶摇直上九万里。（李白《上李邕》）

例 3-7　霓为衣兮风为马，云之君兮纷纷而来下。（李白《梦游天姥吟留别》）

例 3-8　向国唯看日，归帆但信风。（王维《送秘书晁监还日本国》）

例 3-9　无风难破浪，失计长江边。李白（《赠宣城宇

文太守兼呈崔侍御》)

例 3-10　日晚烟花乱，风生锦绣香。(杜甫《陪王使君晦日泛江就黄家亭子二首》)

例 3-11　月明全见芦花白，风起遥闻杜若香。(孟浩然《鹦鹉洲送王九之江左》)

例 3-12　摇曳巴陵洲渚分，清江传语便风闻。(王昌龄《巴陵送李十二》)

例 3-13　风吹绕钟山，万壑皆龙吟。(李白《金陵听韩侍御吹笛》)

例 3-14　云送关西雨，风传渭北秋。(岑参《宿关西客舍，寄东山严、许二山人，时天宝初七月初三日，在内学见有高道举征》)

例 3-15　我寄愁心与明月，随风直到夜郎西。(李白《闻王昌龄左迁龙标，遥有此寄》)

例 3-16　隔牖风惊竹，开门雪满山。(王维《冬晚对雪忆胡居士家》)

例 3-17　远鸥浮水静，轻燕受风斜。(杜甫《春归》)

例 3-18　塞门风落木，客舍雨连山。[杜甫《秦州杂诗二十首(十五)》]

例 3-19　风起春灯乱，江鸣夜雨悬。(杜甫《船下夔州郭宿，雨湿不得上岸，别王十二判官》)

例 3-20　醉看风落帽，舞爱月留人。(李白《九日龙山饮》)

第一，风既为流动的空气，在吹动的过程中就必然会产生动力，因此在盛唐诗人笔下，流动的“风”往往是一种凭借之力，它可以助大鹏展翅直上九天云外（例 3−6），也可以是诗歌幻境中助仙人前行的工具（例 3−7），同时要乘风破浪、扬帆远航也离不开风的力量（例 3−8、3−9）。例 3−9 中，诗人引《宋书·宗悫传》之典，助船前行的动力之"风"则成了仕途中前进的动力，成为实现政治理想的契机。第二，流动的"风"具有方向性，故能将香气、消息、乐声等吹送于人（例 3−10 至 3−15）。"风生锦绣香"，吹送的是歌妓华美舞衣的香气；"风起遥闻杜若香"，吹送的是沁人心脾的花香。清风吹送美人之香和花香是盛唐诗歌中常出现的情景。风亦能传递声音，故顺着风能听到"清江传语"，动听的笛声也能随风在山间回响，撼动人心。除此之外，抽象的信息和情愫，也能随风传递。例 3−14 中传递的就是秋天到来的信息，例 3−15 中是希望自己的思念与愁情能够随风传递给远方的友人。这里的"风"，已成了寄托和传送忧思的媒介，是含有文化义的"风"。第三，流动的"风"能够作用于他物，引起事物的变化或形成动态的景观，同时亦能渲染诗歌氛围或表达作者的心绪（例 3−16 至 3−20）。"隔牖风惊竹"和"轻燕受风斜"都于清风吹拂、平和安静的景观中表现了诗人淡然的心境。"塞门风落木"及"风起春灯乱"，则于动态景观中呈现出一种凄凉、萧瑟之感，是诗人悲凉心境的反映。"风落帽"是借用东晋名士孟嘉被风吹落帽子的典故，表现了诗人李白对名士的向往和对自然的热爱。

故有吹送之力的"风"，是一种凭借之力，可以隐喻成功的助力；也可于流动中吹送香气，传递信息、情愫等；还可以作用于他物，在呈现动态景观的同时营造诗歌的氛围，表现诗人的心境。

（二）风的破坏性力量

例 3–21　绿垂风折笋，红绽雨肥梅。（杜甫《陪郑广文游何将军山林十首》）

例 3–22　洪涛滔天风拔木，前飞秃鹙后鸿鹄。（杜甫《天边行》）

例 3–23　八月秋高风怒号，卷我屋上三重茅。（杜甫《茅屋为秋风所破歌》）

例 3–24　江上相逢借问君，语笑未了风吹断。（李白《寄韦南陵冰，余江上乘兴访之，遇寻颜尚书，笑有此赠》）

例 3–25　猿啸风中断，渔歌月里闻。（李白《过崔八丈水亭》）

自然界的风有强弱之分，迅疾、猛烈的风往往具有破坏性作用，例 3–21 至 3–23 中的“折笋”“拔木”和对茅屋的破坏就体现了这一点。除了对具体事物的破坏之外，大风也会阻挠声音的传递，如例 3–24、3–25。

同时，有破坏性力量的大风，也常是恶劣的天气和环境的象征，如：

例 3–26　十日过沙碛，终朝风不休。（岑参《初过陇山途中，呈宇文判官》）

例 3–27　终日风与雪，连天沙复山。（岑参《寄宇文判官》）

就以终日不停的大风来体现西北边地气候的恶劣。

（三）风的速度

例 3–28　能者操舟疾若风，撑突波涛挺叉入。（杜甫《又观打鱼》）

例 3–29　蜀麻吴盐自古通，万斛之舟行若风。（杜甫《夔州歌十绝句》）

例 3–30　发白还更黑，身轻行若风。（李颀《赠苏明府》）

例 3–31　猎马既如风，奔兽莫敢息。［储光羲《田家杂兴八首（三）》］

风具有轻、快的特点，因此，人们常以风速来比喻其他事物的迅疾。以上四例即是如此，以风速之快来比喻行船之快、人行走之轻快和烈马奔跑的迅速。

（四）风的寒冷

例 3–32　客子入门月皎皎，谁家捣练风凄凄。（杜甫《暮归》）

例 3–33　饮马渡秋水，水寒风似刀。（王昌龄《塞下曲四首》其二）

例 3–34　九月天山风似刀，城南猎马缩寒毛。（岑参《赵将军歌》）

例 3–35　银山碛口风似箭，铁门关西月如练。（岑参《银山碛西馆》）

例 3–36　岁晏风破肉，荒林寒可回。（杜甫《山寺》）

秋冬季节的风会带给人寒冷刺骨的感受，以上诗句以不同的方式表现了风的这一特性。例 3–32 中以“凄凄”直陈风的寒凉，凸显了诗人飘零在外，落寞悲凉的心境；而后四句则是通过“风似刀”“风似箭”的隐喻来形容寒风的凛冽，其中“岁晏风破肉”隐喻岁末的风寒冷刺骨，吹在人身上如刀割一般。

（五）风的凉爽

例 3–37　纳凉风飒至，逃暑日将倾。（孟浩然《张七及辛大见寻南亭醉作》）

例 3–38　水退池上热，风生松下凉。（李白《安州般若寺水阁纳凉，喜遇薛员外乂》）

例 3–39　重闻西方止观经，老身古寺风泠泠。（杜甫《别李秘书始兴寺所居》）

例 3–40　湍驶风醒酒，船回雾起堤。（杜甫《晚秋陪严郑公摩诃池泛舟》）

秋冬季节的风是寒冷的，而夏日的风则是凉爽的。前两例中就体现了夏日中飒然而至的风带给人的清凉、舒适之感。例 3–39 是以清凉的风来隐喻诗人听李秘书讲经后心中舒适畅达的感受。例 3–40 中的“风醒酒”也突出了风清凉的特点。

（六）风的气势

例 3–41　鼍吼风奔浪，鱼跳日映山。（杜甫《暂如临邑，至山昔山湖亭奉怀李员外率尔成兴》）

例 3–42　长亭酒未醒，千里风动地。（王昌龄《句》）

大风刮起时，气势磅礴，具有席卷一切的力量。以上两例中掀动巨浪和动地而来就是这种气势的体现。

（七）风的声音

例 3–43　落日照大旗，马鸣风萧萧。（杜甫《后出塞五首》其二）

例 3–44　竿湿烟漠漠，江永风萧萧。（杜甫《桔柏渡》）

例 3–45　夜雨风萧萧，鬼哭连楚山。（岑参《阻戎泸间群盗》）

例 3–46　琵琶一曲肠堪断，风萧萧兮夜漫漫。（岑参《凉州馆中与诸判官夜集》）

盛唐诗歌中多用“萧萧”来形容风声。《诗经》中有“萧萧马鸣，悠悠旆旌”（《小雅·车攻》），《楚辞》中有“风飒飒兮木萧萧，思公子兮徒离忧”（《九歌·山鬼》）。“萧萧”一词带有荒凉、萧条的意味，与“风”结合则更能体现草木在风中摇落的凄凉景象，体现出诗歌中的悲凉意味，如荆轲《易水歌》中的“风萧萧兮易水寒”。盛唐诗歌中更多地出现萧萧的风声，或如例 3–43、3–44 中表现苍凉、凄清的景致，或如例 3–45、3–46 中以萧瑟的凉风映衬诗人内心的悲凉。

以上均是盛唐诗歌中自然意义的“风”的特性，我们称之为“隐含意义”。这些隐含意义已表现出与“风”的部分文化义的密切关系，成为文化义产生的依据，如：成功的助力、破坏性的力量、汹涌的气势、迅疾的速度、悲凉落寞的心境等，这些文化义在“风”的组合中表现得更为明显，后文将详细论述。除了这些隐含意义之外，盛唐诗歌中单独使用的“风”，也直接呈现了“风”的文化义。

二、“风”的文化义

盛唐诗歌中单独使用的“风”中，有 19.4% 的“风”直接呈现了风的文化义，用来指人物的风度仪表、品德风操，社会中的风俗教化等方面的内容。

（一）人格化的风

例 3–47　坐久风颇愁，晚来山更碧。（杜甫《白水县崔少府十九翁高斋三十韵》）

例 3–48　不知万乘出，雪涕风悲鸣。（杜甫《八哀诗·赠左仆射郑国公严公武》）

例 3–49　轮台九月风夜吼，一川碎石大如斗，随风满地石乱走。（岑参《走马川行奉送出师西征》）

例 3–50　假令风歇时下来，犹能簸却沧溟水。（李白《上李邕》）

例 3–51　影遭碧水潜勾引，风妒红花却倒吹。（杜甫《风雨看舟前落花，戏为新句》）

盛唐诗歌中，“风”被赋予了人的特点，它有“愁情”，可以“悲鸣”，亦可以像人一样怒吼、休息，甚至是有嫉妒之心。这是典型的“风是人”的概念隐喻，这样的表达方式将风的动态摹写得细致、具体，也以风的“情绪”烘托了诗歌的背景。

（二）风是风度、风范、风操

在中国古代人的观念中，风与气是相同的。《广雅·释言》云：“风，气也。”[①] 风被看作是天地之气相互作用的产物[②]，而“气”具有生命的象征意义。自然界的风，流动于天地之间，自由自在，无拘无束，具有超脱、高远的特性，同时动万物于无形；而天地所赋予人的生命之气，同样流动不居，抽象而不可捉摸。它不但自外而内对人产生影响，也如风动万物于无形一样，将人内在的精神、气质外化，产生出独特的美感。另外，自然界的风所具有的超脱、高远的特性又与古人所追求的超脱于凡俗之外、自由不羁的境界相契合。因此，人内在的精气、禀赋与德行通过隐喻认知的方式与体外之“风”达成了统一。“风”及部分风词语在古代，尤其是魏晋以来常被用于人物品评，表达一些特定的审美概念。

盛唐诗歌中，“风”常指人的风度、风范、风操。风度侧重于指人的言谈举止及仪态的美好，风操、风范则多指人的品德高尚，均为隐喻义。

例 3–52　少年词赋皆可听，秀眉白面风清泠。（高适《送郭处士往莱芜，兼寄苟山人》）

① 王念孙：《广雅疏证》，148 页，北京，中华书局，1983。

② 陆玖译注：《吕氏春秋》，165 页，北京，中华书局，2011。《音律》：“天地之气，合而生风。”

例 3–53　御史风逾劲，郎官草屡修。（高适《东平旅游，奉赠薛太守二十四韵》）

例 3–54　吾爱崔秋浦，宛然陶令风。（李白《赠崔秋浦三首》其一）

例 3–55　二卢竟不起，万乘高其风。（李白《赠卢征君昆弟》）

以上四例中“秀眉白面风清冷”是以“风”的清爽隐喻人的风仪清俊；其余三例则侧重于指人的风操、风范。“御史风逾劲”是以“风”的“严”和“劲”隐喻御使执法严明的风范；“陶令风”是隐喻秋浦崔县宰的为官清廉，“风”亦为风范之义；而“万乘高其风”则以“风”隐喻卢氏二兄弟淡泊名利的风操。

（三）风是风习

例 3–56　郊原北连燕，剽劫风未休。（岑参《送颜平原》）

例 3–57　地逐名贤好，风随惠化春。（李白《赠崔秋浦三首》其二）

第一例中“风”指燕地的抢劫之风，第二例中指好的社会风气，均为转喻性用法，后文详述。

（四）风是风教

例 3–58　仗钺非老臣，宣风岂专达。（杜甫《鹿头山》）

例 3-59　召南风更阐，丞相阁还开。（孟浩然《荆门上张丞相》）

例 3-60　坐堂风偃草，行县雨随輈。（高适《奉酬睢阳李太守》）

以上三例中，“风”均隐喻风教、教化。《论语·颜渊》有云：“君子之德风，小人之德草。草上之风，必偃。”[①] 统治者或为官之人的德行对于风俗、教化的影响，正如风动万物于无形一样，具有潜移默化的力量。因此“风教”之意，亦为隐喻义。

（五）风是疾病

例 3-61　愈风传乌鸡，秋卵方漫吃。（杜甫《催宗文树鸡栅》）

例 3-62　卷耳况疗风，童儿且时摘。（杜甫《驱竖子摘苍耳》）

盛唐诗歌中，多次出现与人体疾病有关的“风”，以上两例中的“风”指风湿病。风与疾病的关系来源于春秋战国时期中医理论中认识病因的“六淫”之说，认为“风”是六淫中最主要的致病因素，而以风命名疾病、病症，则体现了古人将自然界的风所造成的危害映射到人体上，以风对自然界的危害来隐喻对人体的损伤的观念。

① 杨伯峻：《论语译注》，129 页，北京，中华书局，1980。

（六）风是机遇及成功的助力

例 3–63　自非风动天，莫置大水中。（杜甫《三韵三篇》其二）

例 3–64　击水翻沧海，抟风透赤霄。（岑参《和刑部成员外秋夜寓直寄台省知己》）

以上两例中第一句是杜甫以大船需要大风才能航行，隐喻有才之人需要适当的机遇才能发挥其长处。"风"隐喻机遇；第二句源于《庄子·逍遥游》的典故[①]，以"风"隐喻成功的助力。

（七）风是灾难或逆境

例 3–65　鲁门鶢鶋亦蹭蹬，闻道如今犹避风。（杜甫《白凫行》）

例 3–66　时危人事急，风逆羽毛伤。（杜甫《暮春题瀼西新赁草屋五首》其五）

以上两例中首句以"鶢鶋避风"隐喻诗人因躲避战乱及仕途不顺等原因长期流寓在外，"风"隐喻战乱及不利的处境；第二例以"风逆"隐喻不利的处境，"风"为实现政治抱负的阻力。

① 陈鼓应：《庄子今注今译》，北京，中华书局，1983，3 页："鹏之徙于南冥也，水击三千里，抟扶摇而上者九万里。"

（八）风是音乐

例 3-67　清唱云不去，弹弦风飒来。（岑参《登凉州尹台寺》）

例 3-68　昨夜谁为吴会吟，风生万壑振空林。（李白《夜泊黄山闻殷十四吴吟》）

第一句为通感隐喻，用清风飒然而至带给人的清凉舒适之感隐喻美妙的音乐带给人的美好感受；第二句是用万壑之风形容歌声美好，具有震撼力。“风”隐喻具有震撼力的歌声。

（九）风是恩泽

例 3-69　汉酺闻奏钧天乐，愿得风吹到夜郎。（李白《流夜郎闻酺不预》）

此句为李白在流放夜郎途中听到朝廷大赦、赐酺的消息时，渴望自己也能够得到赦免，免于流放。“风”寄托了诗人的理想，隐喻朝廷的恩泽。

（十）风是兵阵名

例 3-70　云龙风虎尽交回，太白入月敌可摧。（李白《胡无人》）

此处“风”为兵阵名，古人以天、地、风、云、龙、虎、鸟、蛇为八阵。①

第二节　风词语及其语义范畴

盛唐诗歌中的风词语，指“风”与其他词（语素）搭配使用产生的含“风”的词及短语。

认知语言学所谓的范畴，就是“类型”“范围”；而范畴化，“就是把不同的事物归为同一个类型的过程”。（束定芳，2008：42）现代范畴理论认为，范畴的边界是模糊的，因此，一个范畴内部各成员的固有属性不是完全相同的，它们仅具有不同程度的相似性，即家族相似性，该范畴内最典型的代表被称作“原型”。原型范畴理论可被用于词义的分析：John Langshaw Austin 在 1961 年发表的论文《词义》（*The Meaning of a Word*）中就以 healthy 为例，说明多义词在不同的搭配中意义是不同的，但各意义之间是有联系的，这符合 Wittgenstein 提出的“家族相似论”。（束定芳，2008：71）Lakoff（1987：12）认为：词语的互相关联的意义形成范畴，这些意义之间存在家族相似关系。Langacker（2000：4）也指出：一个多义词就代表一个范畴，该多义词的各个义项通过范畴化关联起来，形成了一个语义网络。

① 詹锳：《李白全集校注汇释集评》（天津，百花文艺出版社，1996）第三卷第 478 页引王琦注：“云龙风虎，皆阵名。《李卫公问对》：太宗曰‘天地风云龙虎鸟蛇，斯八阵何义也？’靖曰‘古人秘藏此法，故诡说八名，於八阵本一也。’”詹锳认为此句当依敦煌残卷作“龙风虎云昼交回”，指异样的风云交回于白昼，和下句的“太白入月”的星象相应，指天象已显示了敌军的败亡。

王寅（2007：116）认为，原型理论对于一个多义词所建立的语义微系统也具有较强的解释力。即与范畴以原型成员为中心，通过家族相似性不断向外扩展相类似，多义词也以中心意义为基础不断向外扩展，形成一个语义链条。该语义链条上相邻节点之间具有某些共同的属性，而不相邻的节点间却不一定具有共同属性。

作为汉语言中的一个基本词汇，“风”在长期历史的发展中，逐渐产生了丰富的意义，并与其他词语搭配，衍生了大量的风词语，这些词语因“风”的不同义项而彼此联系，也都成为“风”家族中的成员。我们发现，在风范畴的基本层次上，以自然属性的“风”为基本范畴词所合成、派生的大量的风词语，与当时的社会文化、生活密切相关，不但体现了人们对客观世界的认知及范畴化过程，也在语言的发展中使“风”及“风词语”具有了丰富的文化内涵。通观盛唐诗歌中的风词群，我们发现，无论是单独使用的还是组合中的“风”，有相当一部分已明显表现出“风”的文化义，如与人的风度、才华、品德、疾病的关系，与社会层面的风俗、教化、文学、音乐等的关系。还有很大一部分文化义隐藏在“风”的自然意义之下，需要在诗句语境中去体会。因此，为了研究的方便，我们以字面义为准，首先将盛唐诗歌中的风词语大致分为自然意义范畴、与“人”有关的意义范畴和社会文化意义范畴的三类。

一、自然意义范畴的风词语

我国古人对于“风”的认识，首先是其自然属性。产生于殷代的甲骨文中，就记录了四方之名和四方风名。虽然甲骨文时期还没有“风”的字形，而是假借“凤”为“风”，且将“风”神化，看作是天帝的使者，但也是以其自然属性为依据的。《说文》云：“风（風），八风也。东方曰明庶风，东南曰清明风，南方曰景风，西南曰凉风，西方曰阊阖风，西北曰不周风，北方曰广莫风，东北曰融风。从虫凡声，风动虫生，故虫八日而化。凡风之属皆从风。”[①] 可见，许慎认为，“风”是形声字，古人最初对风的关注，始于其来自不同的方位。盛唐诗人诗歌中，使用较多的还是“风”的自然意义，只是诗人们或继承、或创新，使得这一时期诗歌中风词语的数量大为增加，形式上也更加丰富。诗人们通过诸多的风词语，表现了不同性状、态貌的“风”，摹写了“风”带给人的视觉、触觉、嗅觉、味觉、听觉上的感受，体现了古人对“风”的细致而微的认识。更为重要的是，盛唐诗歌中不同特点的“风”承担着营造诗歌氛围、表现诗歌情绪或诗人心境的使命。久而久之，这些自然意义范畴的“风”，也就具有了文化义。以下仅以字面义为准，对盛唐诗歌中自然意义范畴的风词语做了分类，对于它们的文化义，后文会详细论述。

（1）温度类：

①寒冷的：寒风 烈风 阴风 凄风 严风 霜风

②温暖的：熏风 景风（夏至后暖和之风）惠风 和风 暖风 光风（晴明之风）

③凉爽舒适的：凉风 清风 微风 轻风 细风 袅风（微风）泠风 幽风 好风（好风吹落日）

④炎热的：炎风 赤风（风卷烈火，喻指战乱）

① 许慎：《说文解字》，284 页，北京，中华书局，1963。

（2）态貌类

① 高而远的：长风 高风 信风 万里风 千里风

② 急而猛的：

直向的：惊风 疾风 狂风 猛风 飒风（飒飒大风）大风 冲风 震风 洪涛风 快风 雷风 恶风（狂风）风飙（暴风、大风）

回旋状的：回风 旋风 归风 飘风

（3）季节类：春风 秋风 朔风 绪风 金风 素风 1（秋冬季节的风）商风（秋风、西风）

（4）方位/方向类：东风 西风 南风 北风 逆水风（东风）顺风 樵风（顺风）便风（顺风）阊阖风（西风）

（5）时间类：晚风 夜风 晨风 朝风 暮风

（6）处所类：野风 胡风 松风 草木风 天风 山风 江风 溪风 竹风 林风 岸风 湖风 海风 边风 荷风 杉风 大地风 雪山风 竹林风 松里风 松下风 江上风 风江（江风）风松（松风）

（7）景观类：风景 风云 风尘 风竹 风烟 风物 风渚 风花（风中落花）风鸳（风中鸳鸯）风蝶（风中蝴蝶）风月（清风明月）风光 风潭 风林（风林纤月落）风杉（风中的杉树）风缆（风中的船缆）风燕（风中燕子）风泉 风榛 风湍（大风急流）风帆 风翮（凌风翱翔的鸟翅）风襟（爽合风襟静，高当泪脸悬）风扉 风门 风帘 风床 风火 风线

（8）气象类：风日 风雨 风霜 风涛 风雪 风浪 风波 风水（风雨）风雷 风沙 风土 1（气候）风露 风色 风电（形容速度快）风潮 风候（气候）风期 1（犹风信）

（9）气味类：香风 1

（10）数量类：饶风 阑风 一风

（11）声响类：风响

（12）气势/力量类：风威 1（风的威力）风力 风气 1

（13）动程类：风头 风末 风中

二、与“人”有关的意义范畴的风词语

盛唐诗歌中与“人”有关的意义范畴的风词语，包括以下几类：

（1）风度、仪表类：雄风 馀风 仙风 风骨$_1$（风度）峻风（峻厉之风，指御史之风）风味（风度、风采）风神 风威$_2$（威仪、威势）风采 风颜 风流 风雅$_1$ 风期$_2$（风度、品格）风韵 前贤风

（2）风范道义类：英风（高尚的风节）素风$_2$（纯朴之风）轩风（高尚的风范）风义（风范道义）

（3）情感类：悲风

（4）志向类：破浪风

（5）疾病类：头风 风病 风气$_2$（风湿病）风疾（风痹、半身不遂等症）

（6）女性类：香风$_2$

（7）名声类：风声

鲁枢元（2005）指出，中国古代哲学思想中认为“风”既可以存在于人的身体之外，也可以存在于人的身体之内，分别被称作“外气”和“内气”。存在于体外的“风”，表现为人的生存环境中的天气、地气、风土、风俗、风化等；存在于体内的“风”，则为人的生命主体中的生气、精气、神气、脏腑之气等。《汉书·魏相传》中说“八风之序立，万物之性成”[①]，即认为作为“外气”的“风土”会对万物的特性，包括人的性情产生影响。内、外之气交互作用，将对人的气度、风格、神态、仪表产

① 班固：《汉书（卷七十四）》，3139页，北京，中华书局，1962。

生决定性的作用。

关于“风”与人的气度、神态、风操等的关系，也源于古人对于风的自然而然、动万物于无形的特点的隐喻认知。《论语·颜渊》中孔子在回答季康子问政时说：“子欲善而民善矣。君子之德风，小人之德草。草上之风，必偃。”[①] 表达了孔子“为政以德”的治国理想，即希望统治者能够以自己的德行来对百姓形成潜移默化的影响，就像风以潜在的、不可见的力量作用于万物一样，自然而然地达成转化邦国风气的目的。这里的“风”有教化之力，也与“君子之德”产生了密切的联系。到了两汉魏晋时代，“君子之德”成为人伦鉴赏的重要标准，与人的品德相联系的“风”也有了新的内容。正是因为有了内在高尚的品行及修养，才能在外表上体现出君子的气度与风神，这是内在之“气”对人的外在形象的影响，这种影响就如风对自然万物的影响一样，是自然而然的、潜移默化的。于是，自然界之“风”通过隐喻认知的方式成了“君子之风”，故而有了风度、风仪、风范、风采等文化义。魏晋之后，这类表现人的内在气质、禀赋的风词语大量出现，盛唐诗歌中亦不乏这一类词语，并发展出一些新的组合。

另外，盛唐诗歌中的风也表现出与人的情感的关系，“风”亦有情绪，与人的情感相呼应。这在风单独使用时出现得较多，风词群中以“悲风”最能表现人的情感意义。“破浪风”源于《宋书·宗悫传》中宗悫表达其志向时所言“愿乘长风，破万里浪”的典故。疾病类的风词语，如前文所述，来自中国古代中医理论中对人体病因的认识。盛唐诗歌中与疾病有关的“风”多出自杜

① 杨伯峻：《论语译注》，129 页，北京，中华书局，1980。

甫诗中，指中风、风湿一类的疾病，诗人在抒情写景时偶尔提及自己的病痛。“风”与女性相关，源于风中携带女性的脂粉香气，故以香风指女性的隐喻；“风声”指人的名声，也体现了古人对风的隐喻认知。风的声音与人的名声都具有无形、传播迅速且涉及面广的特点，故以风声来隐喻人的名声。

三、社会文化意义范畴的风词语

盛唐诗歌中社会文化意义范畴的风词语包括以下几类：

（1）风俗类：风俗 风土$_2$ 风壤（风土，风土人情）古风 土风 晋风 吴风 夷风 浇风（浮薄之风气）玄风（玄妙的道风）道风 闺风 流风 古人风

（2）教化、德泽类：风化（风俗教化）遗风 儒风（儒家的传统、风尚）皇风 仁风 上皇风 贤达风

（3）文学、音乐类：王风 国风 风骚（《国风》《楚辞》，泛指诗作）风格（诗作特色）风雅$_2$（《风》、《雅》、诗文创作）风骨$_2$（文章言辞端直、意气峻爽，文章风格有个性、有力量。）结风 江左风 谷风 风谣

（4）建筑类：风磴 风榭（风中台榭）迎风（汉代馆名）

（5）工具、器物类：风筝 风灯（有罩能防风的灯）风幔（挡风的帷幔）风帽 屏风 风炉（煮茶器具）

（6）形势、时机类：下风（风向的下方，喻指下位或劣势）

（7）消息类：风听（由传闻而得知）

（8）佛教术语：轮风

盛唐诗歌中社会文化意义范畴的风词语主要反映了“风”与风气、风土人情，与统治者的教化、德泽及与音乐、文学的关系。由于“风”对早期农耕社会中人们的生产和生活有着重要

的影响，来自不同方位的风预示着不同季节的到来，对应着有生命的事物的生长周期，是化养万物的力量。因此，在古人眼中，“风”是天帝的使者，它通过“授时”来安排人们的生产和生活，带有神秘的意味。因而产生了上古的风神崇拜。人们相信“风”能够通过一种无形的力量，带来世界的周期性的变化。同时，风还具有区域性的特征，不同地理位置的不同特点的风，会使相应的地区呈现出不同的风貌，也使不同地区的人们产生不同的生活习惯和风俗，因此，“风”具有了“风土”“风气”“风俗”等文化义。而表现不同地区风土民情的音乐、歌谣也被称作“风”。《诗经》中的十五国风，就是当时十五国的民间歌谣。这样，“风”就与音乐和文学产生了联系。先秦时代有“省风”的传统。在农业生产层面上，“省风”是为了指导农事。《国语·周语上》言籍田之礼时有云：“先时五日，瞽告有协风至。”[①] 可见，上古乐官的责任是根据风的声音来判断风气和土气是否适宜播种；而在政治层面上，统治者是要通过“风人”对民间歌谣乐舞内容的采集，来把握民众的需求、愿望与思想情绪，其最终目的是要教化百姓。《诗大序》云：“风，风也，教也。风以动之，教以化之。……上以风化下，下以风刺上。”[②] 即认为诗歌具有与风相似的力量，通过它，君主可以实现对于百姓的教化、感化，臣下也能将谲谏之言委婉地传达给君主。这一过程如风动万物于无形一般，是自然而然的。因此，风也具有“教化”的文化义。同

① 上海师范大学古籍整理研究所校点：《国语》，18 页，上海，上海世纪出版股份有限公司，上海古籍出版社，1998。

② 李学勤主编，《十三经注疏》整理委员会整理：《毛诗正义》，6-13 页，北京，北京大学出版社，1999。

时，统治者对百姓的恩泽也如风动天下，化养万物一样，自然而然，给百姓以“生”的力量，故“风”又有了皇帝的恩泽、德泽之义，这一文化义在盛唐诗歌中多次出现。

此外，盛唐诗歌中一些建筑物或器物名中也含有“风”，如“风磴”“风榭”都是风中的景观，指风中的台阶和风中的台榭。“迎风”是汉代馆名；器物名含“风”，多表明该物在风中的用途或状态，如：风灯、风筝。

“下风”是隐喻性用法，以风向的下方隐喻下位或劣势，见崔颢《赠怀一上人》中的“天子揖妙道，群僚趋下风”。

“风听”指由传闻而得知，是以风隐喻消息的传播。见杜甫《八哀诗·赠秘书监江夏李公邕》中：“独步四十年，风听九皋唳。”

“轮风”出自李白《赠僧崖公》中的诗句：“大地了镜彻，回旋寄轮风。”是佛教术语。即风轮，为构成大千世界的四轮之一。在水轮之下，空轮之上。《华严经》云：“如依虚空起四风轮，能持水轮，何等为四？一名安住，二名常住，三名究竟，四名坚固。此四风轮能持水轮，水轮能持大地，令不散坏，是故说地轮依水轮，水轮依风轮，风轮依虚空，虚空无所依。虽无所依，能令三千大千世界而得安住。”①

另外，盛唐诗歌中的风词语还包括一些专有名词，如《诗经》中的王风、国风、谷风。这里的“风”是《诗经》中三种诗歌类型之一，指西周和东周时期十五国的民间歌谣。过常宝（1998）认为，是当时的“民间祭祀乐歌”。可见，它与文学、音乐有着密切的联系。结风为古歌曲名。另有风后、风胡都是人

① 宗文点校：《华严经（卷五十）》，763 页，北京，宗教文化出版社，2011。

名，据《汉语大词典》解释，前者相传为黄帝之相，后者为春秋时期楚国人，精于识剑、铸剑。风琴、长风沙、扶风、阆风都是指地名。人名和地名中的“风”，不在我们的讨论之列。

第四章　盛唐诗歌中自然意义范畴的风词语的文化义

盛唐诗歌中自然意义范畴的风词语共147个，在这一时期风词群中所占的比例是67.1%，它们的字面意义均与自然界的“风”相关。这一部分风词语的基本结构为“X + 风”和“风 + N”两种，见表2。通过上文论述我们发现，“X + 风”类词语中，与“风”搭配的词 / 语素大致可分为两类，一类是表性状的，用以表示不同温度、态貌等的风；另一类是时间、方位、处所等名词，用以表示不同种类的风，其中林风、岸风、杉风等是唐代诗人新的用法。在“风 + N”的组合中，风与其后搭配的词 / 语素有并列关系和偏正关系两种。并列关系的风词语中，风与云、尘、竹、烟等事物类名词搭配，形成不同的景观；与雨、霜、涛、雪等气象类名词搭配，表示不同的天气状况。通观自然意义范畴的风词语，我们发现，由于风在人类的生产生活中无处不在，且影响巨大，因而古人对风的观察也是细致而微。随着时代及认知的发展，对风的摹写也更加细致。通过自身对外界的感受及风的特点、来向等给风命名，使得“风”的类型更为繁多；也通过对风中景观及天气状况等的观察，创造出更多风的组合，使得风词群的队伍不断壮大。其中，风有不同的形态、气味、数量，具有威力、动程，均源自风是“实体”的隐喻。这一类风词语的字面意义虽均与自然界的“风”相关，但在诗歌语境中，它们的文化义也颇为丰富。

表 2　盛唐诗歌中自然意义范畴的风词语

<table>
<tr><th>风词语结构</th><th colspan="3">搭配及表意情况</th></tr>
<tr><td rowspan="6">X + 风</td><td rowspan="4">不同性状</td><td>温度</td><td>寒、烈、阴、凄、严
熏、景、惠、和、暖
凉、清、微、轻、细、袅、泠、幽炎</td></tr>
<tr><td>态貌</td><td>长、高、万里、千里
惊、疾、狂、猛、飒、大、冲、震、快、恶
回、旋、归、飘
光、赤</td></tr>
<tr><td>气味</td><td>香</td></tr>
<tr><td>数量</td><td>饶、阑、一</td></tr>
<tr><td rowspan="2">不同种类</td><td>时间</td><td>春、秋、金、商
晚、晨、夜、朝、暮</td></tr>
<tr><td>方位处所</td><td>东、西、南、北
野、胡、松、草木、天、山、江、溪、竹、林、岸、湖、海、边、荷、杉、大地、雪山、竹林、松里、松下、江上</td></tr>
<tr><td rowspan="4">风 + N</td><td rowspan="2">并列</td><td>景观</td><td>景、云、尘、竹、烟、物、渚、花、鸳、蝶、月、光、潭、林、杉、缆、燕、泉、榛、湍、帆、翮、襟、扉、门、帘、床、火、线</td></tr>
<tr><td>气象</td><td>日、雨、霜、涛、雪、波、浪、水、雷、沙、土、露、色、电、潮、候</td></tr>
<tr><td rowspan="2">偏正</td><td>气势力量</td><td>威、力、气</td></tr>
<tr><td>动程</td><td>头、末、中</td></tr>
</table>

第一节　不同方位、季节的风的文化义

盛唐诗歌中，不同方位、季节的风的使用频率较高，且东、西、南、北四方风常被用来表示四季风。这在前代文人的诗歌中，就已经有所反映。《古诗十九首·回车驾言迈》中的“四顾何茫茫，东风摇百草”[①]和江淹《咏美人春游诗》中的“江南二月春，东风转绿苹”[②]中，东风都暗示着春天的到来；先秦古歌《南风歌》中的“南风之薰兮，可以解吾民之愠兮”[③]，南风指炎炎夏日中的舒适之风；《全唐诗·杂曲歌辞·排遍第二》中的“明月照秋叶，西风响夜砧”[④]中，西风指秋风；《古诗十九首·孟冬寒气至》中的“孟冬寒气至，北风何惨栗”[⑤]以及曹操《苦寒行》中的“树木何萧瑟，北风声正悲”[⑥]中，北风都指寒冬的烈风。说明我国古人在很早的时候就有了将四方风与四季相对应的意识。

产生于殷代的甲骨文中，就记录了四方之名和四方风名。《甲骨文合集》14294 片云：“东方曰析风曰劦（协）；南方曰因风曰

① 逯钦立辑校：《先秦汉魏晋南北朝诗》，331 页，北京，中华书局，1983。
② 逯钦立辑校：《先秦汉魏晋南北朝诗》，1568 页，北京，中华书局，1983。
③ 逯钦立辑校：《先秦汉魏晋南北朝诗》，2 页，北京，中华书局，1983。
④ 陈贻焮辑校：《增订注释全唐诗（第五册）》，卷 782、228，北京，文化艺术出版社，2001。
⑤ 逯钦立辑校：《先秦汉魏晋南北朝诗》，333 页，北京，中华书局，1983。
⑥ 逯钦立辑校：《先秦汉魏晋南北朝诗》，351 页，北京，中华书局，1983。

宄（凯）；西方曰𢆶风曰彝（夷）；北方曰勹风曰伇（冽）。”[①]《国语·周语上》曰：“先时五日，瞽告有协风至。”韦昭注曰：“协，和也，风气和，时候至也。立春日融风也”。[②]故协风即立春之融风，而协风来自东方，故东方风即春风。杨树达（1945）引用胡厚宣《甲骨文四方风名考》之说，认为宄即微，同时指出宄当读作“豈”（凯），“风暖则微”，故微风即温风。又根据《逸周书》：“小暑之日，温风至。”[③]及《礼记·月令》：“季夏之日，温风始至。”认为上古之人都以夏风为温风，即微风，故“南风”为夏季之风。《诗·邶风·凯风》：“凯风自南”，《毛传》曰：“南风谓之凯风，乐夏之长养。”[④]故南风又被称作凯风。至于北方风，杨树达认为“伇”像人手持兵器以刺人之形，所以伇风犹言冬天的寒风。而西方风𢆶即𡗝，《说文》释为“草木垂实也”，所以用来指称秋天的风。因此，我们可以看到，早在殷商时期的古人，就已产生了四方风与四时相对应观念的萌芽。

春秋战国时期，随着生产生活的发展和人们对自然界的更加理性的认识，五行学说渐趋成熟，古代学者认识到在大自然的运行过程中，空间与时间，四时节气与万事万物的生长、变化都有着普遍的联系，遵循着统一的法则。《吕氏春秋·情欲》云：“人

① 郭沫若主编：《甲骨文合集（第五册）》，2046 页，北京，中华书局，1979。另：关于 14294 号甲骨文本，胡厚宣、李圃等学者的释读略有不同，此处采用李圃的释法，见李圃：《甲骨文选注》，26 页，上海，上海古籍出版社，1989。

② 上海师范大学古籍整理研究所校点：《国语》，18 页，上海，上海世纪出版股份有限公司，上海古籍出版社，1998。

③ 黄怀信、张懋镕、田旭东撰，李学勤审定：《逸周书汇校集注（卷六）》，636 页，上海，上海古籍出版社，1995。

④ 李学勤主编，《十三经注疏》整理委员会整理：《毛诗正义》，133 页，北京，北京大学出版社，1999。

之与天地也同，万物之形虽异，其情一体也。”[①] 即认为宇宙万物构成了一个统一、不可分割的整体，而这个整体可以用五行配属的方式统一起来。这在《礼记·月令》《吕氏春秋》十二纪和《淮南子·时则训》等文献中都有较为成熟的记载。其中详细记述了春夏秋冬四季十二个月太阳和某些星辰运行的位置，节气变化，草木虫鱼鸟兽的生长状态以及相应的人事活动。即一年中的四季，都有与其属性相应合的五行、五色、五方、五味、五音等相配合。其具体的配合关系如下[②]：

五行：木、火、土、金、水

五方：东、南、中、西、北

四季：春、夏、秋、冬

五音：角、徵、宫、商、羽

五味：酸、苦、甘、辛、咸

五嗅：膻、焦、香、腥、朽 / 腐

① 陆玖译注：《吕氏春秋》，48 页，北京，中华书局，2011。

② 王文锦：《礼记译解》，197 页，北京，中华书局，2001。《月令第六》：“孟春之月，日在营室，昏参中，旦尾中。其日甲乙。其帝大皞，其神句芒。其虫鳞。其音角，律中大蔟。其数八。其味酸，其臭膻。其祀户，祭先脾。……东风解冻，蛰虫始振，鱼上冰，獭祭鱼，鸿雁来。……是月也，以立春。先立春三日，大史谒之天子曰：某日立春，盛德在木……”

何宁：《淮南子集释》，379–432 页，北京，中华书局，1998。《时则训》：“孟春之月，招摇指寅，昏参中，旦尾中。其位东方，其日甲乙，盛德在木，其虫鳞，其音角，律中太蔟，其数八，其味酸，其臭膻。……孟夏之月，招摇指巳，昏翼中，旦婺女中。其位南方，其日丙丁，盛德在火，其虫羽，其音徵，律中仲吕，其数，其味苦，其臭焦，其祀社，祭先肺。……孟秋之月，招摇指申，昏斗中，旦毕中。其位西方，其日庚辛，盛德在金，其虫毛，其音商，律中夷则，其数九，其味辛，其臭腥，其把门，祭先肝。……孟冬之月，招摇指亥，昏危中，旦七星中。其位北方，其日壬癸，盛德在水，其虫介，其音羽，律中应钟，其数六，其味咸，其臭腐，其把井，祭先肾。”

五色：青、朱、黄、白、黑

以上的配合关系，均源于早期中国人对世界细致而微的观察，以及对大自然规律的深刻思考。至于为什么四方风与四季相配，四季与五行、五方、五色等相配，在今天看来，这是与中国的地理位置密切相关的。地理位置决定气候特征，气候的变化对天地万物产生影响。由于中国地处欧亚大陆东部，太平洋西岸，故而受季风气候影响显著，大部分地区季节交替时风向明显不同。春、夏季节，来自东面或东南的海洋季风温暖湿润；秋、冬季节，来自内蒙古、西伯利亚的西风、西北风干燥寒冷。这样，东、南、西、北四个方向的风就和春夏秋冬四季有了大致对应的关系。同时，春季万木萌发，故五行属木，主青色；夏季天气炎热，按照中国的地理特征，越往南越热，故五行属火，色为朱；秋季多西风，草木凋零，一派肃杀之气，象征着生命的衰退，故主白色，五行属金；冬季多北风，天气寒冷，而水性寒，故五行属水。此时阴气极盛，万物闭藏，故色为黑。① 由此可见，古代“风”的命名，或者说风词语的扩展与社会文化的发展关系密切。五行学说的成熟，使人们得以通过转喻认知的方式，赋予“风”更多的名称。“转喻是用同一经验域中容易感知和理解的部分来映射整体或整体的其他部分。”（李福印，2008：203）它所涉及的是一种“邻近”和“凸显”关系。人们在认识事物和概念时，更多地注意到的是其最突出和最容易记忆、理解的属性，即“凸显属性”。在五行配合范畴中，五行、五方、五色等当中的任何一个元素，都具有“凸显属性”，可代表相应季节及该季的特征，

① 《尚书·尧典》：“申命和叔，宅朔方，曰幽都。平在朔易；日短、星昴，以正仲冬。”

因此这些元素与“风”组合，则可表示不同季节和来向的风，使风的表达方式更加多样化。如古代诗歌中东风可指春风，金风、西风、商风、素风均指秋风，北风、朔风指冬日之风。

盛唐诗歌中，不同方位和季节的风的使用频率较高，四方风常被用来表示季节，其中东风、北风的使用频率较高，而南风、西风则用得较少；四季风中，春风、秋风、凉风用得较多，见表3。除了表明季节，这些风词语也被赋予了更多的文化义。

表3　盛唐诗歌中不同方位、季节的风的使用情况

风词语	李白使用次数	杜甫使用次数	其他盛唐诗人使用次数	总数
东风	19	4	9	32
北风	5	12	23	40
南风	7	4	8	19
西风	1	2	3	6
春风	47	19	39	105
秋风	22	30	28	80
凉风	7	4	21	32

一、东风

（一）“东风”的文化义

盛唐诗歌中共使用“东风”32次，其中李白19次，杜甫4次，其他盛唐诗人9次。在盛唐诗人笔下，东风首先是春天的象征，也被用来寄托诗人的思念之情和漂泊之感，表达时光易逝的感伤，等等。

1. 春天

盛唐诗歌中，“东风”常转喻春天。转喻是一种认知现象，常起着“以部分代整体”的作用，可以通过某一认知域中显著的、易理解的、具有代表性的部分来激活或认识整体范畴，它所涉及的是一种“邻近”和“凸显”关系。在“春”的范畴中，最鲜明的特征就是东风送暖，这与我国所处的地理位置有关，春夏季节，大部分地区都能感受到来自东面或东南的温暖湿润的海洋季风。因为有了温暖的气息，才会呈现万物复苏的景象。因此，古代诗歌中，“东风”这一“凸显属性”常被用来激活“春”的范畴，成为春天到来的标志，盛唐诗歌中也不例外。这是典型的“范畴及其特征之间的转喻”。

例 4-1　东风已绿瀛洲草，紫殿红楼觉春好。(李白《侍从宜春苑，奉诏赋龙池柳色初青，听新莺百啭歌》)

例 4-2　昨夜东风入武阳，陌头杨柳黄金色。(李白《早春寄王汉阳》)

例 4-3　行药至石壁，东风变萌芽。(常建《闲斋卧病行药至山馆稍次湖亭二首》其二)

例 4-4　腊月闻雷震，东风感岁和。蛰虫惊户穴，巢鹊眄庭柯。(孟浩然《初年乐城馆中卧疾怀归作》)

以上例句中，“东风”都扮演了“春的使者”的角色，东风吹来，万物复苏，草木萌芽，一派欣欣向荣的景象。前三个例句中东风带来的春的景色传达的是生机与希望，表达了诗人轻松、愉悦的心境。第四个例句中诗人则以腊月的春雷、东风以及蛰虫、巢鹊的出户活动来表现江南春早的讯息。

2. 表现时光易逝的感伤

古诗中常以“东风”转喻春天，而春天的到来，却带给诗人两种不同的心理感受。畅茂的春光纵然使人心情愉悦，但也意味着旧的一年已然流逝。于是在古人眼中，自然界中季节的转换与人生中岁月的流逝形成隐喻映射。东风吹拂使人意识到一年又匆匆而过，而自己年华渐老又功名无成，不免产生感伤之情。盛唐李白的诗歌中就出现了这一文化义。

例 4–5　微芳似相诮，留恨向东风。[李白《古风（见野草中有曰白头翁者）》]

例 4–6　东风动百物，草木尽欲言。……金石犹销铄，风霜无久质。(李白《长歌行》)

以上第一句是诗人在春天发现一种类似“白头翁”的小草，在镜中比照竟与自己满头的白发宛然相同，故而在东风中徒然悲伤、哀叹；第二句与汉代《古诗十九首·回车驾言迈》中“四顾何茫茫，东风摇百草。……盛衰各有时，立身苦不早。人生非金石，岂能长寿考?”有异曲同工之妙。即东风虽生长万物，但天地运行，光阴易逝，若不及时求取功名，就会如草木一般，很快会随着岁月的流逝而腐朽、消失。故而“东风”在诗歌中出现，除了转喻春天，也常被用以表现诗人“时光易逝的感伤”。

3. 寄托思念之情和漂泊之感

由于交游、归隐、出入仕途等的原因，唐代文人常常经历着与家人、友人的离别，冬去春来，在外漂泊的游子看到繁华的春日景色，不免会唤起思念之情。其中包括对友人的思念，也包括对家乡和爱人的思念。

例 4-7　东风春草绿，江上候归轩。（李白《送赵判官赴黔府中丞叔幕》）

例 4-8　西忆故人不可见，东风吹梦到长安。（李白《江夏赠韦南陵冰》）

例 4-9　东风吹客梦，西落此中时。（李白《江上寄巴东故人》）

例 4-10　家在日出处，朝来起东风。风从帝乡来，不异家信通。（岑参《安西馆中思长安》）

例 4-11　垂杨拂绿水，摇艳东风年。……美人结长想，对此心凄然。（李白《折杨柳》）

例 4-12　东风兮东风，为我吹行云使西来。（李白《久别离》）

以上前三句都是借“东风”表达了对友人的思念之情。例 4-7 是在春风吹拂，草色生绿的时节期盼与友人共享春色；例 4-8、4-9 则是思念友人而不得见，希望东风能吹送梦魂，与友人相见。在这里，“东风吹梦”是隐喻用法，源于“风具有吹送之力”这一隐含意义，即隐喻“东风”为凭借之力，成功的助力，故可以使诗人在梦中与友人相见。表达了诗人思念的深切，也显得悲哀无奈。例 4-10 则以从家乡吹来的“东风”隐喻家乡的消息。表达了诗人身在边塞绝远之地任职，只能将从帝乡吹来的“东风”当作家信，体现了诗人的思乡之切。例 4-11 中的“东风”，依然是春天的标志。东风中柳条摇艳，春意盎然，引得思妇倍感孤寂而更加思念征人。[1] 例 4–12 中则是希望能使大地回暖、万物复苏的东风，也能为自己送来温暖与心灵的“春天”，即为自己带来所思之人。其隐喻映射机制为：“东风”隐喻凭借之力，“行云”引用宋玉《高唐赋》之典，隐喻诗人的妻子。“东风吹行云”隐喻希望来自家乡的风能带来心中所念的妻子，为自己带来心灵的温暖。

此外，“东风”也被用来寄托漂泊之感。面对春日的盛景，漂泊在外的诗人更易将繁盛的景象与自身的孤寂作对比，从而独自哀叹。

例 4–13　东风扇淑气，水木荣春晖。……彼物皆有托，吾生独无依。（李白《春日独酌二首》其一）

4. 君王的恩泽

盛唐诗歌中“东风”还被用来隐喻君王的恩泽。其中始源域为春天使得万物复苏的东风，目标域为使百姓受惠的君主的恩泽。和暖的春风化养万物，君王的恩泽温暖人心，因此，这一对始源域与目标域之间完成了隐喻映射，使得“东风”与“恩泽”之间产生了对应关系。

例 4–14　东风洒雨露，会入天地春。（李白《送郄昂谪巴中》）

例 4–15　偶蒙东风荣，生此艳阳质。[李白《古风

① 詹锳：《李白全集校注汇释集评（卷五）》，864 页，天津，百花文艺出版社，1996。

（四十七）》]

“东风撒雨露”隐喻郄昂虽被贬谪，亦有可能受到君王的恩惠。[①]“偶蒙东风荣”则借桃花借由东风吹拂生出美丽的姿色，隐喻小人偶然承蒙君主和朝廷的宠幸，获得官位，并非有真才实学。[②]

5. 耳边风

例 4–16　吟诗作赋北窗里，万言不直一杯水。世人闻此皆掉头，有如东风射马耳。（李白《答王十二寒夜独酌有怀》）

李白在《答王十二寒夜独酌有怀》中写王十二不愿意通过非正当的手段来取宠于朝廷，为自己谋利，只是“吟诗作赋北窗里”，所以他的才华得不到朝廷的肯定，他的言论在他人那里也如耳边风一样，不被重视。故形成了由“东风射马耳”到“充耳不闻、无动于衷”[③]的隐喻。以“东风吹过马耳边，不能产生任何影响”，映射“某人的言论未能引起他人的注意和重视”。其中，“东风”则为“耳边风”的隐喻。该诗抒发了李白关于有才之士得不到赏识和重用的感慨。后世都用“东风射马耳”来比喻把别人的话当作耳边风，充耳不闻，无动于衷。

盛唐诗歌中的“东风”除了上述文化义之外，还有一些诗

① 许家琍:《李白诗“风”意象之研究》，72 页，新北，花木兰文化出版社，2012。

② 许家琍:《李白诗“风”意象之研究》，72 页，新北，花木兰文化出版社，2012。

③《汉语大词典》“东风射马耳”词条。

人的临时性用法，不能放入其文化义之列，我们将这些意义称为“东风”的“临时义”，在本章第四节中讨论。

通过以上分析，我们发现，“东风”的语义范畴中包含来自东方、具有吹送之力、吹送温暖的气息、化养万物等属性，这些也是“东风”的隐含意义。东风的文化义是在分别凸显这些属性的基础上产生的。其文化义的语义结构如图 2 所示。

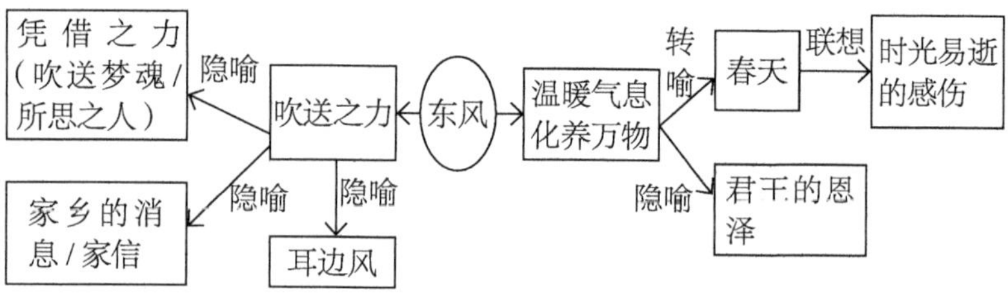

图 2　盛唐诗歌中“东风”文化义的语义结构

风是吹送的力量，故来自东方的温暖的风也可隐喻凭借之力，可以吹送梦魂、吹送所思之人，也可隐喻家乡的消息/家信以及无作用力的“耳边风”。这是凸显了东风的“吹送之力”及“温暖”的属性；“东风”在春天吹来，具有化养万物的力量，故可转喻春天，亦可由春日胜景引发诗人时光易逝的感叹。同时，其化养万物的力量又可与君王的恩泽形成隐喻映射。

（二）“东风”文化义的显著度

“东风”在盛唐诗歌中共出现 32 次，其文化义的使用情况如图 3 所示：

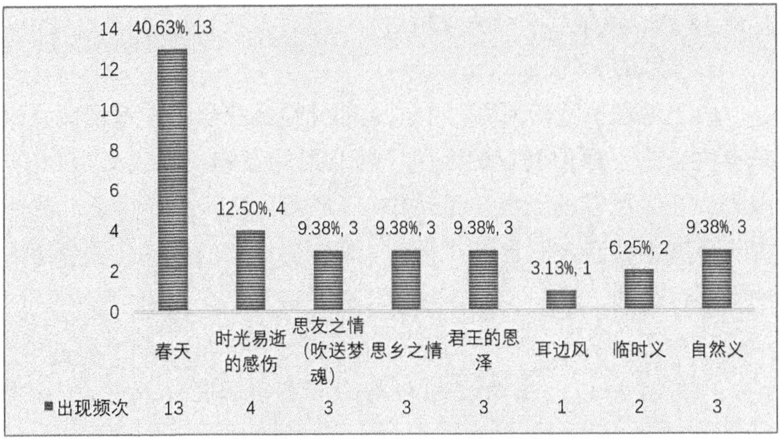

图 3　盛唐诗歌中“东风”文化义的使用频次

由图 3 可以看出，盛唐诗歌中“东风”意象的出现多表示春天的到来，其他文化义大部分是在“东风”转喻春天的基础上产生的。在盛唐诗歌中，使用“东风”的自然义，即东面而来的风，只有 3 次。因此，我们可以认为在盛唐诗歌中，“东风”多含文化义，其中显著度最高的文化义即是指春天到来。

二、北风

（一）“北风”的文化义

北风，即从北方吹来的风。从《诗 · 邶风 · 北风》“北风其凉，雨雪其雱”[①] 开始，北风、雨雪就作为苦寒的象征，频频在古典诗歌中出现。盛唐诗歌中共使用“北风”40 次，其中李白 5 次，

① 程俊英、蒋见元:《诗经注析》，112 页，北京，中华书局，1999。

杜甫 12 次，其他盛唐诗人 23 次。

1. 严寒的天气

由于地理位置的原因，中国大部分地区在秋冬季节都能受到来自内蒙古、西伯利亚的西风、西北风的影响，气候干燥寒冷。因此，在“严寒的天气”范畴中，“北风”是其主要特征。故而古代诗歌中，诗人们常以“北风”来转喻严寒的天气。盛唐诗歌中也不乏此例。

例 4–17　冻埋蛟龙南浦缩，寒刮肌肤北风利。（杜甫《前苦寒行二首》其二）

例 4–18　至夜转清迥，萧萧北风厉。（常建《西山》）

例 4–19　岁云暮矣多北风，潇湘洞庭白雪中。（杜甫《岁晏行》）

例 4–20　北风卷地白草折，胡天八月即飞雪。（岑参《白雪歌送武判官归京》）

例 4–21　北风何萧萧，兹夕露为霜。（王昌龄《秋山寄陈谠言》）

以上例句中诗人或直陈北风之“利”，或以北风、飞雪以及北风中的景象来表现天气的寒冷。

2. 内心的凄寒

外界环境的变化往往会对人的情绪造成影响，对于多愁善感的文人而言更是如此。因此，北风中凄凉萧瑟的景象，往往会引发诗人内心凄凉、苦闷的感受，故而在诗中以天气之“寒”来隐喻内心之“寒”。

例 4–22　黄河捧土尚可塞，北风雨雪恨难裁。（李白《北风行》）

例 4–23　北风吹海雁，南渡落寒声。感此潇湘客，凄其流浪情。（李白《秋夕书怀》）

例 4–24　北风黄叶下，南浦白头吟。（杜甫《凭孟仓曹将书觅土娄旧庄》）

例 4–25　驱马蓟门北，北风边马哀。……谁怜不得意，长剑独归来。（高适《自蓟北归》）

例 4–26　千里黄云白日曛，北风吹雁雪纷纷。（高适《别董大二首》其一）

例 4–27　凉秋八月萧关道，北风吹断天山草。（岑参《胡笳歌，送颜真卿使赴河陇》）

例 4–22 以思妇的口吻写丈夫戍边身死不归，以肆虐的北风雨雪隐喻思妇悲惨的遭遇和凄凉的心境。风雪不断，心中的怨恨、凄苦更是无法抑制。例 4–23 以北风横吹、海雁南渡、鸣声凄寒的景象抒发诗人客居在外，漂泊不定的凄凉心境。例 4–24 是诗人面对北风黄叶的萧瑟景象，抒发了白头游子的自伤、失意之感和怀乡之情。例 4–25 中诗人以北风中边马哀鸣的景象抒发自己无人知遇，只能失意归来的凄苦心情。例 4–26 以北风中的孤雁和纷纷暮雪渲染了与友人分别时凄冷阴沉的环境。景色愁惨，人心中更是布满了愁绪。例 4–27 则是以凉秋八月，北风吹断天山枯草的苍凉凄清景色点染诗人与友人送别时的悲凉心境。以上六例中，“北风”都营造了苍凉凄清的景象，隐喻人物内心的凄寒。其隐喻映射机制如下：

	映射	
始源域	——→	目标域
北风	——→	凄寒的心境
寒冷、萧瑟	——→	悲凉、凄苦（思念丈夫而不得见；四处漂泊不能还乡；年岁逐增却终不得志；踌躇满怀而无人知遇；送别友人却不知何日再见）
身体感受	——→	心理感受
寒冷	——→	凄凉

3. 凌厉之势

北风常产生于深秋或寒冬时节，必然是呼啸而来、寒冷而坚毅的。因此，它具有不可抵挡的力量，代表着凌厉之势。

例 4–28　北风吹瘴疠，羸老思散策。（杜甫《郑典设自施州归》）

例 4–29　春生南国瘴，气待北风苏。（杜甫《北风》）

例 4–30　汉家兵马乘北风，鼓行而西破犬戎。（李白《送族弟绾从军安西》）

前两例表明，只有凌厉的北风才能吹散南国的瘴气，为民众免除患病的忧虑。而第三例中，气势威猛的北风则成了助阵杀敌的力量，也隐喻出征将士驰骋疆场、杀敌立功的英雄气概。

4. 国家的动荡

例 4–31　北风扬胡沙，埋翳周与秦。（李白《门有车马客行》）

这首诗中，李白指出安史之乱使得唐朝的东西二都洛阳、长安都变为丘墟。“北风”隐喻安史之乱，即指国家的动荡。早在《诗·邶风·北风》中，就有“北风其凉，雨雪其雱”的诗句。该诗中的“北风”“雨雪”就已不是简单的恶劣环境的描写，而是以“北风”隐喻虐政，以“雨雪”隐喻社会的纷乱，凸显了虐政给社会和人民带来的黑暗、愁惨的生活环境。李白此诗即沿用其义，并进一步引申为“国家的动荡”。

盛唐诗歌中的“北风”除了上述文化义之外，还有 2 次临时性用法，见本章第四节。自然义共出现 5 次。

由以上分析可以看出，“北风”的语义范畴中包括“寒凉”、“凌厉肃爽”等属性，这些属性也即“北风”的隐含意义，为其文化义的产生提供了理据。“北风”文化义的语义结构如图 4 所示：

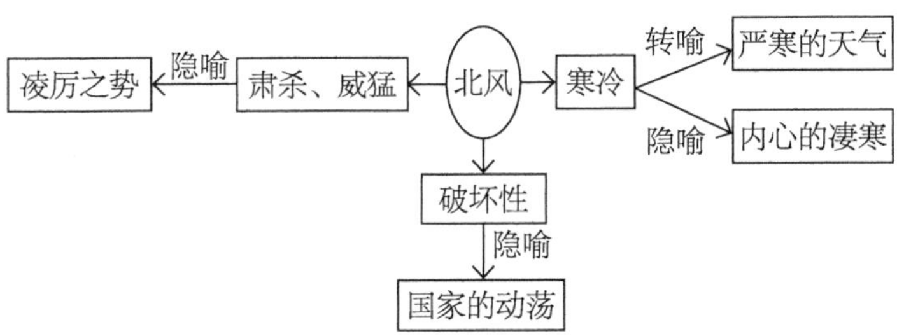

图 4 盛唐诗歌中“北风”文化义的语义结构

（二）“北风”文化义的显著度

“北风”在盛唐诗歌中共出现 41 次，其文化义的使用情况如图 5 所示：

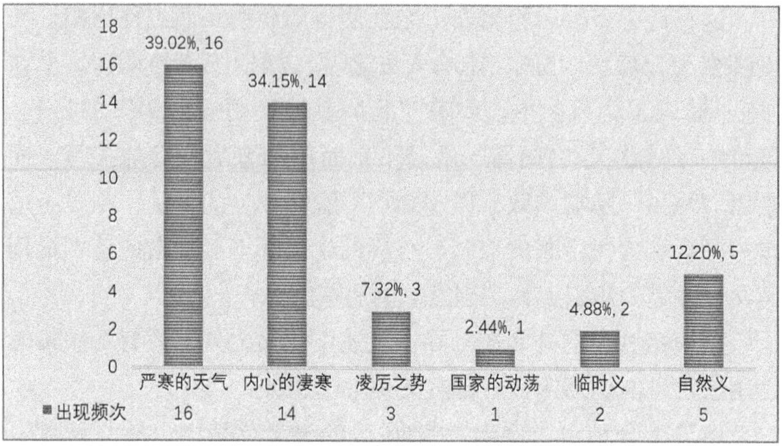

图 5　盛唐诗歌中“北风”文化义的使用频次

由图 5 我们可以看到，盛唐诗歌中“北风”最显著的文化义是转喻严寒的天气，其次是隐喻人内心的凄寒。这两项文化义都是在凸显北风“寒凉”特点的基础上产生的。而隐喻凌厉之势源于北风“肃杀、威猛”的气势；隐喻国家的动荡突出了北风凄寒，具有破坏性的特点。

三、南风

（一）“南风”的文化义

盛唐诗歌中共使用“南风”19 次，其中李白 7 次，杜甫 4 次，其他盛唐诗人 8 次。从盛唐诗歌中含有“南风”的诗句来看，其中 8 次指从南向北刮的风，无文化义，其他均含文化义。

1. 夏日热风

夏日的暖、热之风往往自南而来，因此，古人常用南风来转喻夏天的热风。这也属于范畴及其特征之间的转喻，即以显著特征“南风”转指夏天的风。

例 4–32　六月南风吹白沙，吴牛喘月气成霞。（李白《送萧三十一之鲁中兼问稚子伯禽》）

例 4–33　地蒸南风盛，春热西日暮。（杜甫《宿花石戍》）

例 4–34　四月南风大麦黄，枣花未落桐阴长。（李颀《送陈章甫》）

例 4–32 极言江浙一带夏季的炎热，“南风”即指夏日的热风。例 4–33 虽写的是春季之热，但以“南风盛”来表明当地是春行夏令，气候反常。南风依然转喻夏季的热风，即言春季的花石戍已有了盛夏的炎热。例 4–34 中四月指农历四月，当为孟夏麦熟之时。[①] 故句中“南风”也转指夏日之风。

2. 指《南风歌》

《南风歌》为先秦古歌，诗歌内容为：“南风之薰兮，可以解吾民之愠兮。南风之时兮，可以阜吾民之财兮。”[②] 此诗相传为舜所作，虽经后代学者考证非舜帝时期的原作，但诗歌借舜帝的口吻表达了先民对炎炎夏日中温和又舒适的南风的赞美和期盼。《史记・乐书》曰：“故舜弹五弦之琴，歌南风之诗而天下治；……夫南风之诗者生长之音也，舜乐好之，乐与天地同意，得万国之

① 刘宝和、李颀：《诗评注》，178 页，太原，山西教育出版社，1990。注：“四月为孟夏，《礼记・月令》：‘孟夏之月。……农乃登麦。’是四月乃麦熟时也。”

② 逯钦立辑校：《先秦汉魏晋南北朝诗》，2 页，北京，中华书局，1983。

欢心，故天下治也。”[①]因此，在后世史家看来，适时的南风能化养万物，给百姓带来好的收成，故它不仅能“解民之愠”，更能“阜民之财”。而帝王若能“好南风”，则意味着他是一位体恤百姓、播福于万民的仁君。因此，历代诗人也常以“南风”来歌颂帝王对百姓的体恤与蓄养之功。盛唐诗歌中表现此文化义的“南风”出现2次，且转喻和隐喻并用。

例4-35　吾君咏南风，衮冕弹鸣琴。时泰多美士，京国会缨簪。（李白《送杨少府赴选》）

例4-36　万里独飞去，南风迟尔音。（孟浩然《送袁十岭南寻弟》）

首句中的“南风”首先转喻《南风歌》，其次以“咏南风”隐喻大唐皇帝选贤举能、天下大治的功绩，是对帝王的赞美之词。第二句中“南风”亦首先转喻《南风歌》，其次隐喻帝王的恩赦。

3. 南方的风气、风俗

自然意义范畴的“风”通过因果转喻产生了“风气”“风俗”的文化义，故“南风”具有了“南方的风气、风俗”的含义。盛唐诗歌中此文化义出现了2次。

例4-37　此乡之人气量窄，误竞南风疏北客。（杜甫《最能行》）

① 司马迁:《史记（卷二十四）》，1159页，北京，中华书局，2011。

例 4–38　鬼门无归客，北户多南风。（高适《李云南征蛮诗》）

“误竞南风疏北客”指夔州人竞尚南方人轻生好利的风气，而疏远文明谦和的中原人；“北户多南风”以南风转喻南蛮之地令人感到阴森恐怖的风俗。

4. 军队

例 4–39　南风昔不竞，豪圣思经纶。（李白《避地司空原言怀》）

例 4–40　南风一扫胡尘静，西入长安到日边。（李白《永王东巡歌十一首》其十一）

《左传・襄公十八年》：“晋人闻有楚师，师旷曰：‘不害，吾骤歌北风，又歌南风，南风不竞，多死声，楚必无功。’”杜预注：“歌者，吹律以咏八风，南风音微，故曰不竞也。”[①] 故“南风”本有南方的乐曲之意。而例 4–39 以之隐喻军队，指晋朝南渡兵力不竞。詹锳《李白全集校注汇释集评》中引朱谏注曰：“……以晋之五胡而言禄山之事，曰南风者，北为胡而南为华，不竞则华夏乱矣。”[②] 是说李白以南风隐喻安史之乱中对抗叛军的军队，“南风不竞”指军队的士气不振，故而举国上下一片衰乱的

① 李学勤主编，《十三经注疏》整理委员会整理：《春秋左传正义》，1094 页，北京，北京大学出版社，2000。

② 詹锳：《李白全集校注汇释集评（卷二十二）》，3484 页，天津，百花文艺出版社，1996。

景象。例 4-40 中“南风”隐喻永王平叛之师。这里的“南风”，非“不竞”之风，而是取舜帝《南风歌》中化养万物、吉祥平和之风的含义，歌颂永王与其率领的军队平定叛乱，重振乾坤的功绩。恰好永王之师在南方，所以此喻用得十分贴切。

综上所述，“南风”的各项隐含意义，也即其固有属性决定了其文化义的产生。南风之热，产生了转喻义——“夏日之风”；南风温和，故可化养万物，《南风歌》即歌颂此意，而适时的南风对万物的滋养之力恰如明君对百姓的蓄养之功，于是“南风”就与贤明的帝王有了联系；古代典籍记载音乐中有“南风不竞”之说，故而南风暗含“军队力量衰弱、士气不振”之义，具有了“军队”的隐喻义；又因“风”的区域性特征产生“风气”“风俗”的转喻义，故南风又转喻南方的风气、风俗。其文化义的语义结构如图 6 所示：

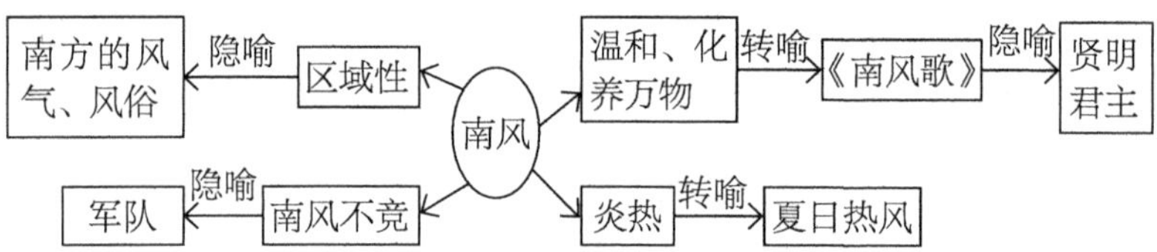

图 6　盛唐诗歌中“南风”文化义的语义结构

（二）“南风”文化义的显著度

盛唐诗歌中出现的“南风”，有 11 次使用了文化义，其余 8 次都是指自然意义范畴的，南面而来的风，无文化义。其文化义使用情况如图 7 所示：

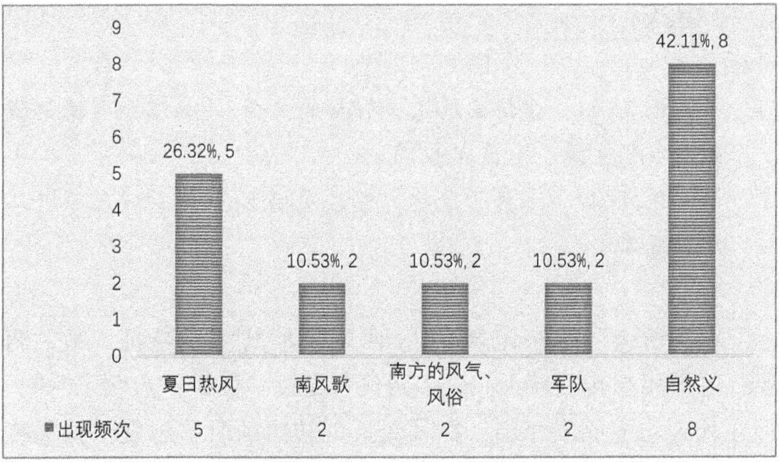

图 7　盛唐诗歌中“南风”文化义的使用频次

由此可见，盛唐诗歌中“南风”多用其文化义，文化义中显著度最高的是转喻“夏日热风”。

四、西风

（一）“西风”的文化义

在逯钦立辑校的《先秦汉魏晋南北朝诗》中，未发现诗人使用“西风”这一意象，《全唐诗》中共出现 242 次，基本都是在中唐及晚唐诗歌中。盛唐诗歌中共使用“西风”6 次，其中李白 1 次，杜甫 2 次，其他诗人 3 次。盛唐诗歌中“西风”的文化义源于其寒凉的属性。

1. 秋天

例 4–41　幸值西风吹，得与故人会。（孟浩然《适越留别谯县张主簿、申屠少府》）

例 4–42　八月西风起，想君发扬子。（李白《长干行二首》其二）

在“秋天”这一范畴中，“西风”是其主要特征，故“西风”可被用来转喻秋天。以上两例都是以“西风”点明了时间。即在秋天与老朋友相会，在秋天天气转凉的时节越发牵挂远行的丈夫。

2. 凄凉的心境或景象

例 4–43　气酣日落西风来，愿吹野水添金杯。（杜甫《苏端、薛复筵简薛华醉歌》）

例 4–44　稍待西风凉冷后，高寻白帝问真源。（杜甫《望岳》）

例 4–45　昨夜离心正郁陶，三更白露西风高。（高适《送别》）

例 4–46　西风传戍鼓，南望见前军。（岑参《岁暮碛外寄元撝》）

以上四例均突出了西风凉冷的特点，前三例是以凉冷的西风隐喻诗人内心的失意、苦楚及别离之苦，以西风之“凉”映射内心之“凉”；第四例则以寒凉的西风隐喻边塞凄凉的景象。

通过以上分析可以看出，“西风”常在秋天吹来，具有寒凉的属性，故可转喻秋天；同时其寒凉的特性又可与凄凉的心境和景象形成隐喻映射。其文化义的语义结构如图 8 所示：

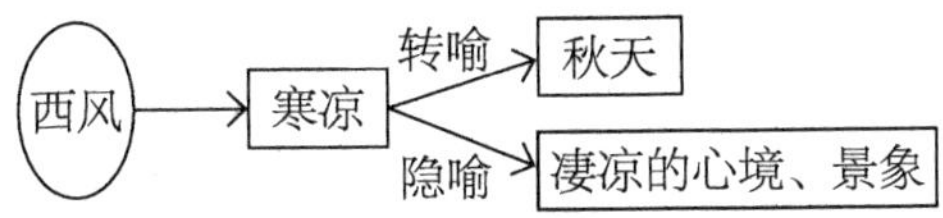

图 8　盛唐诗歌中“西风”文化义的语义结构

（二）“西风”文化义的显著度

“西风”在盛唐诗歌中使用得较少，共有 6 次，其文化义的使用情况如图 9 所示。其显著度最高的文化义是隐喻凄凉的心境或景象。

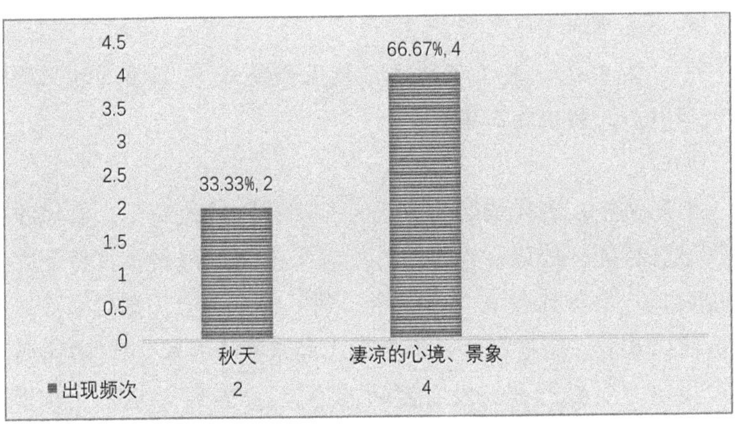

图 9　盛唐诗歌中“西风”文化义的使用频次

五、春风

（一）“春风”的文化义

“春风”是盛唐诗歌中使用最多的风词语，共出现105次，其中李白使用47次，杜甫使用19次，其他盛唐诗人使用39次。除其自然义春日之风外，温暖和煦的春风也象征着春天的到来。盛唐诗人赋予“春风”较多的文化义，基本源于其温暖、怡人的属性。

1. 春天

例4–47　寒食仍留火，春风未换衣。（高适《别崔少府》）

例4–48　春风曾不到，汉使亦应稀。[岑参《发临洮将赴北庭留别（得飞字）》]

例4–49　终岁不得意，春风今复来。（岑参《春兴思南山旧庐，招柳建正字》）

上三例中，春风均转喻春天。在“春”的范畴中，春风吹拂是其显著特征，故以“春风”转指春天，属“范畴及其特征之间的转喻”。“春风未换衣”指时令已到了春天，但仍觉得寒冷，尚未更换寒衣。亦暗指又是一年春天，尚未进士及第。[①]“春风曾不到”指边庭气候严寒，没有温暖的春天。“春风今复来”亦指春天到来。

① 陈贻焮：《增订注释全唐诗（第一册）》，卷203，1773页，北京，文化艺术出版社，2001。

2. 时光

例 4–50　春风三十度，空忆武昌城。（李白《送储邕之武昌》）

例 4–51　大梁一旦人代改，秋月春风不相待。（岑参《梁园歌送河南王说判官》）

春风吹拂意味着新的一年开始，因此，在时间范畴中，它是时光流转的标志，可被用来转喻时光。以上两例均是如此。

3. 良辰美景

例 4–52　五陵年少金市东，银鞍白马度春风。（李白《少年行二首》其二）

例 4–53　白马金羁辽海东，罗帷绣被卧春风。（李白《春怨》）

例 4–54　妆罢含情坐，春风桃李香。（崔颢《杂诗》）

春风送暖，万物复苏，使大地呈现出一片明媚动人的景象。尤其对于古代农耕社会中的人们来说，春天、春风都饱含着生机与希望，寓意美好的时光。因此，作为时光流转的标志，“春风”又在盛唐诗歌中被用来转喻良辰美景。以上三例均是如此，其中第一句表现了明媚的春光中少年游侠的风流豪爽之态[①]；后两句则以“罗帷绣被卧春风”和“春风桃李香”表现思妇空对良辰美景

① 詹锳:《李白全集校注汇释集评（卷五）》，881 页，天津，百花文艺出版社，1996。注：“唐汝询《唐诗解》卷二五：‘金市，地之豪也。银鞍，骑之华也。春风：时之丽也。’”

的孤寂与苦闷。

4. 君王 / 君王恩泽

例 4–55　荐枕娇夕月，卷衣恋春风。（李白《怨歌行》）

例 4–56　解释春风无限恨，沉香亭北倚阑干。（李白《清平调词三首》其三）

例 4–57　云想衣裳花想容，春风拂槛露华浓。（李白《清平调词三首》其一）

例 4–58　羌笛何须怨杨柳，春风不度玉门关。（王之涣《凉州词二首》其一）

如春风赋予万物以生机一样，君王或君王的恩泽对于臣子、百姓或渴望被宠爱的妃子，均具有重要的意义。“卷衣恋春风”和“解释春风无限恨”中，“春风”均隐喻君王[①]；“春风拂槛露华浓”指君王的恩泽使杨妃更加娇媚无比[②]；“春风不度玉门关”中，“春风”一语双关，一是转喻和暖的春季，二是隐喻君王或朝廷对边地军民的恩泽。其隐喻映射机制如下：

	映射	
始源域	⟶	目标域
春风	⟶	君王 / 君王恩泽
温暖润泽	⟶	温暖、权威、具有决定性力量
化养万物	⟶	使妃子得到宠爱，臣子得到赏识、百姓受到恩惠

① 萧涤非、程千帆、马茂元等：《唐诗鉴赏辞典》，251 页，上海，上海辞书出版社，1983。
② 萧涤非、程千帆、马茂元等：《唐诗鉴赏辞典》，250 页，上海：上海辞书出版社，1983。

5. 权贵

例 4–59　草色全经细雨湿，花枝欲动春风寒。（王维《酌酒与裴迪》）

例 4–60　攀折争捷径，及此春风暄。（李白《咏桂》）

“花枝欲动春风寒”指裴迪等地位低下的文人们，想要有所作为，却抵不过有权有势的在位者的排挤。此处“春风”凸显初春寒冷的属性，隐喻权贵。[①]“攀折争捷径，及此春风暄”指官僚子弟、佞幸小人趋炎附势，倚靠权贵步入仕途。此处凸显“春风”温暖和煦的属性，隐喻权贵的庇护。[②]

6. 美人

例 4–61　画图省识春风面，环佩空归月夜魂。（杜甫《咏怀古迹五首》其三）

此句是诗人借王昭君抒发自己的怀才不遇之感。诗中的“春风面”有两层意思：第一层以使大地回暖，万物复苏，带给人温暖与美好感受的“春风”与人“面”的组合，形容容颜的美好，以之转喻未得君王召见的王昭君；第二层则是诗人以昭君（美人）自比，隐喻自己踌躇满志却不被重用。其中“春风”即隐喻美人，其隐喻映射机制如下：

① 陈铁民：《王维集校注（卷五）》，435 页，北京，中华书局，1997；董乃斌：《王维集》，219 页，南京，凤凰出版社，2006。

② 郁贤皓：《李白大辞典》，150 页，南宁，广西教育出版社，1995。

映射

始源域		目标域
春风	⟶	美人
万物复苏，景色怡人	⟶	面容姣好，令人赏心悦目

7. 青春年华

例 4–62　春风余几日，两鬓各成丝。（李白《赠钱征君少阳》）

例 4–63　楼上春风日将歇，谁能揽镜看愁发。（李白《捣衣篇》）

例 4–64　不知忽已老，喜见春风还。（李白《饯校书叔云》）

李白诗歌中，“春风”也隐喻青春年华。以上前两句以春光将尽隐喻青春年华一天天逝去；第三句“喜见春风还”是说看到朋友格外高兴，精神焕发，仿佛青春又回来了。隐喻映射机制如下：

映射

始源域		目标域
春风	⟶	青春年华
一年之始	⟶	人生早期
温暖清新、富有生机	⟶	容光焕发、生机蓬勃

8. 有情 / 无情之人

盛唐诗歌中，“风”常常带有人格化的特征，“春风”也是如此，有时它善解人意，吐露诗人的心声；有时又似无情，令人更加烦恼。这都是诗人借春风抒发自己内心的情怀，属于拟人隐喻。Lakoff, G. & Johnson, M.（1980：33）认为，拟人隐喻属于实体隐喻的一种，是以人类的动机、特征和活动表现非人类的实体，以帮助我们理解经验的广泛多样。

其一，有情之人。

例 4–65　春风知别苦，不遣柳条青。（李白《劳劳亭》）

例 4–66　春风不相识，何事入罗帏。（李白《春思》）

例 4–67　若道春风不解意，何因吹送落花来。（王维《戏题盘石》）

例 4–68　柳色惊心事，春风厌索居。方知一杯酒，犹胜百家书。（高适《闲居》）

我国古代有折柳送别的习俗，盖“柳”音“留”，借以表达依依不舍之情。“春风知别苦，不遣柳条青”是诗人反其意用之，即言春风不忍看到离别之苦，所以不使柳条发青。“春风不相识，何事入罗帏”是闺中思妇对春风的斥责之词，表现了其贞洁之心不为外物所动的情操。“春风”隐喻撩拨“春思”的外界多情之物。而“若道春风不解意，何因吹送落花来”则是多情的春风为山间独酌之人吹送落花助兴。最后一句“春风厌索居”实际是以春风之“厌”表达自己对百无聊赖的隐居生活的厌倦。

其二，无情之人。

例 4–69　春风无复情，吹我梦魂散。（李白《大堤曲》）

例 4–70　只言啼鸟堪求侣，无那春风欲送行。（高适《夜别韦司士，得城字》）

第一句以对春风的抱怨表达相思之苦。思念爱人，希望与之梦中相见，可连梦都被春风无情吹散。第二句讲啼鸟尚知呼朋引伴，而无情的春风，却要送朋友远行。两句中的“春风”，都被隐喻为无情之人。

以“春风”隐喻“有情 / 无情之人”，突出了春风所带给人的心理感受，它在盛唐诗人心中，不只是春天的风那么简单，而是细腻、灵动的，与诗人的情绪相契合的。

9. 触动 / 寄托情思之物

春天是美好的季节，常令人心情舒畅，但若人的心中有所牵挂，那美景只能徒增惆怅。春风的美好，不免触动对心中美好之人、之事的牵挂，因而春风起则思虑生，而这些内心的情愫，也将由善解人意的春风来传递。

例 4–71　洞房昨夜春风起，故人尚隔湘江水。（岑参《春梦》）

例 4–72　春风触处到，忆得故园时。（岑参《江上春叹》）

例 4–73　恩疏宠不及，桃李伤春风。（李白《上之回》）

例 4–74　面上三年土，春风草又生。（杜甫《不归》）

例 4–75　此曲有意无人传，愿随春风寄燕然，忆君迢迢隔青天。（李白《长相思》）

例 4–76　春风传我意，草木别前知。（李白《望汉阳柳

色，寄王宰》）

以上前四句中，“春风”都为触动情思之物。第一、二句是因春风起而思念远方的爱人、思念故土。第三句是在春风中感伤容颜易老。第四句是诗人为悼念亡弟而作。又是一年春风到，草又生而人不在，表现了心中的悲痛。第五、六句中，“春风”为寄托情思之物。诗人希望温柔多情的春风能将自己的思念之情带给远方的丈夫、带给朋友。

10. 快意之气

例 4-77　酒筵暮散明月上，枥马长鸣春风起。（高适《题李别驾壁》）

例 4-78　扬鞭动柳色，写鞚春风生。（李白《自广平乘醉走马六十里至邯郸，登城楼览古书怀》）

因春风转喻良辰美景、大好时光，因此常是美好与欢乐的象征，故有时也被诗人用来隐喻快意舒畅之感。“枥马长鸣春风起”形容与朋友把酒言欢之后的酣畅；“写鞚春风生”则是形容乘醉策马登楼的快意。

由以上分析可以看出，“春风”的语义范畴中，包含温暖和煦、季节更替、富有生机等属性，“春风”的文化义，是在凸显这些属性的基础上产生的。对春天、时光及良辰美景的转喻，都源于春风温暖和煦，令万物复苏，象征季节更替的属性。同时，春天的美好及岁月之感，易触动人们心中的思念及感伤，因此，春风就成了触动 / 寄托情思之物；对美人的隐喻源于春风带来的迷人景致；君王 / 君王的恩泽以及权贵的庇护源于春风温暖、化养万物的特性；而隐喻权贵的排挤源于初春之风所带的一丝寒冷；隐喻青春年华源于春风带来的生机；隐喻快意之气源自春风带给人的舒适之感；而以春风比人，则基本源于春风的吹送之力。“春风”文化义的语义结构如图 10 所示：

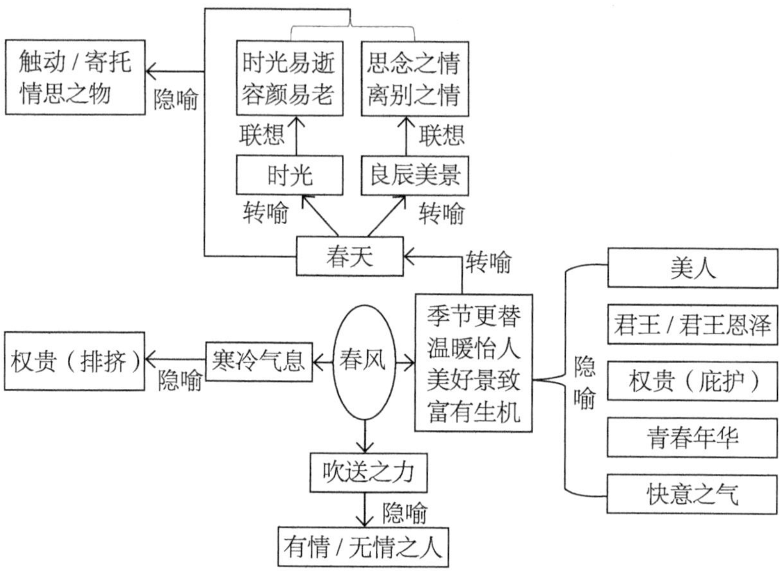

图 10　盛唐诗歌中“春风”文化义的语义结构

（二）“春风”文化义的显著度

“春风”在盛唐诗歌中共出现 105 次，其文化义的使用频次如图 11 所示：

可以看出，在盛唐诗歌中，“春风”使用最多的意义还是其自然义，即“春天的风”。文化义中显著度最高的是“触动 / 寄托情思之物”，其次是“有情 / 无情之人”，即除了使用其自然义之外，诗人更喜欢借春风来表达内心的情绪。

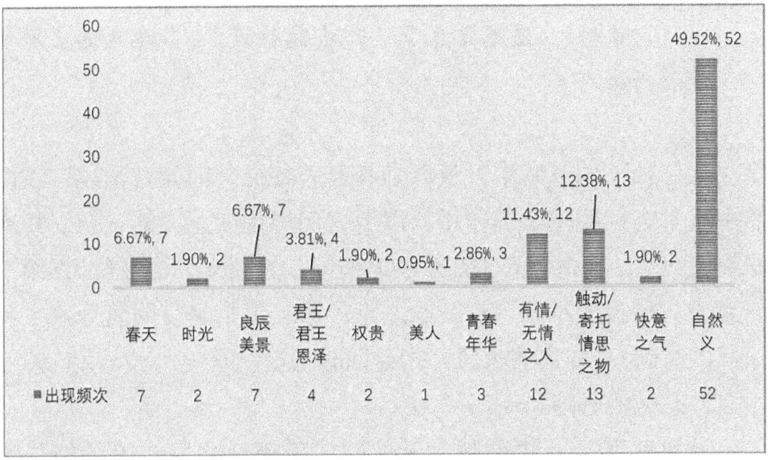

图 11　盛唐诗歌中“春风”文化义的使用频次

六、秋风

（一）“秋风”的文化义

盛唐诗歌中“秋风”共出现 80 次，其中李白使用 22 次，杜甫使用 30 次，其他诗人使用 28 次。除了自然义“秋季的风”之外，“秋风”也指秋天的到来，也往往是诗人内心悲愁情结的反映。

1. 秋天

例 4–79　张翰江东去，正值秋风时。（李白《送张舍人之江东》）

例 4-80　扁舟吾已就，把钓待秋风。（杜甫《送裴二虬作尉永嘉》）

例 4-81　发家见春草，却去闻秋风。（岑参《送王著作赴淮西幕府》）

在“秋”的范畴中，秋风是其显著特征，因此“秋风”在诗歌中也常有标明季节的作用，以上三例均是如此。第一句引西晋张翰之典[①]，指张舍人去江东的时间同张翰一样，也是秋天；第二句意为只待秋天垂钓，有归隐之意；第三句则是言明离开家乡和返回的时间，“却去闻秋风”指返回时已是秋季。

2. 悲愁的心境

秋风吹起，万物凋敝，天地间一派肃杀之气，萧瑟的景象和骤降的气温总会勾起人心中的无限愁思。天气之“凉”映射人物内心之“凉”，因此，我国古代文人素有“悲秋”情结，盛唐诗人也不例外。盛唐诗歌中，诗人们常用“秋风”渲染悲凉的气氛，表达内心的感伤，感伤岁月易逝、容颜易老，感伤思念与送别，感伤失宠与失意，等等。

其一，岁月易逝、容颜易老的感伤。

例 4-82　常恐碧草晚，坐泣秋风寒 。（李白《古风》二十七）

例 4-83　促织惊寒女，秋风感长年。（孟浩然《题长安

① 王琦：《李太白全集》，748 页，北京，中华书局，1977。注：“《晋书》：张翰为大司马东曹掾，因见秋风起，乃思吴中菰菜、莼羹、鲈鱼脍，曰：‘人生贵得适意，何能羁宦数千里，以要名爵乎？’遂命驾而归。”

主人壁》)

例 4-84　人间岁月如流水，客舍秋风今又起。(岑参《客舍悲秋，有怀两省旧游，呈幕中诸公》)

秋风吹拂，草木黄落，往往会使人想到一年将尽，感慨岁月蹉跎，同时也感叹人生亦有大限。时光的流逝，意味着容颜衰老、盛年不再，因而徒生感伤。以上三句均以瑟瑟秋风抒发岁月易逝，老大无成的感伤，其隐喻映射机制如下：

映射

始源域 ⟶ 目标域

秋风 ⟶ 岁月易逝、容颜易老的感伤

自然界 ⟶ 人生

季节更替 ⟶ 时光流转

繁华不再 ⟶ 容颜渐老，盛年已去

无限凄凉 ⟶ 无限感伤，盛年已去

其二，失宠的感伤。

例 4-85　君恩移昔爱，失宠秋风归。(李白《赠裴司马》)
例 4-86　谁怜团扇妾，独坐怨秋风。(李白《长信宫》)

古典诗歌中，“秋风”也隐喻失宠的感伤。多是文人借女子失宠于君王感伤自己政治上的失意，失去君王的荣宠。这一隐喻与秋风映射内心的凄凉有关，也源于汉乐府《怨歌行》中班婕妤失宠于汉成帝之典。[①]

其三，思乡怀人的感伤。

例 4–87　君不见吴中张翰称达生，秋风忽忆江东行。（李白《行路难三首》其三）

例 4–88　秋风引归梦，昨夜到汝颍。（岑参《郊行寄杜位》）

例 4–89　去家百里不得归，到官数日秋风起。（高适《初至封丘作》）

例 4–90　秋风动关塞，高卧想仪形。（杜甫《秦州见敕目薛三璩授司议郎毕四曜除监察与二凡十韵》）

例 4–91　秋风吹不尽，总是玉关情。（李白《子夜吴歌·秋歌》）

“秋风”与思乡的情绪相联系，源自西晋张翰因见秋风起而思念家乡，洒脱辞官的典故。[②] 以上前三例均用此典寄托思乡之情，其中“君不见吴中张翰称达生，秋风忽忆江东行”表明了李白赞成张翰唯求人生适意的态度，有退隐之意。

另外，秋风吹起，候鸟知返，群雁南归，这更令羁旅之人感到孤单，因而格外思念家乡和亲友，而家人也会因时令的变化更加牵挂漂泊在外的亲人。因此，“秋风”能够隐喻思乡怀人的感

① 逯钦立辑校：《先秦汉魏晋南北朝诗》，116 页，北京，中华书局，1983。

② 王琦：《李太白全集》，748 页，北京，中华书局，1977。注：“《晋书》：张翰为大司马东曹掾，因见秋风起，乃思吴中菰菜、莼羹、鲈鱼脍，曰：‘人生贵得适意，何能羁宦数千里，以要名爵乎？’遂命驾而归。”

伤。例 4–90 是诗人因秋风起而思念远方的友人；例 4–91 指思妇们对远在玉门关外的丈夫的思念因秋风起而更加强烈、绵长。

其四，送别的感伤。

例 4–92　送远秋风落，西征海气寒。（杜甫《送杨六判官使西蕃》）

例 4–93　秋风正萧索，客散孟尝门。（王维《送岐州源长史归》）

例 4–94　秋风吹别马，携手更伤神。（高适《过崔二有别》）

秋风的寒冷凄清往往与送别时的悲凉心境形成隐喻映射，春日送别，尚可折芳相赠；秋日送别，无芳可赠，唯有寒冷萧瑟之景，因而更显凄凉。以上三例中秋风均隐喻送别时内心的感伤。

此外，盛唐诗歌中“秋风”也与怀古感史的悲怆，羁旅行役的愁思以及征戍战伐之苦等联系起来，如以下例句：

例 4–95　洞房环佩冷，玉殿起秋风。（杜甫《洞房》）

例 4–96　秋风多客思，行旅厌艰辛。（祖咏《酬汴州李别驾赠》）

例 4–97　秋风淅淅吹巫山，上牢下牢修水关。（杜甫《秋风二首》）

总之，“秋风”隐喻悲愁的心境，都与秋风所带来的自然界肃杀、凄清的景象有关，秋天的色调是深沉灰暗的，人的情绪也是低沉落寞的，其隐喻映射机制如下：

映射		
始源域	⟶	目标域
秋风	⟶	悲愁的心境
万物凋敝、苍凉凄清	⟶	低沉落寞、悲凉感伤（岁月易逝、容颜不再；失宠、壮志难酬；思乡怀人；送别等）
身体感受	⟶	心理感受
寒冷萧瑟	⟶	凄凉愁苦容颜渐老，盛年已去

3. 困厄之境

例 4–98　浮云蔽日去不返，总为秋风摧紫兰。（李白《答杜秀才五松见赠》）

例 4–99　兰摧白露下，桂折秋风前。（杜甫《遣兴五首》其三）

例 4–100　北山有芳杜，靡靡花正发。未及得采之，秋风忽吹杀。君不见拂云百丈青松柯，纵使秋风无奈何。（岑参《感遇》）

秋天气温骤降，严霜盖地，凛冽的秋风吹过，草木摇落，一片荒凉的景象，因此秋风具有摧折之力，即破坏性。盛唐诗人笔下，人生或仕途之中遭遇的不利境况与秋风对草木的摧折形成了隐喻映射。“秋风摧紫兰”是诗人喻自己遭遇小人谗害[①]；“桂折秋风前”“秋风忽吹杀”中，秋风均指人生或仕途中不可预期的挫折和灾难。

4. 萧条世道

盛唐诗歌中，“秋风”也隐喻萧条的世道，是以秋风的凄冷、萧索映射人间的世态炎凉。[②]如以下两例：

例 4-101　世路如秋风，相逢尽萧索。（李白《游敬亭，寄崔侍御》）

例 4-102　秋风落叶闭重门，昨日论交竟谁是。（李颀《行路难》）

综上所述，“秋风”的语义范畴中包含季节更替、寒冷凄清、具有摧折之力等隐含意义，其文化义的产生均与这些隐含意义相关。“秋风”文化义的语义结构如图 12 所示：

① 詹锳：《李白全集校注汇释集评（卷十七）》，2758 页，天津，百花文艺出版社，1996。注：“浮云二句，《文子·上德》：‘日月欲明，浮云蔽之；黄河欲清，沙土秽之；丛兰欲修，秋风败之。’此二句喻己遭小人谗害。”

② 刘宝和：《李颀诗评注》，116 页，太原，山西教育出版社，1990。注“秋风二句”：“极言世态炎凉。此翟公罢廷尉，所以门外罗雀也。论交：知友。”

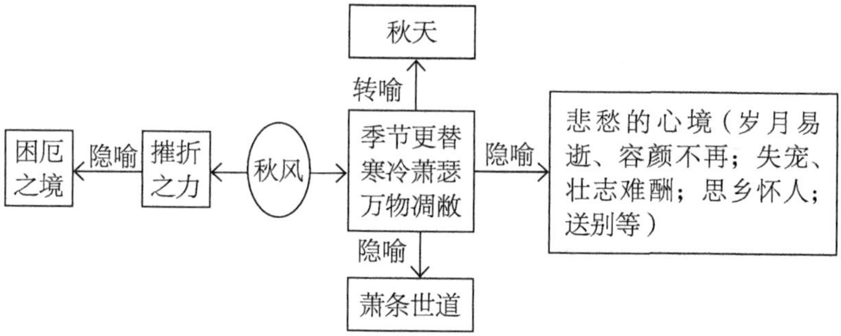

图 12　盛唐诗歌中“秋风”文化义的语义结构

（二）“秋风”文化义的显著度

“秋风”在盛唐诗歌中共出现 80 次，其文化义的使用频次如图 13 所示：

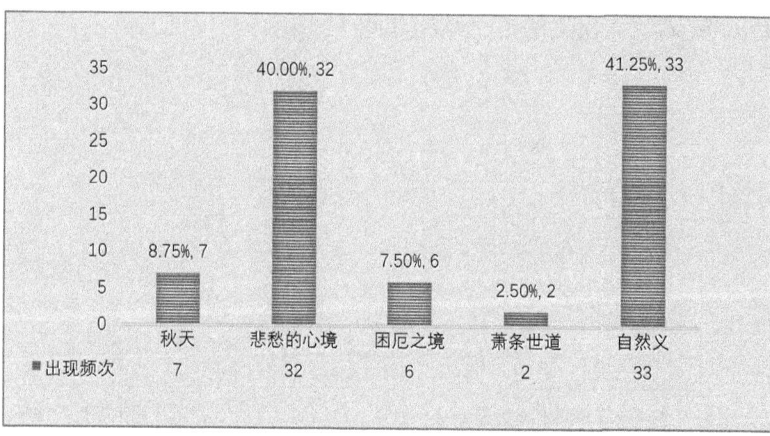

图 13　盛唐诗歌中“秋风”文化义的使用频次

由图 13 可以看出，盛唐诗歌中“秋风”的文化义和自然义的使用比例是 47∶33，文化义的使用频次较高，其中，显著度最高的文化义为“秋风”隐喻“悲愁的心境”。因此，在盛唐诗歌中，秋风多被用来表达诗人的心绪。

七、凉风

（一）“凉风”的文化义

盛唐诗歌中“凉风”共出现 32 次，其中李白使用 7 次，杜甫使用 4 次，其他诗人使用 21 次。凉风的自然义是“凉爽的风”。因古代《逸周书》《礼记》等典籍中均有“立秋之日，凉风至”[①] 的记载，故凉风在古代诗文作品中也常指秋风。

1. 秋风

转喻既包括同一事物与其属性（部分）之间的替代关系，也包括同一事物的属性（部分）之间的替代关系。[②] 凉风、秋风都属于“秋”范畴中相邻的成员，以“凉风”转指“秋风”是凸显了秋风中寒、凉的特点，属于范畴成员间的转喻。以下三例中凉风均指秋风。

例 4–103　芜然蕙草暮，飒尔凉风吹。（李白《秋思》）

例 4–104　岁晏凉风至，君子复何如。（王维《赠祖三咏》）

---

① 黄怀信、张懋镕、田旭东撰，李学勤审定：《逸周书汇校集注（卷六）》，640 页，上海，上海古籍出版社，1995。“立秋之日，凉风至。”王文锦：《礼记译解》，218 页，北京，中华书局，2001。“孟秋之月，日在翼，昏建星中，旦毕中。……凉风至，白露降，寒蝉鸣。”

② 张辉、卢卫中：《认知转喻》，99 页，上海，上海外语教育出版社，2010。

例 4–105　朗咏临清秋，凉风下庭槐。（高适《酬裴员外以诗代书》）

2. 内心的悲凉

“凉风”在古代诗文作品中常指秋风，故同秋风一样，具有肃杀凄冷、凋敝万物的特点。因此，它带给人的心理感受同样是低沉落寞、悲凉感伤的。盛唐诗歌中“凉风”所表现的内心的悲凉亦包括岁月蹉跎、壮志难酬及思乡怀人的感伤等等。

例 4–106　感物我心劳，凉风惊二毛。（高适《酬岑二十主簿秋夜见赠之作》）

例 4–107　日夕凉风至，闻蝉但益悲。（孟浩然《秦中感秋，寄远上人》）

例 4–108　凉风度秋海，吹我乡思飞。（李白《秋夕旅怀》）

例 4–109　相思无由见，怅望凉风前。（李白《拟古十二首》其十一）

以上前两例中，“凉风”到来意味着一年将尽，引发了诗人岁月易逝，老大无成的感伤，同时“凉风”也映射心中的悲凉；后两句中表现的是思乡怀人的感伤，第四句借思念美人表现诗人欲仕而无从见君，终不得志的感伤[①]，“凉风”之“凉”，亦映射心中之“悲凉”。

① 詹锳:《李白全集校注汇释集评（卷二十二）》，3429 页，天津，百花文艺出版社，1996。

3. 内心的快意舒畅

凉风除了带给人寒冷萧瑟的感觉之外，有时也令人感到凉爽快意，这一特性在盛唐诗人笔下，则成了内心舒畅与惬意的标志。

例 4-110　醉后凉风起，吹人舞袖回。（李白《与夏十二登岳阳楼》）

例 4-111　沅溪夏晚足凉风，春酒相携就竹丛。（王昌龄《龙标野宴》）

例 4-112　携手追凉风，放心望乾坤。（王维《瓜园诗》）

以上前两句表现的是诗人与好友纵情畅饮，四周凉风习习，惬意舒适的景象；第三句“携手追凉风”，所追的仍是纵情与快意之感。因此，“凉风”之“舒爽”映射内心之“舒畅”。

盛唐诗歌中的“凉风”除了上述文化义之外，还有 1 处临时义，见本章第四节，自然义共出现 6 次。

综上所述，“凉风”具有清爽怡人的特性，故可隐喻人内心的快意舒畅；又具有和秋风一样肃杀凄冷的特性，故可转喻秋风，也可映射人内心的悲凉及乱世之危。“凉风”文化义的语义结构如图 14 所示：

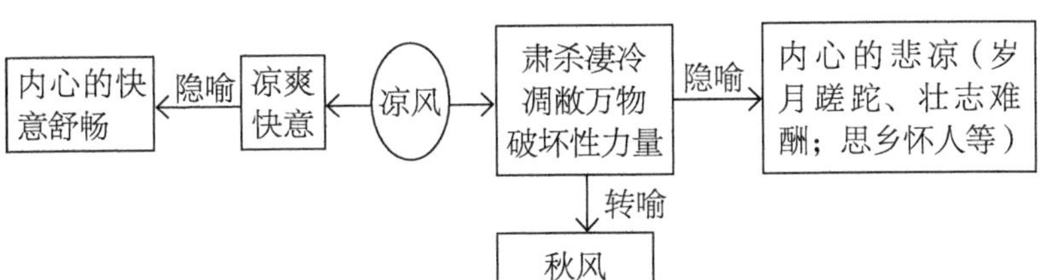

图 14　盛唐诗歌中“凉风”文化义的语义结构

（二）“凉风”文化义的显著度

“凉风”在盛唐诗歌中共使用 32 次，其文化义的使用频次如图 15 所示：

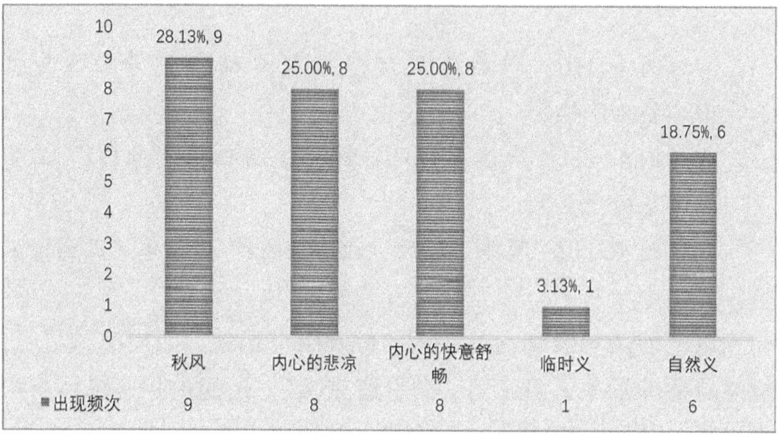

图 15　盛唐诗歌中“凉风”文化义的使用频次

可以看出，盛唐诗歌中“凉风”文化义和自然义的使用比例是 25:6，文化义的使用频率较高。其中，显著度最高的文化义是转喻秋风，而对于人内心的悲凉和快意舒畅之感的隐喻则数量相等，仅次于转喻秋风。我们可以认为，在盛唐诗歌中，“凉风”除了指秋风以外，还主要用于表现诗人的情绪。

八、小结

通过以上不同方位、季节的风的文化义及产生机制的分析，我们发现，在盛唐诗歌中使用较多的四方风及四季风中，除了南风、春风及秋风之外，其他风词语的显著度最高的文化义的使用频率均高于其自然义的使用频率，南风、春风、秋风各自文化义的总使用量高于它们自然义的使用次数。因此，我们可以说，盛唐诗歌中不同方位、季节的风词语，多数情况下均呈现其文化义。受古代社会文化，尤其是五行学说的影响，四方风与四季风呈一一对应的关系，因此，这一类风词语均可通过转喻映射指代不同的季节。另外，我们发现，这一类风词语中使用频率较高的文化义均与人的情绪、心境有关，风词语的隐含意义通过隐喻映射的方式表现诗人的心境。除南风之外，其他四方风与四季风所表现的情绪都较悲凉，沿用了古代诗文作品中伤春、悲秋的主题，其中，包括时光易逝、容颜易老、思乡怀人及壮志难酬的感伤等等，这与四季风所带来的自然界的变化有关，也与盛唐诗人的人生际遇有关。

除了以上提到的四方风和四季风之外，盛唐诗歌中还以金风、素风、商风指秋风，这与五行学说中“金”“素”“商”分别为五行、五色、五音中与“秋”相对的元素有关；以朔风指北风、寒风，因“朔”有“北方”之意①；以阊阖风指西风，也与古代典籍中的“八风”说有关②。另外，温度类的“风”也常与季节风相对应，同时也承载着诗人的情感，如寒风、烈风、严风多指秋冬季节的风，常表现诗人低沉、悲愁的心境；熏风、景风、惠风多指春末夏初的和暖之风，常透露出诗人愉悦闲适

① 《汉语大词典》“朔”词条义项 9，《书・舜典》：“五月南巡守，至于南岳，……十有一月朔巡守，至于北岳。”孔颖达疏：“《释训》云：‘朔，北方也。’故《尧典》及此与《禹贡》，皆以朔言北。”

② 《汉语大词典》“八风”词条义项 1、2。

的心理状态；微风、清风、泠风则多指夏季凉爽之风，表现出心中的舒畅惬意之感。

第二节　不同态貌的风的文化义

盛唐诗歌中不同态貌的风，主要有高而远的和急而猛的风两种：前者突出了风的空间距离感，如“长风”“高风”“万里风”等；后者则突出了风强劲的特点，如“狂风”“疾风”“回风”“飘风”等。其中，使用频率较高且使用文化义较多的为“长风”和“飘风”（见附录2）。

一、长风

（一）“长风”的文化义

“长风”在盛唐诗歌中共使用29次，其中李白17次，杜甫5次，其他诗人7次。其自然义为远风，也就是能纵贯千里、长驱而入的风。因此，它不为空间所限，恣意吹送，也具有排除万难，动地而来的气势。《宋书·宗悫传》中“愿乘长风，破万里浪”[①]的典故，体现了“长风”排除万难，勇往直前的特点，也使“长风破浪”成为理想远大，勇往直前的象征。盛唐诗歌中沿用了这一文化义，且有所发展。

① 《汉语大词典》“长风破浪”词条中《宋书·宗悫传》：“悫年少时，炳（悫叔父）问其志，悫曰：‘愿乘长风破万里浪。’”

1. 实现理想的助力

盛唐诗人中，李白尤其偏爱“长风”，这是因为长风恣意吹送，排除万难的特点与李白豪放俊迈，追求自由的风格相契合。在李白的诗中，“长风”为破浪前行，实现政治理想的助力，也是远离尘嚣、飞身而去、神游仙境的工具。

例 4–113　长风破浪会有时，直挂云帆济沧海。（李白《行路难三首》其一）

例 4–114　心随长风去，吹散万里云。（李白《赠何七判官昌浩》）

例 4–115　平衢骋高足，逸翰凌长风。（李白《鲁中送二从弟赴举之西京》）

例 4–116　永随长风去，天外恣飘扬。（李白《古风》四十一）

例 4–117　令人欲泛海，只待长风吹。（李白《秋夜与刘砀山泛宴喜亭池》）

例 4–113 中，李白引用宗悫之典，以“长风破浪”表明自己实现理想的信念，也表现出诗人性格的豪迈；例 4–114 借长风吹云表明自己不甘老死阡陌之间，而愿奋勇而起，为国排难解纷的志向[①]；例 4–115“逸翰凌长风”则以善飞之鸟迎风展翅，喻从弟赴考，能够大展才华，前途无量。前三个例句中，均取“长风勇往直前”之意，结合典故，以“长风”隐喻实现政治理想的助

① 詹锳：《李白全集校注汇释集评（卷八）》，1333 页，天津，百花文艺出版社，1996。

力。例 4–116 和例 4–117 是以长风的吹送之力与孔子“道不行，乘桴浮于海”[①] 的典故并用，表达了诗人追求自由，渴望长生及归隐避世的理想，这里的“长风”，是实现得道成仙理想的助力。

2. 荡涤愁思之物

长风渡越万里而来，远而空旷，又强劲有力，其气势磅礴，横扫一切，给人以淋漓酣畅之感，故可与人心中的畅达之感形成隐喻映射，成为荡涤愁思之物。

例 4–118　长风万里来，江海荡烦浊。（王维《苦热》）

例 4–119　长风万里送秋雁，对此可以酣高楼。（李白《宣州谢朓楼饯别校书叔云》）

例 4–118 写长风吹来，使烦躁、纷乱的心绪得以平静；例 4–119 指万里长风送鸿雁的壮阔明朗之景，令人顿感心胸畅达，烦恼尽散，酣饮高楼的兴致油然而生。

3. 寄托愁思之物

盛唐诗歌中，“长风”除了给人舒适畅达之感以外，也因其远而空旷及寒凉的属性令人徒生愁思。

例 4–120　明月出天山，苍茫云海间。长风几万里，吹度玉门关。（李白《关山月》）

例 4–121　徙倚望长风，滔滔引归虑。（王昌龄《山行入泾州》）

① 杨伯峻：《论语译注》，43 页，北京，中华书局，1980。

例 4-120 以长风吹月，横渡玉门关塞表现了一种苍凉凄清的景致，浩浩长风及边关冷月使征戍之人倍感孤寂，故而格外思念家乡；例 4-121 则是诗人漫游途中感叹山路迂回曲折令人迷惑，故面对萧萧长风怀念家乡，心生归意。两句中，“长风”均以其空远而苍凉凄清的属性映射人内心绵长悲凉的愁思。

盛唐诗歌中的“长风”除了上述文化义之外，还有 3 处临时义，见本章第四节。自然义共出现 14 次。

综上所述，“长风”的语义范畴中包含远而空旷、恣意吹送、勇往直前、气势磅礴等属性。它在盛唐诗歌中的文化义，都是在这些隐含意义的基础之上，或结合典故，或直接通过隐喻认知方式产生。总体而言，“长风”给人以激越豪爽之感，故其文化义也较积极，隐喻实现理想的助力或荡涤愁思之物，少数情况之下，被诗人用来抒发内心的思虑，带有悲愁色彩。“长风”文化义的语义结构如图 16 所示：

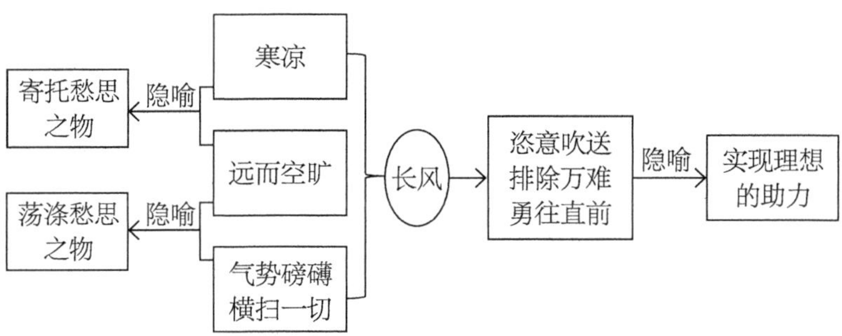

图 16　盛唐诗歌中“长风”文化义的语义结构

（二）“长风”文化义的显著度

“长风”在盛唐诗歌中共使用 29 次，其文化义的使用情况如

图 17 所示。

可以看出，盛唐诗歌中“长风”文化义和自然义的使用比例是 12∶14，自然义的使用频率略高。其中，显著度最高的文化义为“实现理想的助力”，这与“长风破浪”的典故有关，最根本的原因是长风远而强劲、勇往直前又恣意任性的特点与诗人的雄心壮志相映合，故通过隐喻方式产生了这一文化义。其他文化义的产生也与长风的特性有关，但在盛唐诗歌中使用频率不高。

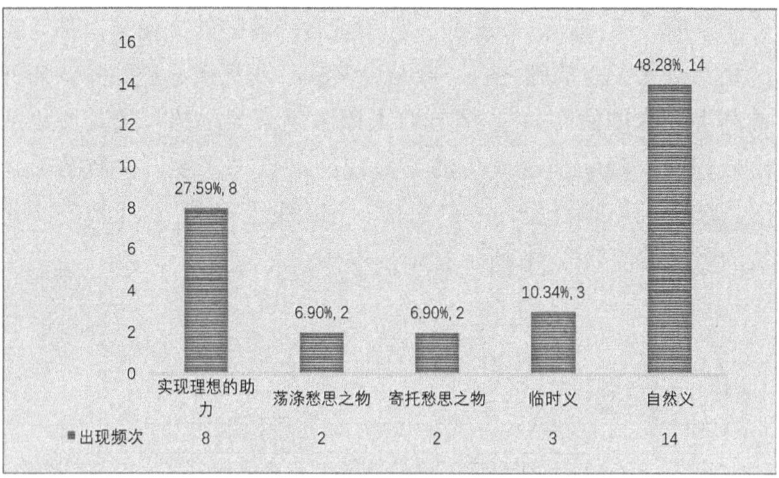

图 17　盛唐诗歌中“长风”文化义的使用频次

二、飘风

（一）“飘风”的文化义

“飘风”在盛唐诗歌中共使用 9 次，其中李白 5 次，杜甫 3 次，其他诗人 1 次。在杜甫及其他诗人笔下，“飘风”均为其自然义，即旋风、暴风，而李白则赋予“飘风”更多的意义。

1. 岁月易逝，人生无常

早在汉魏时期的文人诗歌中，“飘风”就已经与人生的际遇及思考联系在一起了。曹丕以“西北有浮云，亭亭如车盖。惜我时不遇，适与飘风会”[①]。（杂诗二首其二）抒发了孤独无依的游子身逢乱世、漂泊流寓、欲归不能的忧郁不安之情。“飘风”隐喻社会的动荡。[②] 到了阮籍诗中，则以“离合云雾兮，往来如飘风。富贵俯仰间，贫贱何必终”[③]。（《采薪者歌》）表达了岁月易逝，人生无常的感叹。[④] 到了盛唐李白诗中，这一文化义表现得更为明确，“飘风”隐喻岁月易逝、人生无常。

例 4–122　在世复几时，倏如飘风度。（李白《古风》二十）

例 4–123　容颜若飞电，时景如飘风。（李白《古风》二十八）

以上两句中，均取飘风回旋、迅疾之意，隐喻岁月易逝、人生无常，其隐喻映射机制如下：

① 逯钦立辑校：《先秦汉魏晋南北朝诗》，401 页，北京，中华书局，1983。

② 上海辞书出版社文学鉴赏辞典编纂中心：《三曹诗文鉴赏辞典》，55 页，上海，上海辞书出版社，2013。

③ 逯钦立辑校：《先秦汉魏晋南北朝诗》，511 页，北京，中华书局，1983.

④ 罗仲鼎：《阮籍咏怀诗译解》，24 页，南京，南京大学出版社，1999。

	映射	
始源域	⟶	目标域
飘风	⟶	人生
回旋、迅疾	⟶	匆匆而过、变化不定
倏忽而逝	⟶	容颜易老、时光易逝
无定、易过	⟶	无常、易逝

2. 谗言或误解

例 4–124　飘风吹云霓，蔽目不得语。（李白《陈情赠友人》）

“飘风吹云霓”引用《楚辞·离骚》中的典故[①]，指诗人与友人的情谊遭佞人中伤，感情破裂。此处“飘风”隐喻令人闭目塞听的谗言或误解。

除以上文化义之外，盛唐诗歌中“飘风”还有 2 处临时义，见本章第四节。自然义共出现 4 次。

综上所述，盛唐诗歌中“飘风”的文化义或通过隐喻方式产生，或源自典故义，虽用例较少，但前代诗歌中有过相同或相近的用法，故此处将它们看作是“飘风”的文化义。盛唐诗歌中“飘风”的语义结构如图 18 所示：

① 詹锳：《李白全集校注汇释集评（卷十一）》，1819 页，天津，百花文艺出版社，1996。注“飘风”：《楚辞·离骚》：“飘风屯其相离兮，帅云霓而来御。”王逸注：“回风为飘。飘风，无常之风，以兴邪恶之象也。……云霓：恶气，以喻佞人。”

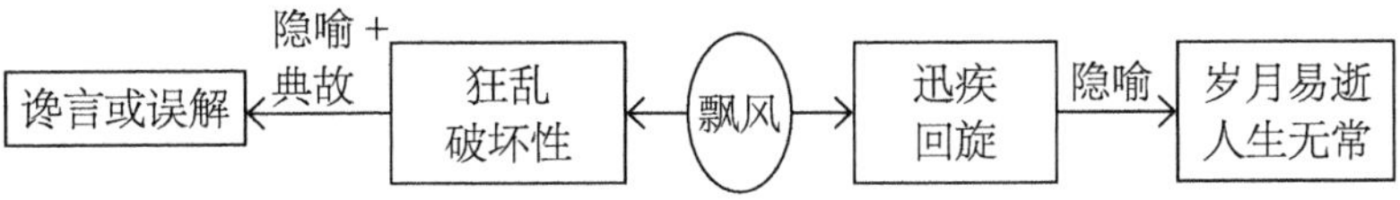

图 18　盛唐诗歌中“飘风”文化义的语义结构

（二）“飘风”文化义的显著度

由图 19 可以看出，盛唐诗歌中，“飘风”共出现 9 次，其自然义的显著度最高，其文化义与自然义的使用比例是 3:4，各文化义的使用频率较低。

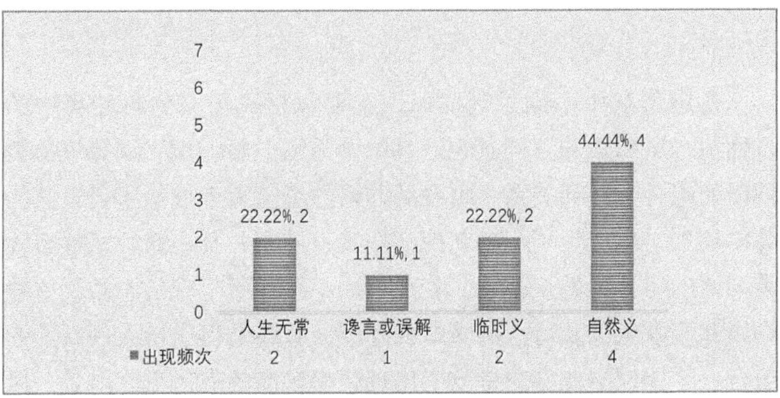

图 19　盛唐诗歌中“飘风”文化义的使用频次

三、小结

通观盛唐诗歌中不同态貌的“风”，我们发现，这一类风词语在盛唐诗歌中多呈现自然义，文化义的使用频率不高。个别词语如“旋风”“狂风”等偶有诗人独创性的用法，在诗中含有特别的意义，如“狂风吹我心，西挂咸阳树”（李白《金乡送韦八之西京》），借“狂风”的吹送之力寄托对长安的思念之情；“君家赤骠画不得，一团旋风桃花色”（岑参《卫节度赤骠马歌》），以“旋风”喻指骏马的动作迅捷。但这些偶然性的用法尚不能称之为文化义。另外，在先秦汉魏晋南北朝诗及盛唐之后的诗词中，这一类风词语也未出现固定的文化义义项，因此，我们可以说，该类风词语在诗歌中多呈现自然义，鲜有文化义。

第三节　不同景观的风的文化义

盛唐诗歌中不同景观的风，主要包括风与其他自然界中的事物组合所形成的不同景观。其中，与云、雨、烟、霜等气象类词语的组合为并列关系，组合后词语的意义大于或等于语素义的简单相加，也产生了一些新的文化义；与花、林、蝶、泉等事物类词语的组合为偏正关系，表现了风中事物所呈现的态貌，这些词语和诗歌氛围及诗人的情绪相呼应，有些是盛唐诗人创新性的组合。这些词语在盛唐诗歌中出现频率较高的有风云、风尘、风雨、风波等（见附录2）。

一、风云

（一）“风云”的文化义

“风云”在盛唐诗歌中共使用24次，其中李白10次，杜甫13次，其他诗人1次。其自然义即指风和云。盛唐诗歌中，“风云”呈现出较多的文化义。

1. 君臣遇合

《周易·乾卦》云：“同声相应，同气相求。水流湿，火就燥，云从龙，风从虎。圣人作而万物睹……”[①] 意为同类事物之间相互感应，后比喻遇合、相从。因此，古代文人常以风云际会来比喻君臣遇合，成就大业。盛唐诗歌中亦多次出现该文化义。

例 4–125　风云感会起屠钓，大人山兒屼当安之。（李白《梁甫吟》）

例 4–126　鱼水三顾合，风云四海生。（李白《读诸葛武侯传，书怀赠长安崔少府叔封昆季》）

例 4–127　风云随绝足，日月继高衢。（杜甫《行次昭陵》）

例 4–128　征起适遇风云会，扶颠始知筹策良。（杜甫《洗兵马》）

以上四句中“风云”都是君臣遇合之意。第一句表达了李白对自己被重用，与君王风云际会的信心；中间两句写刘备与诸葛亮，唐太宗李世民与追随他的杰出人物君臣遇合，开创了不朽的功业；最后一句指张镐被朝廷起用，正为君臣遇合，挽救国家于危难之中的大好时机。

① 李学勤主编，《十三经注疏》整理委员会整理：《周易正义》，17 页，北京，北京大学出版社，1999。

2. 雄韬大略或高情远志

例 4–129　楚人每道张旭奇，心藏风云世莫知。（李白《猛虎行》）

例 4–130　激昂风云气，终协龙虎精。（李白《献从叔当涂宰阳冰》）

“云从龙，风从虎”，龙、虎均为不凡之物，故“风云”除了指君臣遇合，也有胸怀大志之意。例 4–129 指张旭心怀高远的志向；例 4–130 赞美李阳冰有为君王辅弼大臣的豪情壮志，故得以施展才华。

3. 战争

例 4–131　两龙争斗时，天地动风云。（李白《送张秀才谒高中丞》）

例 4–132　风云激壮志，枯槁惊常伦。（李白《赠张相镐二首》其一）

例 4–133　故国风云气，高堂战伐尘。（杜甫《中夜》）

风、云为自然物象，自然界风云的变化往往是天气阴晴变化的征兆，这一特点常被映射到社会文化域，指战争带来的社会的动荡及灰暗景象。以上三句中，“风云”均指战争。例 4–131 中指楚汉之争；例 4–132、例 4–133 中，“风云”为安史之乱。

4. 高位

自然界中风、云所处的位置往往在高空之中，故盛唐诗人以之隐喻高位。

例 4–134　何时腾风云，搏击申所能。（李白《赠新平少年》）

例 4–135　名飞日月上，义与风云翔。（李白《自溧水道哭王炎三首》其一）

“何时腾风云”指何时能够得到君王的赏识与提拔，一展雄才。此处“风云”喻指政治上的“高位”；“义与风云翔”指王炎的道义与风云齐飞扬，“风云”喻指道义、品行上的“高位”。虽然这一意义在盛唐诗歌中只有李白使用 2 次，但是其他朝代的诗人亦有此用法，《汉语大词典》中也已列为一个义项[①]，故此处可以看作是“风云”的一个文化义。

5. 天象

我国古人依据阴阳五行的转化规律来预测天气，其中风、云的变化是重要的表征。因此，“风云”也常转指天象。

例 4–136　东逾辽水北滹沱，星象风云喜共和。（杜甫《承闻河北诸道节度入朝欢喜口号绝句十二首》其九）

例 4–137　池水犹含墨，风云已落秋。（孟浩然《寻陈逸人故居》）

“星象风云喜共和”指星象风云都呈现出国家统一、上下和顺的大喜之象；“风云已落秋”则指天气现象都显示出秋天已经来临。二句中“风云”均指“天象、气象”。

① 《汉语大词典》“风云”词条，义项 10。

综上所述，依据《周易》中“云从龙，风从虎”的典故，“风云”在古代诗歌中常指君臣遇合，盛唐诗歌中这一文化义出现较多；古代有识之士均胸怀君臣遇合，创立不朽功勋的理想，故“风云”又隐喻雄韬大略或高情远志；同时，作为自然物象，风云还是天气变化的表征，故可转喻天象，亦可映射于社会，指战争风云；最后，风云之“高”与社会地位之高、道义之高也形成了隐喻映射。盛唐诗歌中“风云”文化义的语义结构如图 20 所示：

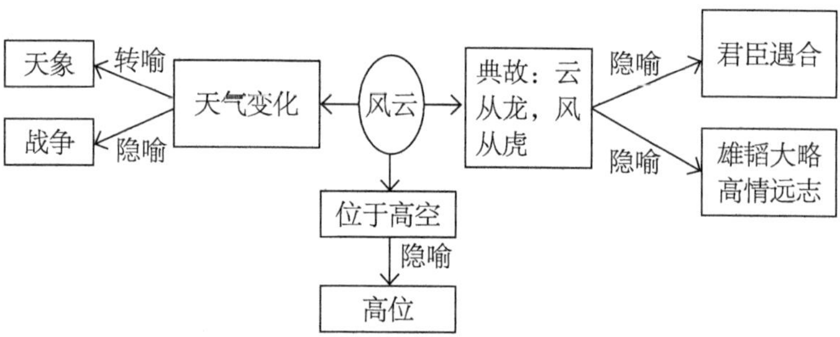

图 20　盛唐诗歌中“风云”文化义的语义结构

（二）“风云”文化义的显著度

“风云”在盛唐诗歌中共出现 24 次，其文化义的使用情况如图 21 所示：

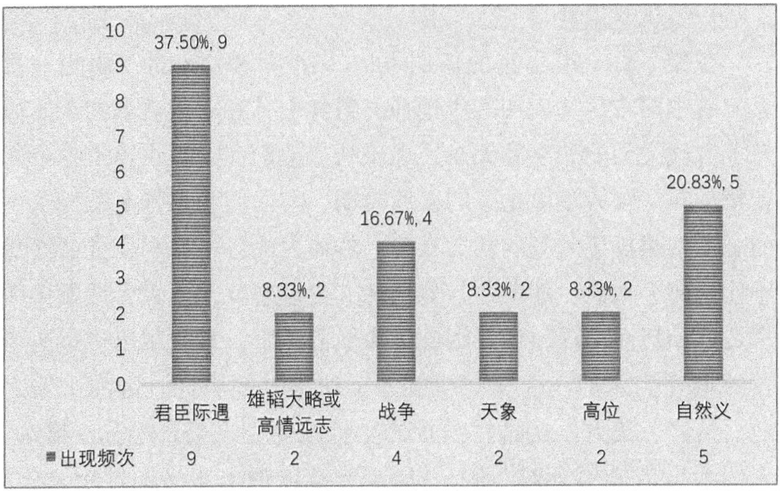

图 21　盛唐诗歌中“风云”文化义的使用频次

可以看出，盛唐诗歌中“风云”文化义和自然义的使用比例是 19∶5，其中显著度最高的文化义是“君臣际遇”。这与盛唐诗人，尤其是李白和杜甫渴望得到君王的赏识，一展才华，报效国家的愿望密切相关。

二、风尘

（一）“风尘”的文化义

“风尘”在盛唐诗歌中共出现 83 次，其中李白 12 次，杜甫 47 次，其他盛唐诗人 24 次。其自然义指风卷起的尘土，故为平凡卑微之物，又给人以纷乱、不洁、环境恶劣之感，其文化义都是在这些隐含意义的基础上通过隐喻、转喻认知方式产生的。

1. 纷扰的尘世

在儒、释、道思想的作用下，“出世”和“入世”思想一直影响着中国古代文人的人生选择。退隐山林和求取功名的矛盾体现了古代文人的悲哀和无奈，也反映了他们在人生道路抉择中的智慧。在“以诗赋取士”的盛唐时期，文人们大多抱有积极入世的态度，热衷于人间的功名富贵，然而因为各种原因，要么终身不仕，要么入仕后的境遇与他们的人生理想反差太大，故颇多失意之感，转而考虑出仕。因此，在他们笔下，常表现出对远离尘嚣的世外桃源的向往和对纷扰繁杂的尘世的厌弃。远离尘嚣之地，洁净、美好、闲适；纷扰的尘世间尘土飞扬，纷乱、繁杂，人们为世俗之事奔波劳碌。“风尘”常出现于恶劣的环境之中，给人以不洁及微不足道之感，因此常指卑微、恶劣的环境，属“范畴及其特征之间的转喻”。盛唐诗歌中，相较于美好洁净的世外桃源，“风尘”转指纷扰、平庸的尘世；相较于高高在上的“朝廷”，“风尘”转指贫贱、卑微的民间。

例 4–138　吾营紫河车，千载落风尘。（李白《古风》其四）

例 4–139　先蹋炉峰置兰若，徐飞锡杖出风尘。（杜甫《留别公安太易沙门》）

例 4–140　桃源一向绝风尘，柳市南头访隐沦。（王维《春日与裴迪过新昌里访吕逸人不遇》）

例 4–141　道安风尘外，洒扫青林中。（王昌龄《洛阳尉刘晏与府掾诸公茶集天宫寺岸道上人房》）

以上诗句中“风尘”均与世外桃源相对，指纷扰的尘世。前两句表达了诗人脱离“风尘”的愿望，后两句则写诗中人物已在远离“风尘”之地。

盛唐诗歌中，表“纷扰尘世”的“风尘”常与诗人向往的“出世”之地相对，偶尔指贫贱、卑微的民间。

例 4–142　若使巢由桎梏于轩冕兮，亦奚异乎夔龙蹩躠于风尘。（李白《鸣皋歌送岑征君》）

例 4–143　骅骝开道路，雕鹗离风尘。（杜甫《奉赠鲜于京兆二十韵》）

例 4–144　风尘与霄汉，瞻望日悠悠。[高适《古乐府飞龙曲，留上陈左相（陈希烈）》]

例 4–142 以“夔龙蹩躠于风尘”指像夔、龙这样的辅弼良臣被废弃于民间，得不到重用；例 4–143 指鲜于仲通脱离了纷扰的尘世（民间），官居高位，获得重用；例 4–144 指自己为宦下层，与远在朝堂之上的陈希烈身份悬殊。“风尘”皆有“下层民间”之意。

2. 平庸的世俗之事

风中挟带着的尘土，乱而细小，为平凡卑微之物，这些属性映射于社会文化域，隐喻世间的纷乱繁杂之事或平庸的世俗之事。

例 4–145　男儿百年且荣身，何须徇节甘风尘。（李白《少年行》）

例 4–146　谁能去京洛，憔悴对风尘。（高适《自淇涉黄河途中作十三首》）

例 4-147　山水寻吴越，风尘厌洛京。（孟浩然《自洛之越》）

例 4-145 为李白愤世嫉俗之语，言男儿当荣身乐命，把握当下，而不应让自己困于读书、立节等世俗之事。例 4-146 和例 4-147 则引用陆机“京洛风尘”[①] 之典，以“风尘”指追求仕进等世俗之事。

3. 战乱

盛唐诗歌中，“风尘”最常出现的文化义即指战乱，尤其在杜甫的诗中，这一文化义出现的频率最高。战争使得尘土飞扬，风烟弥漫，因此“风尘”可转喻战乱，这是典型的因果转喻，是以结果“风尘”转指原因“战乱”。

例 4-148　与君自谓长如此，宁知草动风尘起。（李白《流夜郎赠辛判官》）

例 4-149　河朔风尘起，岷山行幸长。（杜甫《壮游》）

例 4-150　东南御亭上，莫使有风尘。（王维《送元中丞转运江淮》）

例 4-151　百战苦风尘，十年履霜露。（王昌龄《从军行二首》其一）

以上前两句指安史之乱[②]，第三句为上元元年江淮刘展之乱[③]，

① 《汉语大词典》“京洛尘”词条。

② 詹锳：《李白全集校注汇释集评（卷十）》，1652 页，天津，百花文艺出版社，1996。

③ 陈铁民：《王维集校注（卷六）》，547 页，北京，中华书局，1997。

第四句则指边塞战争。

4. 宦途、官场

“风尘”既指“纷繁、平庸的世俗之事”，宦途及官场中也充满着各种令人烦扰的世俗之事，故“风尘”亦可转喻宦途及官场。

例 4-152　白水青山空复春，征君晚节傍风尘。（杜甫《寄常征君》）

例 4-153　一卧东山三十春，岂知书剑老风尘。（高适《人日寄杜二拾遗》）

“征君晚节傍风尘”指常征君晚年放弃隐居生活，重新步入宦途；“岂知书剑老风尘”则为高适写自己的文武之才长期为仕途纷繁之事（做官）所耗。两句中“风尘”皆指宦途。

5. 行旅辛苦劳顿

古人出行，一般以车马为代步工具。车马所到之处，尘土飞扬。故而以“风尘”转喻行旅的辛苦劳顿，亦属于因果转喻，这里是以因代果。

例 4-154　少年落魄楚汉间，风尘萧瑟多苦颜。（李白《驾去温泉后赠杨山人》）

例 4-155　近关多雨雪，出塞有风尘。（高适《送董判官》）

“风尘萧瑟多苦颜”指李白流寓于楚汉之间时，生活窘迫，风尘仆仆；“出塞有风尘”则为高适言友人行旅途中将会迎风冒尘。两句中“风尘”均含旅途劳顿之意。

综上所述，盛唐诗歌中，“风尘”以其乱而细小、不洁、微不足道等属性，隐喻“平庸的世俗之事”，进而转喻“纷扰的尘世（现实世界）”或“宦途、官场”；又以“尘土飞扬”之属性，转喻“战乱”和“行旅辛苦劳顿”。其文化义的语义结构如图 22 所示。

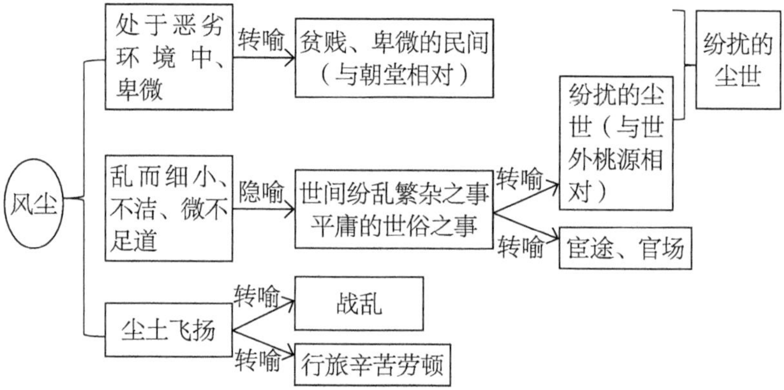

图 22　盛唐诗歌中“风尘”文化义的语义结构

（二）“风尘”文化义的显著度

“风尘”在盛唐诗歌中共出现 83 次，其文化义的使用情况如图 23 所示。

可以看出，盛唐诗歌中极少出现“风尘”的自然义，大多数情况下使用的都是其文化义，文化义与自然义使用的比例是 80:3，其中显著度最高的文化义是“战乱”，这与盛唐时期的边塞战争及长达十年的安史之乱有关。总体来说，盛唐诗人写战乱的较少，这一文化义多出现在杜甫的诗歌中。由于杜甫生活在盛唐由盛转衰时期，亲历了安史之乱带来的无数灾难，人生大部分时间都过着颠沛流离的生活，饱尝人间辛酸，故很自然地引战争苦难入诗。杜甫诗歌中“风尘”表“战乱”，达 34 次之多。盛唐诗歌中“风尘”另一显著度较高的文化义是“纷扰的尘世”，这多与盛唐诗人仕途不如意，向往“出世”生活有关。

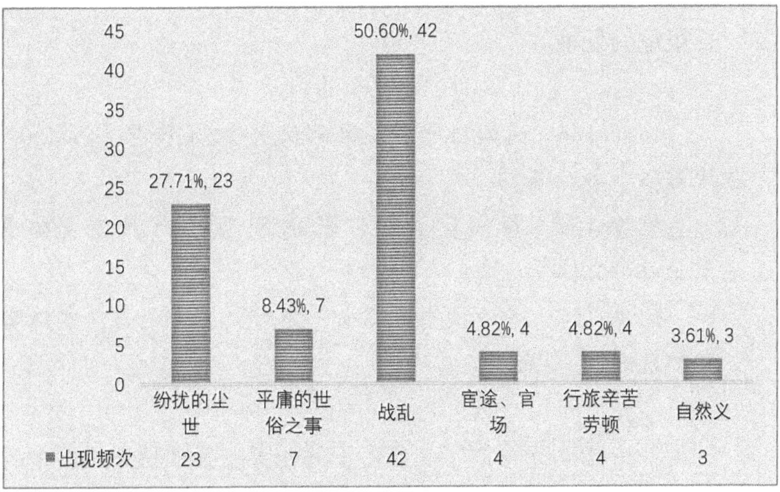

图 23 盛唐诗歌中“风尘”文化义的使用频次

三、风雨

（一）“风雨”的文化义

“风雨”在盛唐诗歌中共出现 41 次，其中李白 3 次，杜甫 19 次，其他诗人 19 次。其自然义即指风和雨。“风雨”本是自然界中客观存在的自然物象，却因与古代农业社会的生产生活关系密切而受到了古人的格外关注。它兼具施予性和破坏性双重特征，故降临人间的适度与否会带给人们不同的情感体验，而人们往往对于那些破坏性风雨的记忆尤为深刻，并常将自然界的风风雨雨与自己的人生际遇、与社会现象联系在一起。这体现了古人天人合一、物我不分的思维方式，也促进了“风雨”文化义的产生。盛唐诗歌中，“风雨”的文化义较少，诗人多借其阴沉晦暗的特点和倾泻而来的气势表达自己的情感。

1. 艰危的处境

例 4–156　青蝇纷营营，风雨秋一叶。（杜甫《八哀诗·故司徒李公光弼》）

例 4–157　飒飖定山桂，低徊风雨枝。（杜甫《赠崔十三评事公辅》）

例 4–158　帝旁投壶多玉女，三时大笑开电光，倏烁晦冥起风雨。（李白《梁甫吟》）

例 4–156 指李光弼由于受到宦官的构害，犹如秋天风雨中的一片树叶，处境十分艰危；例 4–157 以寒山桂比崔评事，喻其在仕途中的艰危处境；例 4–158 中李白虚构了自己在神话世界中的遭遇，暗讽皇帝整日寻欢作乐，权奸和宦官弄权，致使朝廷政令无常。“风雨”为朝廷政令无常的表现，或也暗指社会危机。前两句以“风雨”的破坏性映射仕途中的艰危，第三句以“风雨”的破坏性和阴沉晦暗映射朝廷的黑暗和所面临的艰危处境。

2. 寄托情思之物

盛唐诗歌中，风雨表现着自然界的阴晴变化，也映射着人心中的情感波澜。

例 4–159　妇姑城南风雨秋，妇姑城中人独愁。（岑参《醉题匡城周少府厅壁》）

例 4–160　云山行处合，风雨兴中秋。（高适《送魏八》）

例 4–161　到今用钺地，风雨闻号呼。（杜甫《草堂》）

例 4–159 中诗人面对满城秋色，内心也如风雨之秋一样晦暗沉重，思乡之愁无比浓烈，难以排遣；例 4–160 写友人于秋日风雨兼程，倍感凄凉。这两句都是以风雨的凄寒映射人内心的凄凉；例 4–161 写在那些徐知道叛军滥杀无辜的地方，能听到风雨的号呼[①]，实际是以风雨之声表现诗人内心的悲鸣。

盛唐诗歌中“风雨”所映射的人心中的情思亦包括对友人的思念。

例 4–162　风雨嗟何及，江湖涕泫然。（杜甫《哭李尚书》）

例 4–163　孰想古人言，乃知悲风雨。（储光羲《献华阴罗丞别》）

以上两句均取《诗经 · 郑风 · 风雨》毛序[②]之意，以风雨之悲表达了对朋友的思念之苦[③]。

① 仇兆鳌:《杜诗详注（卷十三）》，1114 页，北京，中华书局，1979。“滥杀非命，含冤者多，故曰风雨号呼。”

② 程俊英、蒋见元:《诗经注析》，251 页，北京，中华书局，1999。《毛序》：“《风雨》，思君子也。”

③ 仇兆鳌:《杜诗详注（卷二十二）》，1917 页，北京，中华书局，1979。“风雨思友，又值江湖，更觉哀惨矣。”注三:《诗》：“风雨凄凄。”序：“《风雨》，思君子也。”

当然，盛唐诗歌中的风雨不全是以凄风冷雨或疾风骤雨的面貌出现，表现诗人悲愁的心境，偶尔也是清风细雨，表现出轻松愉快的一面。

例 4–164　石泉淙淙若风雨，桂花松子常满地。（高适《赋得还山吟，送沈四山人》）

“石泉淙淙若风雨”以微风细雨缠绵不绝的声响隐喻溪水冲刷山石的声音，突出了山间的清幽、宁静，也表现了隐居生活的闲适惬意。

以上例句中，“风雨”或沉重萧瑟，或轻柔静谧，均与诗人内心的情思形成隐喻映射，传递出诗中所表达的情感信息。

3. 声势 / 气势

盛唐诗歌中，也以“风雨”隐喻军队的声势或潮水的气势。

例 4–165　人心失去就，贼势腾风雨。（李白《经乱离后天恩流夜郎，忆旧游，书怀赠江夏韦太守良宰》）

例 4–166　山川萧条极边土，胡骑凭陵杂风雨。（高适《燕歌行》）

例 4–167　舣棹乘早潮，潮来如风雨。（陶翰《乘潮至渔浦作》）

“贼势腾风雨”指叛军之势盛如风雨；“胡骑凭陵杂风雨”是形容敌军来势汹汹，犹如风雨交加；“潮来如风雨”则是形容潮水涌来，气势磅礴。这里的“风雨”均是疾风暴雨，具有猛烈、疯狂、倾泻而来的特点，故可与敌军及潮水之势形成隐喻映射。

4. 社会动荡 / 战争

以“风雨”隐喻社会动荡 / 战争，应是“风雨”的破坏性与灾难性映射于社会文化域。该意义在盛唐诗歌中仅出现了 1 次，但《诗经》中已有此用法，《豳风 · 鸱鸮》中有“予室翘翘，风雨所漂摇”[①]之语，后世以“风雨飘摇”喻局势动荡不安，应当也为“风雨”这一意义产生的原型。

例 4–168　樽前遇风雨，窗里动波涛。（岑参《陕州月城楼送辛判官入奏》）

岑参此诗写于平定史朝义之前，为送友人入奏之作。“樽前遇风雨，窗里动波涛”指诗人为辛判官送行宴饮之时，已感到了战争的气氛，胸中激荡着为国建功立业的豪情壮志。[②]其中“风雨”隐喻战争。

综上所述，盛唐诗歌中，多取“风雨”阴沉晦暗及具有破坏性的特点，隐喻艰危的处境和社会的动荡，寄托诗人内心的愁思；也以“风雨”的气势形容军队及潮水之势。“风雨”的文化义均在其隐含意义的基础上通过隐喻方式产生，个别文化义与典故有关。盛唐诗歌中“风雨”文化义的语义结构如图 24 所示：

① 程俊英、蒋见元：《诗经注析》，419 页，北京，中华书局，1999。

② 周啸天：《唐诗鉴赏辞典》，868 页，北京，商务印书馆国际有限公司，2012。

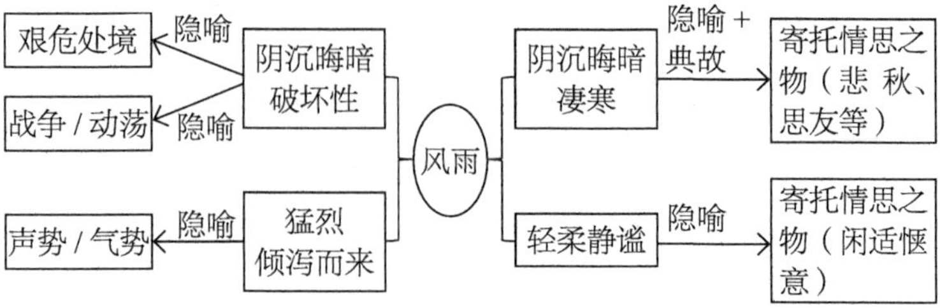

图 24　盛唐诗歌中“风雨”文化义的语义结构

（二）“风雨”文化义的显著度

“风雨”在盛唐诗歌中共出现 41 次，其文化义的使用情况如图 25 所示：

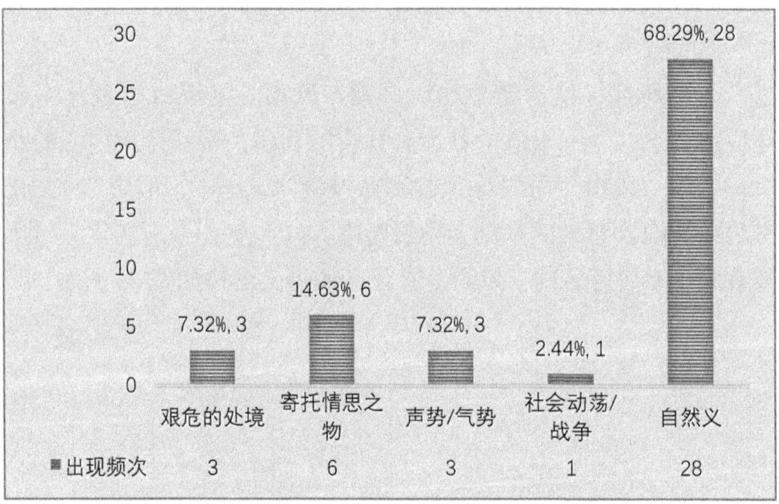

图 25　盛唐诗歌中“风雨”文化义的使用频次

可以看出，盛唐诗歌中“风雨”多使用其自然义，文化义的使用频率较低，其中显著度最高的文化义为“寄托情思之物”。可见，“风雨”在盛唐诗歌中除了表示自然界的风雨之外，也起着渲染诗歌氛围，表达诗人情感的作用。

三、小结

通观盛唐诗歌中表示不同景观的风词语，我们发现并列结构的风云、风尘、风雨、风波、风涛、风浪、风霜、风日等词语使用频次相对较高，文化义也较丰富。首先这些词语都与天象或气象有关，自然物象和气候的变化对古代农业社会中的人们影响重大，也令人们记忆深刻，因此随着认知发展和语言表达的需要，天地风云及气候的变化很容易被映射到社会文化领域，喻指社会或人生中的风云变化。通过分析我们发现，预示天气变化的风云、风雨，常和社会形势的变化及战争联系在一起；风波、风涛、风浪在盛唐诗歌中有喻指社会动荡及世事艰难等文化义，这些意义都沿用到了今天，并有所发展；风日常转喻天气和自然风光；风霜则以其凛冽、严寒的属性与御史的威严或执法严明形成隐喻映射。

盛唐诗歌中其他表示不同景观的风词语，如风物、风竹、风花、风蝶、风泉、风燕、风缆等，使用频率不高，有的仅出现 1 次，均呈现了风中事物的动态景观，渲染诗歌氛围，传递诗人的情绪。

第四节　盛唐诗歌中自然意义范畴的风词语的临时义

本章所分析过的盛唐诗歌中自然意义范畴的风词语中，有些在盛唐诗歌语境中呈现出临时用法，是个别诗人在诗歌语境中赋予这些词语的临时义，虽不能看作是文化义，但也多在凸显风的隐含意义的基础上，通过隐喻、转喻方式产生，表现出独特的内涵，故我们在此列出。

一、“东风”的临时义

其一，安史之乱。

例 4-169　昨夜东风吹血腥，东来橐驼满旧都。（杜甫《哀王孙》）

该句描写了安史之乱叛军在京城大肆杀戮的惨状。这里的“东风”，带有凶残的味道，隐喻安史之乱。该隐喻中凸显的是“东风”的来向，安史之乱中叛军的起兵之地范阳在都城长安的东北，故来自东面的寒风与由东而来、来势迅猛的叛军形成了隐喻映射。“东风”的这一意义仅在杜甫诗中出现了一次，是诗人独创性的用法。

其二，唐朝。

例 4–170　南海残铜柱，东风避月支。（杜甫《偶题》）

是说吐蕃多次侵入中原，连唐代宗也曾避乱出奔。[①] 故“东风”隐喻唐朝。

二、“北风”的临时义

其一，人的风致。

例 4–171　北风随爽气，南斗避文星。（杜甫《衡州送李大夫七丈勉赴广州》）

本诗中杜甫以“北风”隐喻李大夫的飒爽风致[②]，是凸显了北风凌厉肃爽的特点，以之隐喻李大夫的严肃峻厉、风姿飒爽。

其二，北方。

例 4–172　剑留南斗近，书寄北风遥。（祖咏《江南旅情》）

本句言诗人书剑飘零，来到了南方，想寄书信到北方的家乡，却因路途遥远而难以到达。句中“北风”转指北方。[③]

① 李寿松、李翼云：《全杜诗新释》，1289 页，北京，中国书店，2002。

② 张忠纲：《杜甫大辞典》，211 页，济南，山东教育出版社，2009。

③ 陈贻焮：《增订注释全唐诗（第一册）》，962 页，北京，文化艺术出版社，2001。

三、“凉风”的临时义

“凉风”的临时义主要是乱世之危。

例 4–173　凉风萧萧吹汝急，恐汝后时难独立。（杜甫《秋雨叹三首》其一）

本句中凉风隐喻“乱世之危”，属于杜甫独创性的用法。这里以担心决明草会受到秋风和严霜的摧残，隐喻自己或君子在昏暗的朝政之下恐难自保。[①] 该句中“凉风”即秋风，它使草木零落，具有破坏性力量的特性与乱世之中君子所受到的摧残形成隐喻映射。

四、“长风”的临时义

其一，马的雄姿。

例 4–174　是日牵来赤墀下，迥立阊阖生长风。（杜甫《丹青引（赠曹将军霸）》）

例 4–175　凤臆龙鬐未易识，侧身注目长风生。（杜甫《李鄠县丈人胡马行》）

这两个例句均为赞叹良马之语，以“长风”的气势隐喻马的

① 仇兆鳌:《杜诗详注（卷三）》，216 页，北京，中华书局，1979。“申涵光曰：‘凉风吹汝二句，说君子处乱世甚危。’”

雄风，凸显了千里马的雄奇健美，气质不凡。

其二，乐调的清扬。

例 4-176　幽音变调忽飘洒，长风吹林雨堕瓦。（李颀《听董大弹胡笳声兼寄语弄房给事》）

本句中诗人以“长风吹林”形容乐调由幽咽低沉变得清越优雅。[①]是以“长风”空、远的属性映射乐调的清越悠扬。

五、“飘风”的临时义

“飘风”的临时义主要是迅疾、洒脱之态。

例 4-177　绣衣貂裘明积雪，飞书走檄如飘风。（李白《送程、刘二侍郎兼独孤判官赴安西幕府》）

例 4-178　飘风骤雨惊飒飒，落花飞雪何茫茫。（李白《草书歌行》）

例 4-177 写独孤判官起草军中文书时迅疾、洒脱的笔法[②]；例 4-178 为诗人描绘怀素醉酒后奋笔疾书的场景[③]，两句均以“飘风”之迅疾隐喻书写时的迅疾、洒脱之态。此用法仅在李白诗中出现 2 次，故我们将其看作是“飘风”的临时义。

① 王克让：《河岳英灵集注》，173 页，成都，巴蜀书社，2006。“四句言琴声由幽微低咽而昂扬激烈，而清越优雅。”

② 詹福瑞：《李白诗全译》，606 页，石家庄，河北人民出版社，1997。

③ 葛景春：《李白诗选》，293 页，北京，中华书局，2005。

第五节 小结

通过本章分析我们发现，到了盛唐时期，随着对自然风的认识渐趋成熟，人们对风的命名也更加细致，可以凭借自身对温度的感受及季节更替所带来的自然界的变化来给风命名，也可根据风的来向、态貌、时间、处所、景观等给风命名。其中，有些处所类及景观类的风，如大地风、竹林风、杉风、溪风、岸风、风鸳、风渚、风缆是盛唐诗人新的用法。命名的细致化，使得风词群的队伍不断壮大，意义也更加丰富。以上所分析过的风词语，总体上文化义的使用频率都高于其自然义，而东风、北风、西风、秋风、凉风、风云、风尘的显著度最高的文化义的使用频率高于它们各自自然义的使用频率。因此我们可以说，盛唐诗歌中使用频率较高的风词语，大部分情况下均呈现其文化义。

另外，我们发现，盛唐诗歌中自然意义范畴的风词语，以自然界的“风”为核心，通过与其他词语的搭配，凸显风的不同属性，形成了若干风的次范畴。这些次范畴（东风、北风、风云、风尘等）也在风的隐含意义的基础上，通过隐喻、转喻认知方式或文学、历史典故生成了丰富的文化义。这样，就以自然风为原型，形成了一个风—风词语—文化义的语义网络。其中，风的本义——空气流动的现象为核心意义、典型成员，次范畴中也以该风词语的自然属性为核心意义、典型成员，而文化义则为非典型意义，但这些非典型意义都与风词语的本义、与风的本义有着密切的联系。盛唐诗歌中自然意义范畴的风词语文化义的引申脉络，大致如表 4 所示：

表 4　盛唐诗歌中自然意义范畴的风词语文化义的引申脉络

“风”的隐含意义 / 典故	文化义	风词语
吹送之力	寄托情思（思乡怀人、送别、漂泊的感伤）	东风、春风、长风
	实现理想的助力	长风
	荡涤愁思	长风
温暖，化养万物	朝廷、皇帝的恩泽	春风、东风、南风
	（权贵）的庇护	春风
	心情的快意舒畅	春风、凉风
寒冷、萧瑟	内心的凄寒	西风、北风、风雨
	人生的困境（受到排挤）	春风
	萧条的世道	秋风
季节更替	转喻季节	东风、春风、北风、南风、西风、秋风、凉风
	内心的感伤（伤春悲秋：岁月易逝、容颜易老、壮志难酬、思乡怀人、送别）	东风、春风、秋风、凉风
破坏性	国家动荡、战争	北风、凉风、风雨、风云
	艰危 / 困厄之境	风雨、秋风
	谗言 / 误解	飘风
区域性	风气、风俗	南风
快而有气势	正面、积极的力量	北风
	声威 / 声势（军队、潮水）	风雨

续表

“风”的隐含意义 / 典故		文化义	风词语
典故	南风不竞	军队	南风
	云从龙	君臣遇合	风云
	风从虎	雄韬大略、高情远志	

第五章　盛唐诗歌中与“人”有关的意义范畴的风词语的文化义

盛唐诗歌中与“人”有关的意义范畴的风词语共有 27 个，在这一时期风词群中所占的比例是 12.3%，它们的文化义与人的气度、才华、风范道义、情感、疾病等有关。

第一节　与人的风度仪表有关的风词语的文化义

一、与人的风度仪表有关的风词语的文化义概说

在中国古代，“风是气的异名”[①]。流动于天地之间的风，是天地之气相互作用的产物[②]，对自然界的各种现象，尤其是生命现象，发挥着重要的作用。鲁枢元（2005）指出，中国古代哲学思想中认为“风”既可以存在于人的身体之外，也可以存在于人的身体之内，分别被称作“外气”和“内气”。[③]那么天地之气作用于人的生存环境，即存在于人体外的“风”，表现为天气、地气、

---

① 小野泽精一、福永光司、山井涌：《气的思想——中国自然观与人的观念的发展》，李庆译，19 页，上海，上海人民出版社，2014。

② 陆玖译注：《吕氏春秋》，165 页，北京，中华书局，2011。《音律》：“天地之气，合而生风。”

③ 鲁枢元：《汉字“风”的语义场与中国古代生态文化精神》，载《文学评论》，2005（4）：86。

风土、风俗、风化等；天地之气充溢于人体内，赋予人以生命之气，即为存在于人体内的“风”，则表现为人生命主体中的生气、精气、神气、脏腑之气等。风自外而内对人产生影响，也将人内在的精神、气质外化，产生出独特的美感，故人的风度仪表就与“风”有了联系。此外，人内在的精神与气质和风一样，抽象而不可捉摸；风所具有的超脱、高远、自由不羁的特点也是古代君子孜孜以求的。因此，人内在的精气、道德和禀赋与“风”形成了隐喻映射。

盛唐诗歌中与人的风度仪表有关的风词语共 15 个，其中风流、风雅、风期的出现频率相对较高，其他风度仪表类的风词语仅出现 1–3 次（见附录 2）。本类风词语中，风流、仙风、馀风、风骨、风味、风采、风神、风雅、风期、风韵均含人的风度之意；雄风、风颜、前贤风，均含“威风”之意；峻风、风威均指御史的威仪。

二、风流

（一）“风流”的文化义

“风流”在盛唐诗歌中共使用 45 次，其中李白 14 次，杜甫 15 次，其他诗人 16 次。按照字面义理解，为“风的流动或流逝”，其文化义的出现，始于西汉时期。《汉书·董仲舒传》载汉武帝下诏举贤良文学之士，在问董仲舒策中有“伊欲风流而令行，刑轻而奸改，百姓和乐，政事宣昭”[①]之语；《淮南子·本经训》中有“晚世风流俗败，嗜欲多，礼义废，君臣相欺，父子

① 班固:《汉书（卷五十六）》，2496 页，北京，中华书局，1962。

相疑”[①]之语。其中，“风流”均为主谓结构，尚未成为一个固定的双音节合成词，但已呈现出“社会风尚（风俗、风气）的流播”[②]之意。及至东汉时期，班固《汉书》中出现“风流笃厚，禁罔（网）疏阔”[③]“其风声气俗自古而然，今之歌谣慷慨，风流犹存耳”[④]之语，“风流”方固定为一个独立的合成词。意为“风俗教化”“流风余韵”。由此可以看出，“风流”最初的文化义，即源于“风动万物于无形”“风吹草偃”的隐喻认知，反映了儒家“美教化，移风俗”[⑤]的政治主张。“君子之德风，小人之德草。草上之风，必偃。”即认为统治者应该以自己的宽厚和仁贤来教育感化人民，通过潜移默化的影响来达到“移风易俗”的目的。《诗大序》言：“风，风也，教也。风以动之，教以化之。”陆德明音义曰：“下风即是风伯鼓动之风，君上风教，能鼓动万物，如风之偃草也。”[⑥]风动即是风之流动，故“风流”有教化、风俗之意。到了两汉魏晋时期，“风流”被广泛运用于人物品评，成为对名士风度仪表、精神风貌的概括。这一意义与“风教”之意密切相关。正是因为有了“教化”之功，所以才会产生“君子之德”，风流名士内在的品行及修养外化为不凡的气度和风神，也如“风动万物于无形”一般，自然而然。另外，风的流动任意自在、无

① 何宁：《淮南子集释》，602页，北京，中华书局，1998。

② 牟发松：《说“风流”——其涵义的演化与汉唐历史变迁》，载《历史教学问题》，2010（2）：5。

③ 班固：《汉书·刑法志（卷二十三）》，1097页，北京，中华书局，1962。

④ 班固：《汉书·赵充国辛庆忌传（卷六十九）》，2999页，北京，中华书局，1962。

⑤ 李学勤主编，《十三经注疏》整理委员会整理：《毛诗正义》，10页，北京，北京大学出版社，1999。

⑥ 李学勤主编，《十三经注疏》整理委员会整理：《毛诗正义》，6页，北京，北京大学出版社，1999。

拘无束，也与魏晋名士所追求的精神自由、任诞放达形成了隐喻映射，故而“风流”也有了洒脱放逸的文化义。到了盛唐诗歌中，“风流”继续沿用风教及用于人物品评的文化义，且有了新的发展。

1. 风雅潇洒

盛唐诗歌中，“风流”常被用来指人物的气度不凡，行为洒脱。这是“风吹草偃”和风流动之随意任性与人的风貌、行为形成了隐喻映射。其隐喻映射机制如下：

	映射	
始源域	⟶	目标域
风流	⟶	风雅潇洒
风的流动	⟶	人的风貌、行为
风动万物于无形	⟶	内在德行、修养塑气度、仪表于无形
随意任性	⟶	无常、洒脱放逸易逝

例 5-1　气岸遥凌豪士前，风流肯落他人后。（李白《流夜郎赠辛判官》）

例 5-2　炎海韶州牧，风流汉署郎。［杜甫《潭州送韦员外牧韶州（迢）》］

例 5-3　迭宕孔文举，风流石季伦。（储光羲《秋庭贻马九》）

以上三句中“风流”均为风雅潇洒之意。首句是李白自言风雅洒脱不落于他人之后；第二、三句分别言韦迢的风流倜傥和石崇的狂放不羁。

2. 风雅潇洒之人

自“风流”用于人物品评以来，就常指那些英俊潇洒而富有才学，洒脱放逸而不拘礼法之人。因此，长期以来，“风流”也是这一类人的代称。这属于“范畴及其特征之间的转喻”，是以范畴特征“风流”转指整体范畴“风雅潇洒之人”。盛唐诗歌中也常有此用法。

例 5-4　清景南楼夜，风流在武昌。（李白《陪宋中丞武昌夜饮怀古》）

例 5-5　王谢风流远，阖庐丘墓荒。（杜甫《壮游》）

例 5-6　风流满今古，烟岛思微茫。（李颀《送皇甫曾游襄阳山水兼谒韦太守》）

以上三句中，“风流”都转喻风雅潇洒之人，第一句指风雅潇洒的诗人们都聚集到了武昌；第二、三句中“风流”转指历史上的风流人物、风雅之士。

3. 不凡的文采

自魏晋以来，作为一个审美概念，“风流”一词囊括了风度仪表、人生人格、道德才华的大多数美好特征。外在的气度风韵、精神风貌是内在道德、文化修养的体现。因此，“风流”也转喻“不凡的文采”。这也属于范畴及其特征之间的转喻，是以整体范畴来表示其主要特征。

例 5-7　最传秀句寰区满，未绝风流相国能。（杜甫《解闷十二首》其八）

例 5-8　更闻台阁求三语，遥想风流第一人。（王维《同崔傅答贤弟》）

例 5-9　顾眄一过丞相府，风流三接令公香。（李颀《寄綦毋三》）

以上例句中，“未绝风流相国能”指王缙承袭了其兄王维的文采；第二、三句中也分别指诗中所谓的“贤弟”和“綦毋三”具有不凡的文采。

4. 文学作品超逸佳妙

唐以前的诗歌中，似未出现以“风流”来形容文学作品的，但诗论专著中已出现了该词。南朝梁钟嵘《诗品》中评价晋张协诗“风流调达，实旷代之高手”[①]；评价宋谢瞻、谢混等人之诗“才力苦弱，故务其清浅，殊得风流媚趣”[②]。盛唐诗歌中，杜甫提出了“文采风流”，并多次用来形容诗文作品的超逸佳妙。风之流动任意自然，超凡脱俗，与诗歌情感的自然流露，风格的清高脱俗，辞彩的清丽含蓄形成隐喻映射，故“风流”也被用于文学鉴赏，形容文学作品的超逸佳妙。

例 5-10　英雄割据虽已矣，文彩风流犹尚存。（杜甫《丹青引，赠曹将军霸》）

例 5-11　摇落深知宋玉悲，风流儒雅亦吾师。（杜甫《咏怀古迹五首》其二）

例 5-12　近有风流作，聊从月继征。（杜甫《寄刘峡州

① 周振甫：《〈诗品〉译注》，47 页，南京，江苏教育出版社，2006。
② 周振甫：《〈诗品〉译注》，68 页，南京，江苏教育出版社，2006。

伯华使君四十韵》）

例 5–13　张翰黄花句，风流五百年。（李白《金陵送张十一再游东吴》）

以上例句中，“文采风流犹尚存”是称赞曹霸诗文作品的超逸佳妙，言其有曹操之风；“风流儒雅亦吾师”与“近有风流作”分别指宋玉和刘伯华的辞彩风流；例 5–13 言张翰“黄花如散金”的诗句，“辞俊逸而意清新”[①]，影响甚远。

5. 遗风 / 流风余韵

前文所引《汉书·赵充国辛庆忌传》中，“其风声气俗自古而然，今之歌谣慷慨，风流犹存耳”[②]之“风流”，指“流风余韵”，即前人遗留下来的风尚、情操。这源于“风动万物于无形”的隐喻认知，前人的风尚、情操，对于后世的影响也是潜移默化的。盛唐诗歌中，“风流”亦有此用法，以“风流”隐喻遗风或流风余韵。

例 5–14　承家节操尚不泯，为政风流今在兹。（杜甫《七月一日题终明府水楼二首》）

例 5–15　俭约前王体，风流后代希。（杜甫《送卢十四弟侍御护韦尚书灵榇归上都二十韵》）

例 5–14 讲终县令治理地方有宓子贱弹琴而治的流风余韵；例 5–15 讲古代帝王奉行节俭的遗风，值得后代帝王仰慕、效法。

① 詹锳:《李白全集校注汇释集评（卷十五）》，2448 页，天津，百花文艺出版社，1996。
② 班固:《汉书（卷六十九）》，2999 页，北京，中华书局，1962。

6. 风操、品格

“风流”用于人物品评，也关注其内在的道德修养。盛唐诗歌中，“风流”亦有风操、品格之意，这是以整体范畴“风流”转喻范畴特征“风操、品格”。

例 5–16　荀氏风流盛，胡家公子清。（李颀《送刘方平》）

例 5–17　亚尹同心者，风流贤大夫。（岑参《酬成少尹骆谷行见呈》）

以上两句分别以“风流”指刘方平、成少尹的品格高尚。

7. 美好 / 杰出不凡

如前所述，“风流”有风俗教化、流风余韵之意，亦囊括了人生人格、风度仪表等方面的大多数美好特征，故亦可转喻美好 / 杰出不凡的人或事物，这也属于“范畴及其特征之间的转喻”，是以整体范畴来转喻其主要特征。

例 5–18　千古风流事，名贤共此时。（李白《与贾至舍人于龙兴寺剪落梧桐枝望灉湖》）

例 5–19　逸足何骎骎，美声实风流。[岑参《冀州客舍酒酣，贻王绮寄题南楼（时王子欲应制举西上）》]

“明贤共此时”指当世名流与贤达之人都来此共赏良辰美景，是十分美好的事；“美声实风流”指名声的美好与杰出不凡。两句中“风流”均有美好 / 杰出不凡之意。

综上所述，“风流”取风的流动之“动万物于无形”及随意任性、无拘无束的特点，隐喻士人君子不凡的气度和潇洒放逸的行为，同时也转喻具有此特征的文人才子。自魏晋以来，所谓“风流”之士不但应具有不凡的风度仪表和洒脱放逸的情怀，更需具有良好的德行修养，且才学出众，因此，“风流”也成了这些美好品质的代表，转喻不凡的文采、风操、品格及美好 / 杰出不凡的人或事。另外，风的流动对万物潜移默化的影响也与前代的遗风 / 流风余韵形成了隐喻映射。盛唐诗歌中“风流”文化义的语义结构如图 26 所示：

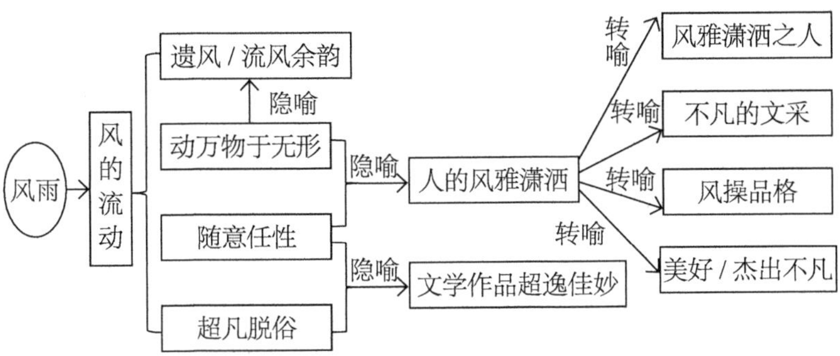

图 26　盛唐诗歌中“风流”文化义的语义结构

（二）“风流”文化义的显著度

“风流”在盛唐诗歌中共出现 45 次，其文化义的使用情况如图 27 所示：

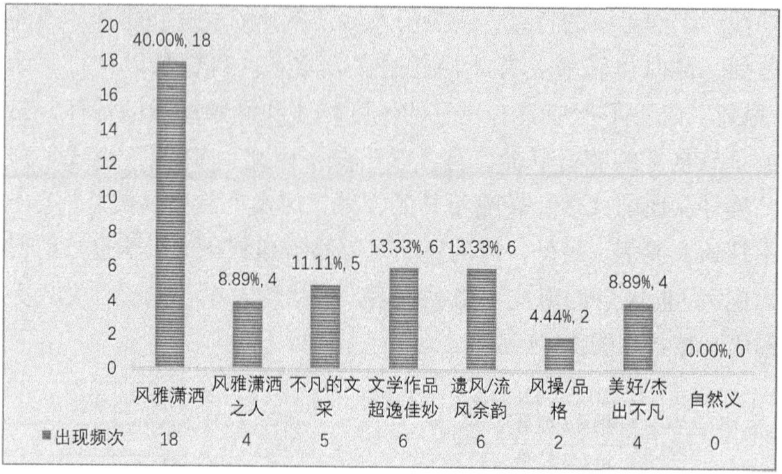

图 27　盛唐诗歌中“风流”文化义的使用频次

可以看出，盛唐诗歌中“风流”均呈现文化义，其中显著度最高的文化义指人的“风雅潇洒”，依然沿袭了魏晋以来“风流”用于人物品评的传统。另外两个出现频率较高的文化义为“遗风/流风余韵”和“文学作品超逸佳妙”：前一意义出现频率较高与“风”较早出现的“教化”之意有关；后一意义的多次出现与魏晋以来诗人们对文学审美的追求有关。尤其到了唐代，文人们更喜欢用“风流”来鉴赏文学作品，杜甫首先提出了“文采风流”之说，之后“风流”便被广泛用于诗文品评，如中唐皎然提倡文章的“风流自然”① 和晚唐司空图的“不着一字，尽得风流”②。

---

① 李壮鹰:《诗式校注（卷一）》，118 页，北京，人民文学出版社，2003。

② 司空图著，罗仲鼎、蔡乃中注:《二十四诗品》，43 页，杭州，浙江古籍出版社，2013。

第二节　与人的风范道义有关的风词语的文化义

一、与人的风范道义有关的风词语的文化义概说

盛唐诗歌中与人的风范道义有关的风词语共6个，分别是英风、轩风、风义和清风、高风、素风，其中后三个词语的字面意义为自然意义范畴的“风”，但文化义均与人的风范道义有关。这些词语除清风外，在盛唐诗歌中出现的频率都不高（见附录2），其中高风出现12次，多指高尚的品格、风范；英风出现7次，多指高尚的风节、声望；轩风出现1次，指高尚的风范；风义出现2次，指风范道义；素风出现2次，其中一次呈现文化义，指纯朴之风。清风在盛唐诗歌中共出现60次，其文化义多与人的品格、风范、清明的政风等有关。

如前所述，风与风范道义有关，也源于“风动万物于无形”“风吹草偃”的隐喻认知。风有教化之意，风范道义对人的内在修养的塑造及对外在气度、行为的影响，也如“风吹草偃”一般自然而然，故风也有“风范道义”这一文化义。

二、清风

（一）“清风”的文化义

“清风”在盛唐诗歌中共使用60次，其中李白26次，杜甫5次，其他诗人29次。清风即清微的风、清凉的风。《诗·大

雅·烝民》有“吉甫作颂，穆如清风”之语；毛传：“清微之风，化养万物者也。”[①] 即言清美之诗可感益于人，如轻微之风化养万物。东汉张衡《东京赋》：“清风协于玄德，淳化通于自然。”[②] 指天子以德化民，恩泽天下，亦取“清微之风化养万物”之意，以清风隐喻清惠的风化。盛唐诗歌中，清风继续沿用此文化义，也有一些发展。

1. 清惠的风化

例 5–20　清风动百里，惠化闻京师。（李白《赠徐安宜》）

例 5–21　淮海生清风，南翁尚思慕。（杜甫《送高司直寻封阆州》）

例 5–22　长吟吉甫颂，朝夕仰清风。（王维《和仆射晋公扈从温汤》）

例 5–23　连帅扇清风，千里犹眼前。（高适《途中酬李少府赠别之作》）

以上诗句中，均以清风“化养万物”之属性隐喻清惠的风化、清明的政风。“清风动百里”为诗人赞徐安宜政风清明之语；“淮海生清风”指封刺史在淮海做官时，当地具有清惠的风化；“长吟吉甫颂，朝夕仰清风”是直接用《诗·大雅·烝民》之典，

① 李学勤主编，《十三经注疏》整理委员会整理：《毛诗正义》，569 页，北京，北京大学出版社，1980。

② 萧统编：《（唐）李善注文选》，110 页，上海，上海古籍出版社，1986。“清风协于玄德，淳化通于自然。薛综注：‘言帝如此清惠之风，同于天德，醇厚之化，通于神明也。’”

赞颂李林甫的德政；“连帅扇清风”则用晋袁宏之典[①]，以“清风”喻施行仁政。

2. 高洁的品格 / 风范

清风“化养万物”的属性映射于社会文化域，指清惠的风化，即统治者以德化人；映射于人，指人的德行与风范。具有良好品性的人，也给人以春风化雨般的感受。同时，清风也具有清爽、干净、明朗的属性，这些属性映射于人，隐喻人高洁的品格 / 风范。

例 5–24　清风洒六合，邈然不可攀。（李白《古风》其十二）

例 5–25　清风多仰慕，吾亦尔知音。（李颀《题少府监李丞山池》）

例 5–26　逸气假毫翰，清风在竹林。（孟浩然《洗然弟竹亭》）

例 5–24 和 5–25 中，清风分别隐喻严子陵、李丞高洁的品格；例 5–26 中，“清风在竹林”是将清风的高洁与竹子的清节联系在一起，共同隐喻归隐之人高尚的品格和风范。

3. 隐居的闲适 / 淡泊

清风具有清凉舒适、清静的属性，它给人带来身体上的凉

① 房玄龄等：《晋书》，2398 页，北京，中华书局，1974。《袁宏传》：“谢安常赏其机对辩速。后安为扬州刺史，宏自吏部郎出为东阳郡，乃祖道于冶亭。时贤皆集，安欲以卒迫试之，临别执其手，顾就左右取一扇而授之曰：‘聊以赠行。’宏应声答曰：‘辄当奉扬仁风，慰彼黎庶。’”

爽惬意之感，也使人内心安怡平和，因此常与隐居生活的闲适惬意、清静自在形成隐喻映射。《晋书·陶潜传》言陶渊明："尝言夏月虚闲，高卧北窗之下，清风飒至，自谓羲皇上人。"[①] 盛唐诗人沿用此意，以"清风"展现自己隐居生活的悠闲自适和内心的淡泊、别无所求。

例 5–27　清风北窗下，自谓羲皇人。（李白《戏赠郑溧阳》）

例 5–28　有时清风来，自谓羲皇人。（岑参《南池夜宿，思王屋青萝旧斋》）

例 5–29　澹泊真吾事，清风别自兹。（李颀《晚归东园》）

以上例句中"清风"均隐喻隐居生活的闲适与淡泊，前两句是直接引用陶渊明之典，第三句中"清风别自兹"指诗人归隐东园后，就只怜爱清风。"清风"隐喻诗人不同于凡俗，淡泊名利。

4. 内心的凄凉

清风是凉爽舒适的，也是冷清的，诗人们也以之隐喻内心的凄凉。

例 5–30　黄鹤不复来，清风愁奈何。（李白《书情题蔡舍人雄》）

例 5–31　绝域惟高枕，清风独杖藜。（杜甫《送舍弟颖

① 房玄龄等：《晋书》，2462 页，北京，中华书局，1974。

赴齐州三首》其一）

例 5–32　清风明月苦相思，荡子从戎十载馀。（王维《伊州歌》）

例 5–30 是李白对清风而发愁情，慨叹自己遭馋去国，怀才不遇；例 5–31 是诗人抒发时局艰危又与弟送别的感伤，凄冷的清风映射内心的凄凉；例 5–32 中“清风明月”虽是美景，但在思念远征丈夫的女子看来，却凄冷孤寂。三句中“清风”均是诗人内心凄凉的象征。

5. 能汲引贤才之人

《抱朴子·交际》曰：“芳兰之芬烈者，清风之功也；屈士起于丘园者，知己之助也。”朱注：“霜能杀物，而清风能生物者也。”[①] 清风能化养万物，亦具有传导性，能吹送香气，如在位之人能举荐君子贤良。因此，李白诗歌中，“清风”也隐喻能汲引贤才之人。

例 5–33　若无清风吹，香气为谁发。（李白《古风》其三十八）

例 5–34　顾无馨香美，叨沐清风吹。（李白《赠友人三首》其一）

例 5–33 言若无在位之人汲引荐用，自己纵有德馨，也终会默默无闻；例 5–34 指自己曾经受人提携。两句中，“清风”均隐

① 詹锳：《李白全集校注汇释集评（卷二）》，186 页，天津，百花文艺出版社，1996。

喻能汲引贤才之人。

6. 其他（“清风”的临时义及自然义）

盛唐诗歌中，“清风”除了以上文化义之外，也隐喻仙人前行的工具或乐声之美。但因使用频率不高，故暂不放入其固定的文化义之列，我们称之为“临时义”。

例 5-35　相哀骨可换，亦遣驭清风。（杜甫《寄司马山人十二韵》）

例 5-36　清风动窗竹，越鸟起相呼。（李白《秋浦清溪雪夜对酒，客有唱山鹧鸪者》）

例 5-37　清风飒来云不去，闻之酒醒泪如雨。（岑参《秦筝歌，送外甥萧正归京》）

例 5-35 言诗人希望脱去凡骨，得道成仙，“清风”隐喻成仙后前行的工具；例 5-36“清风动窗竹”是形容歌声美妙，如清风吹动窗外的翠竹；例 5-37 中“清风飒来”是形容琴筝声音悠扬，感人肺腑。后两句以“清风”隐喻乐声之美，属通感隐喻。汪少华和徐健（2002）指出，通感是用一种感官经验去认识另一种感官经验，通常是从可及性较强的概念映射到可及性较弱的概念。对于人类的感官而言，则通常是由较低级的感官形式向较高级的感官形式映射。Ullmann（1964：86）将人类的感官从弱到强依次排列为：触觉、温觉、味觉、嗅觉、听觉、视觉。[①]那么盛唐诗歌中以“清风”隐喻乐声之美，则属于触觉到听觉的映

① 汪少华、徐健：《通感与概念隐喻》，载《外语学刊》，2002（3）：91–94。

射，即以可及性较强的触觉来描述和表达可及性较弱的听觉。

盛唐诗歌中自然义的“清风”共出现28次，指清微的风、清凉的风。

综上所述，“清风”的语义范畴中，有“化养万物”、清爽、干净、清凉舒适、清静等属性，其文化义均在凸显这些属性，即隐含意义的基础上，通过典故或隐喻认知方式产生，其文化义的语义结构如图28所示：

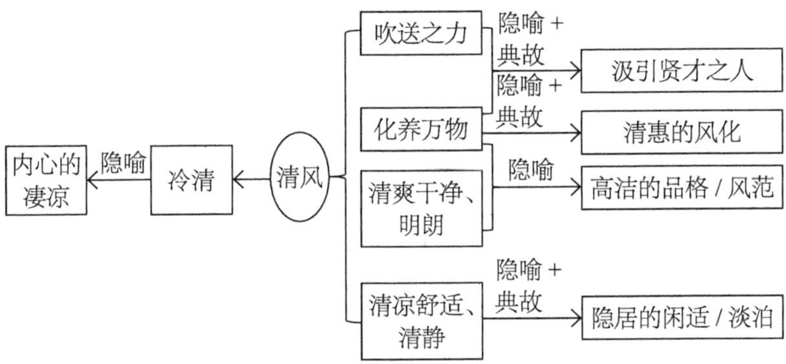

图28　盛唐诗歌中“清风”文化义的语义结构

（二）“清风”文化义的显著度

“清风”在盛唐诗歌中共出现60次，其文化义的使用频次如图29所示：

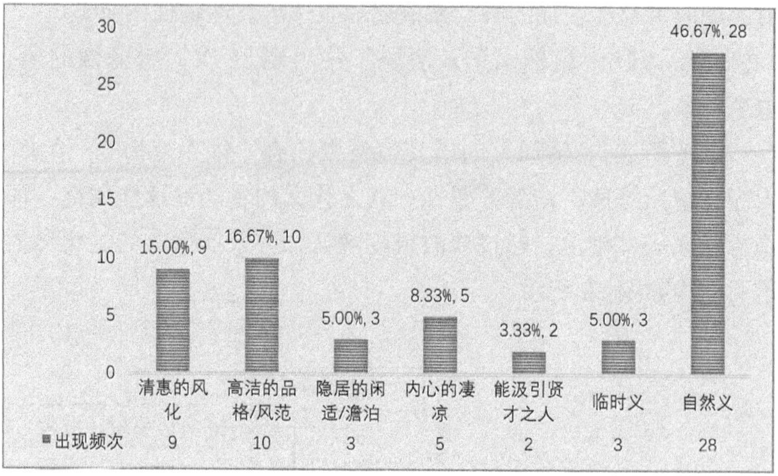

图 29　盛唐诗歌中“清风”文化义的使用频次

可以看出，盛唐诗歌中“清风”文化义和自然义的使用比例是 30:28，文化义中显著度最高的是“高洁的品格 / 风范”，其次为“清惠的风化”。“清风”文化义的产生源于《诗・大雅・烝民》“吉甫作颂，穆如清风”的典故，其隐含意义又映射于社会文化域，与儒家推行的仁政、强调个人修为的主张相映合，产生了清风显著度最高的两个文化义。其他文化义的使用频率较低，但盛唐诗人也使该词文化义的义项有所发展。

第三节　与人的情感有关的风词语的文化义

一、与人的情感有关的风词语的文化义概说

盛唐诗歌中，从字面义来看，与人的情感有关的风词语是悲风。自然意义范畴中，也有不少词语的文化义与人的情感有关，包括前文论及的东风、春风、秋风、凉风，因其象征季节更替的属性，常引发人伤春悲秋、岁月易逝、容颜易老、壮志难酬等感伤；西风、北风、寒风、烈风、严风等也以其寒凉的属性与人内心的凄寒形成隐喻映射，表现诗人低沉、悲愁的心境；熏风、景风、惠风、和风等，因其和暖的属性，常与人愉悦闲适的心理状态形成隐喻映射；微风、清风、泠风、幽风等，则因其凉爽怡人之属性，与人内心的舒畅惬意之感形成隐喻映射。上述自然意义范畴的风词语，均是在词语的隐含意义的基础上，通过隐喻映射机制产生与人的情感有关的文化义，而“悲风”，则是直接赋予风以人的情感特征，词语本身就含有悲愁色彩。

二、悲风

（一）“悲风”的文化义

“悲风”一词，是以人的心理感受为风命名，从造词特点上就体现了风的人格化特征。在盛唐诗人笔下，很多时候“风”都被赋予人的行为特点和思想感情（见第三章第一节第二部分），

这体现了古人“近取诸身，远取诸物”的认知方式。认知语言学认为：“人类的认识是基于对自身和空间的理解之上，沿着由近到远，由具体到抽象，由身体和空间到其他语义域的道路，通过互动等方式逐步发展起来的。”[①] 因此，在人类的认知和体验过程中，身体和空间扮演着重要的角色，是形成原始思维的出发点，是隐喻认知的始源域。在我国古人认知世界的初期，如果说“近取诸身，远取诸物”是一种被动的认知方式，那么随着认知的发展，人们更倾向于通过“体悟”的方式，主动将人体域的特征投射于其他事物，用人类的术语使得世界上的万事万物都具有意义，或更易于理解，对风的认识即是如此。盛唐诗歌中，诗人们通过“风是人”的概念隐喻，一方面对风的动态把握得更加到位，使不同特征的风具有了意义，另一方面也以更加丰富的表达方式，借“风”来准确地传递诗人的情感。

“悲风”在盛唐诗歌中共出现 17 次，其自然义是指凄厉的寒风。该词最早出现于东汉时期的文人诗歌中，从“浮云起高山，悲风激深谷”[②] 中的相思别离之苦，“白杨多悲风，萧萧愁杀人”[③] 中的世乱怀归而不得，到建安时期诗人们世事艰难、壮志难酬的悲哀，“悲风”的出现频率越来越高，以风的凄冷表现诗人内心的悲情。到了盛唐诗歌中，“悲风”继续沿用此文化义。

1. 内心的悲凉

例 5-38 古情不尽东流水，此地悲风愁白杨。（李白

① 王寅：《认知语言学》，288 页，上海，上海外语教育出版社，2007。

② 逯钦立辑校：《先秦汉魏晋南北朝诗》，187 页，北京，中华书局，1983。

③ 逯钦立辑校：《先秦汉魏晋南北朝诗》，332 页，北京，中华书局，1983。

《劳劳亭歌》）

例 5-39　悲风为我起，激烈伤雄才。（杜甫《冬到金华山观，因得故拾遗陈公学堂遗迹》）

例 5-40　旷野饶悲风，飕飕黄蒿草。系马倚白杨，谁知我怀抱。（王昌龄《长歌行》）

例 5-41　寂寞向秋草，悲风千里来。（高适《宋中十首》其一）

例 5-38 承《古诗十九首》“白杨多悲风”之意，抒发怀古思归之叹；例 5-39 表达了诗人对陈子昂含冤而死的叹惋与感伤；例 5-40、5-41 均是以眼中景象的冷落凄清映射诗人心中抱负无人理解，怀才不遇的孤寂与悲愁。四句中“悲风”均映射人物内心的悲凉。

2. 琴曲名

盛唐诗歌中，“悲风”也指古琴曲名《悲风操》[①]。

例 5-42　忽闻悲风调，宛若寒松吟。（李白《月夜听卢子顺弹琴》）

（二）“悲风”文化义的显著度

“悲风”在盛唐诗歌中共出现 17 次，其文化义的使用情况如

① 詹锳:《李白全集校注汇释集评（卷二十一）》，3306 页，天津，百花文艺出版社，1996。悲风调、寒松吟，宋释居月《琴曲谱录》（载《说郛》一〇二卷本卷一〇〇）：“上古琴弄有《悲风操》、《白雪操》、《风入松操》，下古琴弄有《寒松操》。”知诗中悲风调、寒松吟为琴曲名。

图 30 所示：

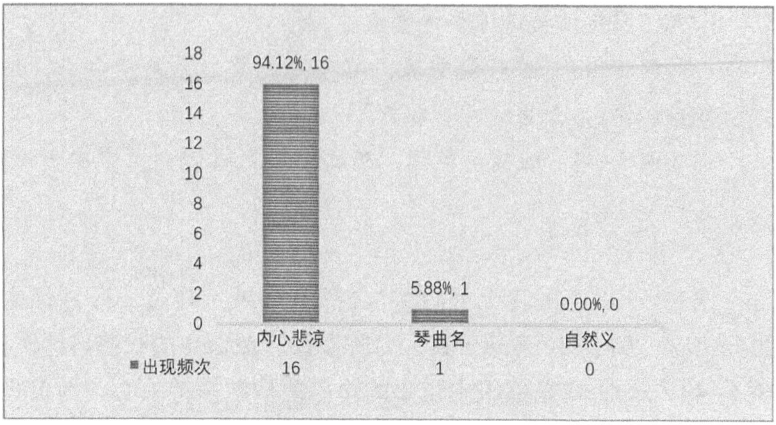

图 30　盛唐诗歌中“悲风”文化义的使用频次

由图 30 可以看出，盛唐诗人均使用“悲风”的文化义，除一次指琴曲名之外，其他均以悲风的寒冷凄厉映射人物内心的悲凉。

第四节　与人体疾病有关的风词语的文化义

盛唐诗歌中与人体疾病有关的风词语有风病、风疾、头风、风气，它们在盛唐诗歌中均出现一次，指中风或风痹之症。

例 5-43　耻以风病辞，胡然泊湘岸。（杜甫《舟中苦热遣怀，奉呈阳中丞通简台省诸公》）

例 5-44　老妻忧坐痹，幼女问头风。（杜甫《遣闷奉呈严公二十韵》）

例 5-45　日来知自强，风气殊未痊。（高适《途中酬李少府赠别之作》）

风与人体疾病有关，最早见于春秋时期医和的“六气”“六淫”之说。《左传·昭公元年》载秦国名医医和为晋平公诊病，提出“天有六气，降生五味，发为五色，徵为五声。淫生六疾。六气曰阴、阳、风、雨、晦、明也，分为四时，序为五节，过则为灾：阴淫寒疾，阳淫热疾，风淫末疾，雨淫腹疾，晦淫惑疾，明淫心疾。”[①] 即言阴、阳、风、雨、晦、明为自然界的六种气候，但若过度则为“六淫”，成为引发身体疾病的六种因素。《黄帝内经·素问·阴阳应象大论》言：“天有四时五行，以生长收藏，以生寒暑燥湿风。人有五藏化五气，以生喜怒悲忧恐。……喜怒不节，寒暑过度，生乃不固。”[②] 即以寒、暑、燥、湿、风、火指“六气”，认为“六气”失常，会引发身体疾病。可见，“六淫病因”与《黄帝内经》中，“风”都是重要的致病因素。《黄帝内经》中还将“风”分为“实风”和“虚风”，认为长养万物之风为“实风”，而与季节时令相抵触的致病伤人之风为“虚风”。[③] 同时《灵枢·九宫八风》以阴阳五行学说为理论基础，论述了八风

① 李学勤主编，《十三经注疏》整理委员会整理：《春秋左传正义》，1341 页，北京，北京大学出版社，2000。

② 谢华编著：《黄帝内经》，20 页，北京，中医古籍出版社，2000。

③ 谢华编著：《黄帝内经》，740 页，北京，中医古籍出版社，2000。《灵枢·九宫八风》：“风从其所居之乡来为实风，主生，长养万物。从其冲后来为虚风，伤人者也，主杀，主害者。”

与疾病的关系，如：“风从南方来，名曰大弱风，其伤人也，内舍于心，外在于脉，气主热。风从西南方来，名曰谋风，其伤人也，内舍于脾，外在于肌，其气主为弱。……”[①] 因此，在古代的中医理论中，“风”是引起各种疾病的重要原因，自然界四时阴阳的消长变化与人的生理、病理现象，有着对应关系。这也体现了古人天人合一、天人相应的观点。即天地间的万事万物，包括人体在内，都构成一个系统的整体，具有普遍的联系。

在中医的概念里，“风”包括外风和内风。外风如上所述，是自然界天气急剧变化，使得风气异常，超过了人体适应的范围而给人带来的外在的侵袭，是致病因素；内风则由内而生，多指脏腑阴阳失调累及肝脏而产生的病变。内风抽象不可捉摸，“善行而数变”[②]，且有走上、侵袭人体上部的特性，这与自然风变化无常、游走不定、清扬向上的特征颇为相似，且内风的产生也有外风作用的因素，故这二者之间形成隐喻映射，古人以自然风的破坏性隐喻体内致病因素对人的损伤，并以风指称相关病症。《素问·至真要大论》言：“诸风掉眩，皆属于肝。……诸暴强直，皆属于风。”[③] 即有颤动眩晕或突发性强直等症状的，均属于风症，如中风，风痹，头风、风疾等。中风之症，发病急骤，表现为猝然昏倒，不省人事，半身不遂等，具有自然风善行数变，来去急

① 谢华编著:《黄帝内经》，740 页，北京，中医古籍出版社，2000。《灵枢·九宫八风》：“风从其所居之乡来为实风，主生，长养万物。从其冲后来为虚风，伤人者也，主杀，主害者。”

② 谢华编著:《黄帝内经》，171 页，北京，中医古籍出版社，2000。《素问·风论》：“风之伤人也，或为寒热，或为热中，或为寒中，或为疠风，或为偏枯，或为风也。其病各异，其名不同，……风者，善行而数变，腠理开则洒然寒，闭则热而闷。”

③ 谢华编著:《黄帝内经》，396 页，北京，中医古籍出版社，2000。

骤的特点，例 5-43“风病”即为此症。风痹指风、寒、湿三气交错而至，合在一起侵袭人体导致肢节疼痛或麻木的病症，常见游走性的关节疼痛，其特点与自然风变化无常、游走不定的特征相吻合，例 5-44 中“坐痹”和 5-45 中“风气”即为此症。头风指头疼病。《素问・太阴阳明论》中说“伤于风者，上先受之”①，即头风病具有自然风清扬向上的特性，发病者头部先有感受，例 5-44 中“头风”指杜甫患有此病。

由此可以看出，“风”在我国中医理论中具有重要的地位。古人将自身对于自然风的认识和体验投射到身体域，通过隐喻认知的方式来理解和解释体内的致病因素，将“风”这一概念范畴延伸到生理病机领域，这是认知的进步，也使风词群中增加了许多具有医学特征的词语。盛唐诗歌因受文体和内容所限，具有医学意义的风词语不多，但也包括了“风”所指代的主要病症。在其之前的医学文献中，该类风词语的数量已经大大增加了。

① 谢华编著：《黄帝内经》，125 页，北京，中医古籍出版社，2000。

第六章　盛唐诗歌中社会文化意义范畴的风词语的文化义

盛唐诗歌中社会文化意义范畴的风词语共有 43 个，在这一时期风词群中所占的比例是 20.1%，它们的文化义主要与风俗、教化、文学、音乐相关，也有一些与社会生活中建筑物、工具器物的名称或佛教术语等有关，体现了“风”在古代社会生活中所扮演的重要角色。

第一节　与风俗有关的风词语

风俗指一个社会群体相沿积久而形成的风气、习俗。盛唐诗歌中与风俗有关的风词语共 14 个，其中风俗、风土、风壤、土风、晋风、吴风、夷风、古风、流风侧重于指某一地方的风俗习惯、风土人情，古人风、浇风、闺风、玄风、道风则侧重于指风气或风尚。

东汉应劭《风俗通义·序》中说：“风者，天气有寒暖，地形有险易，水泉有美恶，草木有刚柔也；俗者，含血之类，像之而生，故言语歌讴异声，鼓舞动作殊形，或直或邪，或善或淫也。”[①]《汉书·地理志》中亦言：“凡民函五常之性，而其刚柔缓

① 应劭：《风俗通义校释》，1 页，天津，天津人民出版社，1980。

急，音声不同，系水土之风气。故谓之风。好恶取舍，动静无常，随君上之情欲，故谓之俗。”[①]可见，风俗的产生源于风的区域性特征。不同特点的风所吹过的不同区域，气候状况及自然条件也会相应地不同，从而使人们的生活习惯、性情、风尚习俗也随之产生差异。因此，风的意义范畴中又具有了风气、习俗这样的文化义，这属于因果转喻，是以原因“自然风”转指结果“风气、习俗”。盛唐诗歌中，风土、风壤、风气、土风等词语中，均有一个构词语素含气候、土地之意，与另一个风语素共同搭配，构成含“风”词语，共同转喻风尚习俗之意，这些词语属于两个原因语素联合构成的双转喻词。另有古风、浇风、晋风、吴风、夷风、古人风等，则以其中一个构词语素“风”转喻风尚习俗，另一个语素做修饰成分，表示不同地方或时间的风俗。其中，浇风指浮薄的风气[②]，含贬义。

第二节　与教化、德泽有关的风词语

风，是空气流动的现象，是一种自然物象，但因它对古代农耕社会中人们的生产、生活有着重要的影响，又由于人们认知的局限性，使得它最初在人们眼中是具有神性的，是天帝的使者[③]，

① 班固：《汉书·地理志第八下（卷二十八下）》，1640页，北京，中华书局，1962。

② 何宁：《淮南子集释》，822页，北京，中华书局，1998。《齐俗训》：“浇天下之淳，析天下之朴。”注曰：浇，薄也。

③ 李昉：《太平御览（卷九）》，47页，北京，中华书局，1960。《龙鱼河图》曰：“风者，天之使也。”

不仅对农业收成有决定作用，也预示着国运盛衰、吉凶祸福。《尚书·洪范》云：“庶征：曰雨、曰旸、曰燠、曰寒、曰风。曰时五者来备，各以其叙，庶草蕃庑。……曰休征：……曰圣，时风若。曰咎征：……曰蒙，恒风若。”[①] 即认为风是五种基本的天气现象之一，也是上天对君王进行奖惩的手段，政治清明则可享有适时适度的风，否则就会大风不断，出现灾祸。《周礼·春官·保章氏》亦言：“以十有二风察天地之和，命乖别之妖祥。”[②] 风也是判断灾异或平安祥和的征兆。既然风在古代社会中具有如此重要的作用，当然被统治者格外重视，于是有了“省风”的传统。先秦时期的“省风”，一方面是为了省察风气和土气，以指导农事，如《国语·周语》载：“先时五日，瞽告有协风至，……是日也，瞽帅、音官以风土。”[③]《国语·郑语》：“虞幕能听协风，以成乐物生者也。”[④] 另一方面，则是要通过对民间风气的采集，掌握风土民情的变化，并实施教化。《左传·昭公二十一年》载乐官州鸠不满周景王铸无射之钟，言“天子省风以作乐”。杜预注：“省风俗，作乐以移之。”《汉书·五行志下》之上注：“应劭曰：‘风，土地风俗也。省中和之风以作乐，然后可移恶风，易恶俗也。’”[⑤] 即认为天子之乐应在考察民间乐舞歌谣所反映的民情

---

① 李民、王健：《尚书译注》，227 页，上海，上海世纪出版股份有限公司，上海古籍出版社，2004。

② 李学勤主编，《十三经注疏》整理委员会整理：《周礼注疏》，708 页，北京，北京大学出版社，1999。

③ 上海师范大学古籍整理研究所：《国语》，18–20 页，上海，上海世纪出版股份有限公司，上海古籍出版社，1998。

④ 上海师范大学古籍整理研究所：《国语》，511 页，上海，上海世纪出版股份有限公司，上海古籍出版社，1998。

⑤ 杨伯峻：《春秋左传注》，1424 页，北京，中华书局，1990。

风俗的基础上制作，以达到移风易俗的政治目的。此处的“天子省风”，既包括“风”的内容——土地风俗，也包括“风”的载体——乐舞歌谣。如前文所述，正如风具有不可见的、潜移默化的力量一样，《诗大序》所言“风，风也，教也。风以动之，教以化之。……”是通过隐喻认知的方式将诗歌（歌谣）的功用归结为“风化”，将风的概念与教化之意紧密联系在一起，加之孔子关于风的隐喻（“君子之德风，小人之德草”）所强调的德政的潜移默化的力量，使得“风”最终具有了教化、德泽之意。

盛唐诗歌中与教化、德泽有关的风词语共 7 个，使用频率不高（见附录 2）。其中，风化指风俗教化；遗风、上皇风、贤达风指前代遗留下来的风教；皇风、仁风指天子的教化、德泽；儒风出现于孟浩然的诗句“维先自邹鲁，家世重儒风”（《书怀贻京邑同好》）中，指孔子之道。这些风词语或为并列结构，或为偏正结构，其中的风语素均含教化、德泽之意。

第三节　与音乐、文学有关的风词语

盛唐诗歌中与音乐、文学有关的风词语共 10 个，其中王风、国风、谷风、风雅、风骚均与《诗经》中的文学作品有关；风谣指反映民情风俗的歌谣；风格、风骨、江左风指诗文的创作特色；结风为古歌曲名。这些词语在盛唐诗歌中虽然使用频率不高，但也可以体现出风与音乐、文学的关系。

《乐动声仪》曰：“风气者，礼乐之使，万物之首也，物靡不以风成熟也。风顺则岁美，风暴则岁恶。”① 即在古人眼中，与农业收成及吉凶祸福有关的风，也关乎礼乐的产生。由于风在社会生活中所扮演的重要角色，使得人们对风、对风的声音都格外关注，在他们听来，风动万物的声音也如音乐般美妙，令人赞叹。《庄子·齐物论》云：“夫大块噫气，其名为风。是唯无作，作则万窍怒号。而独不闻之翏翏乎？山陵之畏崔，大木百围之窍穴，似鼻，似口，似耳，似笄，似圈，似臼，……泠风则小和，飘风则大和，厉风济则众窍为虚。而独不见之调调之刁刁乎？”② 另外，依据过常宝（1998）的观点，由于风对人们日常生活的引导作用，使得古人向风献祭，以求丰年便成为自然而然的事。而且风的神性和声音的变化多样，使得其声音具有魔力，故祭祀音乐要仿效“八风”，才能取悦上帝。③《吕氏春秋·古乐》云：“帝颛顼生自若水，实处空桑，乃登为帝。惟天之合，正风乃行，其音若熙熙凄凄锵锵。帝颛顼好其音，乃令飞龙作，效八风之音，命之曰《承云》，以祭上帝。”④ 可见，中国最古老的音乐就是模仿风的声音而来，且与祭祀有关。蒋孔阳（1979）指出，古人从阴阳五行的观点出发，认为风和音乐都是阴阳二气所产生和形成的，音乐、风、气三者之间有着密切的联系，因此，古代的乐官能够通过音乐测知风气和土气。《吕氏春秋·音律》亦云：“大圣至理之世，天地之气，合而生风。日至则月钟其风，以生十二律。”⑤ 因此，我们可以说，在先秦古人的认知中，风和音乐具有共同的

① 李昉：《太平御览（卷九）》，47 页，北京，中华书局，1960。
② 陈鼓应：《庄子今注今译》，33 页，北京，中华书局，1983。
③ 过常宝：《“风”义流变考》，载《北京师范大学学报（社会科学版）》，1998（2）：40。
④ 陆玖译注：《吕氏春秋》，150 页，北京，中华书局，2011。
⑤ 陆玖译注：《吕氏春秋》，165 页，北京，中华书局，2011。

特点，风即是乐。而当时以政治教化为目的的采风活动中，各地民情风俗的载体也是民间的乐舞歌谣或祭祀乐歌，诗经中的十五国风，就是当时十五国的民间歌谣和祭祀乐歌。因此，风又与诗歌、与文学产生了联系。国风、王风、谷风均指《诗经》中的歌谣，风雅、风骚中的“风”，均指代《诗经》。

“风格”和“风骨”均在魏晋时期首先用于人物品评，指人的风度和品格，是以风所具有的超脱、高远和自由不羁的特点隐喻君子透过内在的气质和禀赋所表现出来的风神与气度，后来则用于评论文学作品。在《文心雕龙》《颜氏家训》等著作中，“风格”指文学作品所表现出来的格调、特色；“风骨”则指文学作品骏爽的意气和端直的文辞所表现出来的艺术美感。依然是将风的清美、具有流动性、超凡脱俗等特点投射于文学作品域，通过隐喻认知的方式来表现文学作品的内在的气韵与艺术特色。

“风格”在盛唐诗歌中使用了1次，用于品评歌辞/诗作的风格老道（例6-1）；“风骨”在盛唐诗歌中使用了2次，其中1次用于人物品评，1次则指文学作品的情风辞骨（例6-2）。

例6-1　坐中薛华善醉歌，歌辞自作风格老。（杜甫《苏端、薛复筵简薛华醉歌》）

例6-2　东道有佳作，南朝无此人。性灵出万象，风骨超常伦。（高适《答侯少府》）

第四节　小结

综上所述，早在先秦时期，人们就已通过隐喻、转喻等认知方式将风的概念与风俗、教化、文学、音乐等范畴联系在一起，并以“风”为主要成员生成了相应类别的风词语。魏晋时期，“风”被广泛用于人物品评，到了东晋、宋、齐时期又沿用到文学艺术领域，用于诗文作品及书画作品的鉴赏与评论，由此产生了大量相关的风词语，如表人物气度、品格的风度、风范、风神、风雅、风流、风韵等和用于文艺评论的风格、风骨、风媚、文风等，其中有些词语通用于人物品评和文艺评论。盛唐诗歌中，继续使用此类风词语，并扩展出一些新的组合，如闺风、江左风、上皇风、贤达风等。

除了与风俗、教化、音乐文学等相关的风词语，盛唐诗歌中还有一些风词语更密切地反映了风与社会生活的关系，也体现了古人命名、造词的智慧，如以事物在风中的状态或功用等为事物命名，或以建筑物在风中的状态、景观为其命名：

风筝：俗称风马儿，指挂在殿宇檐前的风铃。

风灯：有罩能防风的灯。

风幔：挡风的帷幔 / 风中的帷幔。

风帽：帽后有垂幅用以避风者。

屏风：室内挡风或障蔽的摆设。

风磴：指风中的山间石阶。

风榭：风中的台榭。

另外，风的传播性构成了“风是消息”的隐喻，如：风听，指由传闻而得知；风的方向性构成了“风向的上方为好，风向的下方为劣”的方位隐喻。因此，下风隐喻下位或劣势，而自然意义范畴中的“高风”，则具有“高尚的风范”之文化义。

除了以上基本义属社会文化意义范畴的风词语之外，盛唐诗歌中自然意义范畴的、与天地风云及气候变化有关的风词语，如风云、风雨、风尘、风波、风涛、风浪等，它们的文化义也往往与社会文化有关，常喻指社会或人生中的风云变化、艰难险阻等。

第七章　盛唐诗歌中风词群文化义的语义产生机制

通过对盛唐诗歌风词群中的“风”及部分使用频率较高的“风词语”的文化义的分析，我们发现作为空气流动现象的自然界之“风”，到了盛唐时期，已形成了以“风”的本义为典型意义、核心成员，以风的非典型意义——文化义为边缘成员的多义范畴。风的文化义是在凸显其隐含意义的基础上，通过隐喻、转喻认知方式或社会文化的赋予所获得的。在风的多义范畴中，围绕风的文化义，又扩展出一系列风词语，形成了若干个次范畴，而这若干次范畴中文化义的产生，也是通过隐喻、转喻认知机制或社会文化的赋予所产生的，与风的文化义有着或近或远的联系。因此，我们可以说，盛唐诗歌风词群中“风”及“风词语”文化义的语义产生机制包括隐喻、转喻和社会文化的赋予三种。

第一节　隐喻认知机制

盛唐诗歌中“风”及“风词语”的文化义，大多是通过隐喻方式产生的。当代认知语言学普遍认为，隐喻是一种认知活动，它在人类将客观世界概念化、范畴化的过程中起着十分重要的作用，是认知主体通过某一事物来理解和认识另一事物的过程，其运作机制是事物之间的相似性。在隐喻过程中，认知主体通过推理将始源域事物的特征映射到目标域，所形成的映射结果即隐喻义。通过上文的分析我们发现，盛唐诗歌中“风”及“风词语”文化义的产生大多是隐喻映射的结果。其中包括人体/实物域向风域的映射，风域向人体域的映射和风域向社会文化域的映射等。

一、人体/实物域向风域的映射

人类在认知世界的过程中，总是遵循着由近及远、由简单到复杂、由具体到抽象、由熟悉到陌生的认知规律。《周易·系辞》中说：“近取诸身，远取诸物。”[①] 西方人认为：“人是万物的尺度。”[②] 因此，可以说，人类认识世界首先是从认识自身开始的，人体及其器官是隐喻认知中最基本、最重要的始源域。其次，人类习惯于通过具体的、有形的实体去认识和了解客观世界。通过对盛唐诗歌中风词群的观察，我们也可以发现古人的这一认知特点。

（一）风是人

风是自然界中空气流动的现象，但因季节和方位等因素的影响，风的形态变化多端，不一而足，因此古人在认识风的过程中，将自身的动作、情感等特征映射于风域，用来表达更多的关于风的体验，因此产生了“风是人”的概念隐喻。通过这一隐

① 李学勤主编，《十三经注疏》整理委员会整理：《周易正义》，298页，北京，北京大学出版社，1999。

② 王晓朝：《希腊哲学简史——从荷马到奥古斯丁》，115页，上海，上海三联书店，2007。

喻，人们对于风的动态的把握更加完善、细致，表达形式也更为丰富。

1. 风有人的气质和力量

例 7–1　绝岸风威动，寒房烛影微。（杜甫《夜》）

例 7–2　吹花困癫傍舟楫，水光风力俱相怯。（杜甫《风雨看舟前落花，戏为新句》）

例句中的“风威”“风力”分别指风的威力和力量。威，《说文》云：“威，姑也。”段注曰：“引申为有威可畏。”[①] 力，《说文》云：“筋也。象人筋之形。”段注曰：“肉之力也。……引申之，凡精神所胜任皆曰力。”[②] 可见，威、力最初均与人有关，盛唐诗歌中用于形容“风”，体现了“风是人”的隐喻特征。

2. 风有人的动作

盛唐诗句中，风被赋予了人的动作，亦体现了“风是人”的隐喻特征。单独使用的“风”中，有风妒、风歇、风扫、风含、风摧、风悲鸣、风夜吼、风怒号等组合；风词语中，“春风”也常具有人的动作、行为。

例 7–3　影遭碧水潜勾引，风妒红花却倒吹。（杜甫《风雨看舟前落花，戏为新句》）

例 7–4　水舂云母碓，风扫石楠花。（李白《送内寻庐山女道士李腾空二首》）

① 许慎撰，段玉裁注：《说文解字注》，615 页，上海，上海古籍出版社，1988。
② 许慎撰，段玉裁注：《说文解字注》，699 页，上海，上海古籍出版社，1988。

例 7-5　泉喷诸戎血，风驱死虏魂。（高适《同李员外贺哥舒大夫破九曲之作》）

例 7-6　劝君莫拒杯，春风笑人来。（李白《对酒》）

例 7-7　恰似春风相欺得，夜来吹折数枝花。（杜甫《绝句漫兴九首》其二）

3. 风有人的情感

例 7-8　风悲浮云去，黄叶坠我前。（杜甫《遣兴三首》其一）

例 7-9　坐久风颇愁，晚来山更碧。（李白《白水县崔少府十九翁高斋三十韵》）

例 7-10　佳游不可得，春风惜远别。（李白《登梅冈望金陵，赠族侄高座寺僧中孚》）

例 7-11　柳色惊心事，春风厌索居。（高适《闲居》）

通过以上例句可以看出，盛唐诗歌中，风也被赋予了人的情感特征。首先，在自然环境的萧瑟、暗淡或景象的骤然变化中，风也表现出不同的特点，给人以不同的身体和心理感受。因此，盛唐诗人将用于表达人类情感特征的“悲”“愁”“厌”等字眼映射于风域，以认识和表达当时所体验到的风的特点。其次，以上特殊环境中的风，或与诗人当时的心境相应合，如例 7-8、7-9、7-10，或为拨动诗人情思，引发感伤之情的原因，如例 7-11，故而产生了有人的情感特征的“风”，其目的在于抒发诗人内心的情绪，这也体现了“风是人”的隐喻特征。

（二）风是实体

自然界中的风无影无形，来去无踪。但在盛唐诗歌中，却具有了数量和气味，如饶风、阑风、一风、香风，其中饶、阑均有“多”之意，香风指带有香气的风。风中携带香气多指风中散发的花香或美人的脂粉香气，故有时通过脂粉香气转喻美人，如“艳彩朝含四宝宫，香风旦入朝云殿”（崔颢《行路难》）。这些风词语中，“风”均被看作是实体。同时，作为实体的风还有“头”和“尾”，并具体可感。

例 7–12　雨过风头黑，云开日脚黄。[岑参《送李司谏归京（得长字）》]

例 7–13　林端远堞见，风末疏钟闻。（裴迪《青龙寺昙壁上人院集》）

例 7–14　击水翻沧海，抟风透赤霄。（岑参《和刑部成员外秋夜寓直寄台省知己》）

例 7–15　饮人聊割酒，送客乍分风。（王维《赠焦道士》）

以上前两例中风有“头”“尾”，其中第一例中“风头”和“日脚”相对，风成了有生命的实体；例 7–14 中“抟风”指乘风盘旋而上，例 7–15 中“分风”指将风一分为二，风均是可以通过触觉感受到的实体。另有倚风、乘风、翻风等词语，其中风也是具体可感的事物，也体现了风是实体的隐喻特征。

二、风域向人体域的映射

风流动于天地之间，与人们的生产生活关系密切，故古人在取类比象的过程中，也会将风作为始源域，通过凸显风的某一属性来理解和认识自身的体验，其中包括通过风来认识自身或自身的某些特点。盛唐诗歌风词群中，体现出古人以风隐喻人的气度、品格，人体疾病的特点。

（一）风是人的风度 / 风范

例 7-16　而我高其风，披图得遗照。（王昌龄《观江淮名胜图》）

例 7-17　内外名家流，风神荡江湖。（杜甫《别张十三建封》）

例 7-18　风韵逸江左，文章动海隅。（李白《赠宣州灵源寺仲浚公》）

以上第一例中，“风”指画中僧人的风姿、风范；第二、三句中“风神”指神采气质，“风韵”指风度、气韵。其中“风”均隐喻人外在超凡脱俗的气度与风韵。如第三章第一节第二部分所述，风所具有的超脱、高远、自由不羁的特点，与人透过内在的气质与禀赋所表现出来的抽象的气度形成隐喻映射，故风也指人不凡的仪表、风度。盛唐诗歌中与人的风度仪表有关的风词语，如风流、风雅、风骨、风味、风采、风期、风威、风颜、雄风等，都体现了这一隐喻特征。其中风威、风颜通过凸显风的寒冷与凌厉肃爽的特点隐喻人的威严之气。

（二）风是人的品格 / 风操

从隐喻认知的角度，我们可以说，风是人的品格 / 风操。这一隐喻与孔子“君子之德风”[①]的论断有关（第三章第二节第二部分）。君子内在的品行及修养对其外在气度与风范的塑造，如风吹草偃一般，对他人的影响，也是潜移默化、自然而然的，因此“风”也指人的品格、风操。这一隐喻特征在风单独使用及与其他词 / 语素搭配使用时都有体现。

例 7–19　运阔英达稀，同风遥执袂。（李白《答高山人兼呈权、顾二侯》）

例 7–20　后世称其贤，英风邈难尚。（李白《陈情赠友人》）

例 7–21　轩风洒甘露，佛雨生慈根。（崔颢《赠怀一上人》）

例 7–22　延引故乡人，风义未沦替。（李白《答高山人兼呈权、顾二侯》）

以上例句中，“同风遥执袂”是李白言自己与范蠡虽相隔千年，但风操相同，可为知音。“英风”“轩风”指高尚的风节，“风义”指风范道义。其中“风”均隐喻品格、风操。

（三）风是人体疾病

据本书第五章第四节所述，中国古代中医理论中认为自然

① 杨伯峻:《论语译注》，129 页，北京，中华书局，1980。

界“六气”失常，则会引发身体疾病，作为“六气”之一的风，被看作是最主要的致病因素。同时，人体内的致病因素一方面与体外之风有关，另一方面其对人体的损伤也与自然风的破坏性相似，也有自然风变化无常、游走不定、清扬向上的特征，故人体的疾病与体外之风形成了隐喻映射，“风”被用来隐喻相关病症。盛唐诗歌中出现的与疾病有关的风词语有头风、风气、风疾等。

三、风域向社会文化域的映射

在盛唐诗歌风词群中，我们还可以看到风域向社会文化域的映射，体现了古人以风为始源域，认识社会生活中所体验到的事物的特征。

（一）风是政教风化

如前（第三章第二节第二部分）所述，风有政教风化之意，也与孔子“君子之德风”的隐喻有关。风动万物于无形，德政对社会风气的影响也是潜移默化的。

例 7–23　仗钺非老臣，宣风岂专达。（杜甫《鹿头山》）

例 7–24　向风扃戟户，当署近棠阴。（高适《同郭十题杨主簿新厅》）

例句中“风”均指政教风化[①]。另外，盛唐诗歌中与教化、德

① 陈贻焮：《增订注释全唐诗（第二册）》，61 页，北京，文化艺术出版社，2001；孙钦善：《高适集校注》，266 页，上海，上海古籍出版社，1984。

泽有关的风词语，如皇风、仁风、遗风等，均体现了“风”是教化的隐喻特征。

（二）风是音乐、歌谣

早在先秦时期，由于自然崇拜及阴阳五行观点的影响，风就与音乐有着密不可分的联系，古人模仿风声制作祭祀音乐；通过音乐省察风气与土气，指导农事；亦通过采风活动收集具有民间特色、反映各地风土民情的歌谣，来达到“美教化、移风俗”的政治目的。因此，自然界之风与音乐、与民间乐舞歌谣之间产生了隐喻映射，相应出现了国风、王风、风骚、结风等词语，详见本书第六章第三节。盛唐诗歌中，继续沿用该类词语指《诗经》中的篇章及古歌曲名，也有一些创造性的用法，即以通感隐喻的方式，用“清风飒来”“长风吹林”等形容带给人不同感受的音乐。

例 7–25　清唱云不去，弹弦风飒来。（岑参《登凉州尹台寺》）

例 7–26　清风飒来云不去，闻之酒醒泪如雨。（岑参《秦筝歌，送外甥萧正归京》）

例 7–27　幽音变调忽飘洒，长风吹林雨堕瓦。（李颀《听董大弹胡笳声兼寄语弄房给事》）

前两句中“风”“清风”隐喻带给人清凉舒适之感的音乐；第三句以“长风吹林”隐喻乐调的清越优雅。这里以“风”喻音乐，属通感隐喻，是通过可及性较强的触觉感受来认知和表达可及性较弱的听觉感受，也属于“创造相似性的隐喻”[①]。盛唐诗人的这种表达方式，是对音乐的独特认知，也为人们理解和欣赏音乐提供了新的视角。

（三）风是诗文的风格、特色

以“风”指诗文的风格、特色源于魏晋之后文学评论的传统，是古人将风的清美、流动性、超凡脱俗等特点投射于文学作品域，通过隐喻认知的方式来表现文学作品内在的气韵与艺术特色。常用的词语有风流、风格、风骨、风雅等，盛唐诗歌中继续沿用了这一类词语及该文化义。

例 7–28　风流散金石，追琢山岳锐。（杜甫《八哀诗·赠秘书监江夏李公邕》）

例 7–29　东道有佳作，南朝无此人。性灵出万象，风骨超常伦。（高适《答侯少府》）

第一句中的“风流”是对李邕超凡脱俗的文风的赞美，是以“风”的清美及流动性隐喻文章的风格；第二句是赞美侯少府的文学成就无人能比，“风骨”是通过隐喻认知方式表现其诗文的文辞端直和意气骏爽。[②]

（四）其他

盛唐诗歌中，风的破坏性、方向性、传播性及速度的迅疾也

① 束定芳:《隐喻学研究》，99 页，上海，上海外语教育出版社，2000。

② 孙钦善:《高适集校注》，191 页，上海，上海古籍出版社，1984。

被映射于社会文化域，成为人们理解和表达生活体验的参照物。

首先，风具有破坏性，因此，古人将风所造成的灾难映射于人生及社会，以之隐喻人生中的遭遇、逆境或社会的动荡。

例 7–30　鲁门鶢鶋亦蹭蹬，闻道如今犹避风。(《白凫行》)

例 7–31　时危人事急，风逆羽毛伤。(杜甫《暮春题瀼西新赁草屋五首》其五)

“避风”指躲避战乱及不利的境遇；“风逆”指人生不如意，实现理想、抱负遇到阻力。“风”均隐喻不利的处境。另外，盛唐诗歌中风云、风雨、风尘、风波、风涛、风浪、飘风等，也因在一定语境中凸显风的破坏性特征，而具有了人生中的艰难险阻或社会动荡等的文化义。

其次，风具有方向性。Lakoff, G. & Johnson, M.（1980：27）曾提出方位隐喻之说，即将上下、远近、前后、深浅、中心—边缘等具体的方位投射于情绪、数量、身体状况及社会地位等抽象概念中，从而获得相关引申及抽象意义。盛唐诗歌风词语中也有这种方位隐喻的体现。如人们将风的方向性特征映射于社会文化域，表达“上为好，下为劣”的观念。

例 7–32　天子揖妙道，群僚趋下风。(崔颢《赠怀一上人》)

例 7–33　高风缅邈，颓波激清。(李白《上留田行》)

“下风”隐喻下位或劣势，体现了“高位是上，低位是下”

的隐喻特征；“高风”指高尚的风操、品格，体现了“道德是上，堕落是下”的隐喻特征。

再次，风具有传播性，因而形成了“风是消息”的隐喻认知。盛唐诗歌中，以“风”“东风”寄托思念之情，隐喻“家信”，以“风听”指由传闻而得之，以“风声”指人的名声，均属“风是消息”的隐喻。

例 7–34　我寄愁心与明月，随风直到夜郎西。（李白《闻王昌龄左迁龙标，遥有此寄》）

例 7–35　家在日出处，朝来起东风。风从帝乡来，不异家信通。（岑参《安西馆中思长安》）

例 7–36　洛阳无二价，犹是慕风声。（高适《赠别褚山人》）

最后，自然界之风具有速度快的特点，因而亦被投射于社会文化域，用于隐喻人、马或船只的行动迅速，如“两女辍洗来趋风”（李白《梁甫吟》），“万斛之舟行若风”（杜甫《夔州歌十绝句》）等，见本书第三章第一节第一部分。另外，盛唐诗歌中也以“追风”指称良马或形容马的速度，亦为隐喻性用法。

例 7–37　妻子山中哭向天，须公枥上追风骠。（杜甫《徒步归行》）

例 7–38　此日千里鸣，追风可君意。（杜甫《遣兴五首》其二）

例句中“追风骠”指千里马，“追风”指马驰骋之快。

第二节　转喻认知机制

Lakoff, G. & Johnson, M.（1980：39）认为，转喻也是一个认知过程，这一过程可以让我们根据某一事物与其他事物的关系而将此事物概念化。转喻一般发生在同一个概念领域内，它所涉及的是一种“邻近”和“凸显”关系。即人们在认识事物和概念的过程中，面对其所具有的多重属性，往往更多地注意到其中最突出、最容易理解和记忆的属性，即“凸显属性”。根据理想化认知模式中转喻喻体和转喻目标之间的关系，Radden & Kövecses（1999：29–43）将转喻主要分为整体与其部分之间的转喻和整体中不同部分之间的转喻两大类。盛唐诗歌中，“风”或“风词语”往往通过其所代表的凸显属性激活相关的整体范畴或同一范畴中与其相近的部分，形成转喻认知。

一、整体与其部分之间的转喻

（一）部分转指整体

盛唐诗歌中以东风、春风转喻春天，以秋风、西风转喻秋天，以北风转喻严寒的天气，均体现了以范畴特征转指整体范畴的特点，属于以部分转指整体。

盛唐诗歌中风土、风壤、风日转喻气候，风竹转喻自然风光，风飙转喻恶劣的天气，都是以范畴成员转指整体范畴。

例 7–39　荆扬风土暖，肃肃候微霜。（杜甫《秋行官张望督促东渚耗稻向毕清晨遣女奴阿稽竖子往问》）

例 7–40　嗜酒爱风竹，卜居必林泉。（杜甫《寄题江外草堂》）

例 7–39 中以代表自然地理条件的风、土转喻当地的气候状况；例 7–40 是以风竹转喻优美的自然风光。

（二）整体转指部分

如前第五章第一节第二部分所述，“风流”一词有风俗教化、流风余韵之意，亦囊括了人生人格、风度仪表等方面的大多数美好特征，故在盛唐诗歌中也转喻不凡的文采、人的风操、品格及美好 / 杰出不凡的人和事。是以整体范畴转喻其主要特征。

二、整体中不同部分之间的转喻

盛唐诗歌中，以风指风俗，以风尘转指战乱、行旅辛苦劳顿，均属于因果转喻。其中以风指风俗，以风尘转指行旅辛苦劳顿，是以原因转指结果，风俗的形成源于风的区域性所带来的各地自然环境的差异；以风尘指战乱则是结果转指原因。

第三节　社会文化的赋予

社会文化的赋予，是指盛唐诗歌风词群中部分词语的文化义与古代社会文化有关。其中，有的文化义由社会文化直接赋予，有的则是社会文化与隐喻、转喻共同作用的结果。

一、社会文化直接赋予的文化义

盛唐诗歌中草木风、楚王风、阊阖风等风词语的文化义由社会文化直接赋予。

例 7–41　三年笛里关山月，万国兵前草木风。（杜甫《洗兵马》）

例句中“草木风”取“草木皆兵”的典故义，指百姓饱受乱离之苦，人心惶惶。

例 7–42　飘零神女雨，断续楚王风。（杜甫《天池》）

战国楚宋玉在《风赋》中将风分为“大王之风”和“庶人之风”，称“清凉雄风”为“大王之风”，后用“楚王风”指凉风、大风。[①] 例句中以“楚王风”指天池上的大风。

例 7–43　气逐招摇星，魂随阊阖风。（储光羲《登秦岭作，时陷贼归国》）

“阊阖风”指西风、秋风，为古代文献记载的“八风”之一。《史记 · 律书》载：“阊阖风居西方。阊者，倡也；阖者，藏也。

① 欧阳询撰，汪绍楹校：《艺文类聚》，18 页，上海，上海古籍出版社，1965。

言阳气道万物，阖黄泉也。”[1]另见于《吕氏春秋》《淮南子》《说文》等。

二、“社会文化＋隐喻”产生的文化义

盛唐诗歌中，一些风词语的文化义或源于典故，或与社会文化有关，但同时也是隐喻映射的结果。因此，我们认为，这一类文化义的产生机制为“社会文化＋隐喻”。

通过前文风词语文化义的分析，我们发现东风、春风、凉风、西风、北风等词语均具有映射人物内心愁思的文化义。一方面，我们认为，是风所具有的寒凉的属性与人物内心的凄寒形成了隐喻映射，故诗人借“风”来表达愁情；另一方面，也与我国古代文人伤春悲秋的传统有关。春天是万物萌发的季节，充满了生机与希望，在中国古代文化传统中，常与青春、爱情、生命体验联系在一起。然而，美好的春景又是短暂的，乍暖还寒的天气，往往会出现风吹雨打、落红满地的残景，因而极易引发闺中女子容颜易老、青春不再的感伤。这种感伤对于踌躇满志的文人而言，则扩展成为年华易逝、无人知遇的悲愁。秋季是丰收的季节，但也是万物凋敝、寒冷肃杀的时节。它带给人由盛转衰、时光飞逝的落寞之感。同时北雁南飞、秋风萧瑟，也最易引起漂泊在外之人的思乡怀归之情。因而秋天、秋风也与岁月易逝、容颜易老、思乡怀人等情绪联系在一起。另外，中国古代文人在儒家入世思想的影响下，一方面，由于求学、交游、出入仕途等原因，常常经历着与家人、朋友的离别，故而在季节交替，感叹时

① 司马迁:《史记（卷二十五）》，1170页，北京，中华书局，2011。

光及生命的流逝之时，亦不免徒生思亲、念友的感伤；另一方面，则难免遭遇仕途不顺，为怀才不遇、壮志难酬而苦恼。因此，岁月易逝、容颜易老、壮志难酬、怀才不遇、思乡怀人、漂泊之感等就成了中国古代文学中的悲情主题。盛唐诗歌中继续书写着这些悲情主题，并以隐喻认知的方式，借由代表不同季节的，含凄凉之感的风词语来展现。因此，这些风词语就有了相应的文化义，其产生机制是“社会文化 + 隐喻”。

此外，盛唐诗歌中“风”的教化、德泽之意（第六章第三节），“清风”所具有的“清惠的风化”之意（第五章第二节第二部分的第一小部分），“风云”的“君臣遇合”之意（第四章第三节第一部分的第一小部分）等，都与典故有关，且是隐喻映射的结果。因此，这些文化义的产生机制也为“社会文化 + 隐喻”。

三、“社会文化 + 转喻”产生的文化义

根据五行配合关系，古代诗歌（包括盛唐诗歌）中以东风指春风，金风、西风、商风、素风均指秋风，北风、朔风指冬日之风，亦属于范畴及成员之间的转喻，这里是以范畴成员转指范畴整体中其他部分。

另外，盛唐诗歌中以“南风”转指《南风歌》，“大风”转指《大风歌》，亦属于“社会文化 + 转喻”。

例 7–44　万里独飞去，南风迟尔音。（孟浩然《送袁十岭南寻弟》）

例 7–45　按剑清八极，归酣歌大风。（李白《登广武古战场怀古》）

第四节　盛唐诗歌中“风”的多义网络

通过以上分析我们发现，到了盛唐时期，随着语言和认知的发展，已经形成了以风的本义——空气流动的现象为核心成员、典型意义，以风的文化义为非典型意义、边缘成员的多义范畴。在该范畴中，风的文化义是在凸显其隐含意义的基础上，通过隐喻、转喻认知方式和社会文化的赋予产生的；风词语的扩展则是在风的本义和文化义的基础上，通过“风”与其他词/语素的搭配实现的。由于风与古代社会生活关系密切的缘故，使得风的文化义义项较多，风词语的语义范畴也相应从自然意义范畴扩展到与人有关的意义范畴、社会文化意义范畴，数量不断增多。同时，盛唐诗歌中的风词语，作为风的不同文化义语义链条上的节点，亦通过隐喻、转喻认知机制或社会文化的赋予，获得了相关的文化义，且与风的文化义有着或近或远的联系。由此，围绕风的本义，形成了盛唐诗歌中“风”的多义网络，使我们可以对盛唐诗歌中，甚至是盛唐以前风—风词语—文化义的引申脉络有了较为清楚的认识。盛唐诗歌风词群文化义的语义网络如文前彩插所示。

首先，图中以“风”为中心发散出去的浅蓝色矩形框中，是风的隐含意义，风的文化义是在这些隐含意义的基础上通过隐喻、转喻认知方式或社会文化的赋予产生的。

其次，风的隐含意义（浅蓝色矩形框）之后连接的有两部分内容：一部分为带彩色图标的风的文化义；另一部分为与风的某个隐含意义直接相关的风词语。

第三，风的文化义之后是具有该文化义的风词语成员以及该组成员中使用频率较高的词语的文化义。其中蓝色背景的是其显著度最高的文化义，红色虚线指示的是该风词语其他的文化义与风的隐含意义的关系。

第四，直接与风的隐含意义相连的风词语之后也是其文化义，过渡线上呈现的是该风词语的隐含意义。我们可以看到，风词语的文化义都与风的隐含意义有着或近、或远的关系。

第五，不同颜色的图标显示不同的文化义产生机制。

第五节　盛唐诗歌中风词群的文化义与汉民族认知的关系

词汇意义的产生是古代汉民族在与其生存空间、客观世界的互动过程中，基于自身对社会生活的感知和体验，不断对外界事物进行范畴化、概念化的结果。在这一过程中，人们通过语词符号表现着世界万物和自身的存在，并创建了自己的文化。我们知道，语言与文化是共生、共存的，语言是文化产生和存在的基石，记录着一个民族文化发展的轨迹；但同时，文化又对语言的发展起着主导作用，是语词符号产生和发展的动力，并影响着词语的运用和解释，使得语词符号带有本民族文化的特征。盛唐诗歌中风词群的形成与文化义的产生，当然也与汉民族文化的影响有着密切的关系，体现了汉民族思维方式、认知特点、文化心理等方面的因素对词汇发展的影响。

一、汉民族天人合一、注重整体的思维方式的影响

《庄子·齐物论》指出："天地与我并生，而万物与我为一。"[1]中国古代的阴阳五行学说认为，天、地、人三者是一个统一的整体，自然界的繁多物类包括人在内，都由天地阴阳所化生，所以天地人具有共同的结构模式，遵从共同的运动规律。我国古代典籍《礼记·月令》《吕氏春秋·十二纪》及《淮南子》等著作中，也论述了天地、阴阳、日月星辰与四时、五行等之间的关系，将世间物象的变化与人的活动联系起来，认为人与自然是一个和谐统一的整体。这种天人合一、宇宙一体的观点对词汇数量和意义的发展，均有促进作用。例如，《礼记·月令》等文献中所呈现的春夏秋冬四季十二个月太阳和某些星辰运行的位置，节气变化，草木虫鱼鸟兽的生长状态以及相应的人事活动，是古人天人合一、宇宙一体思想的体现。其中，星象的变化与四季、五方、五音、五行、五味、五嗅、五色等元素整齐对应，十二个月也以孟春、仲春、季春，孟夏、仲夏、季夏等来指称。因此，我们可以看到，在天人合一、宇宙一体思想的影响下，为了满足认知和表达的需要，词汇也不断地丰富起来，如二十八星宿、二十四节气名称等相继出现，词汇数量迅速增长。另外，因五行配合的关系，木、火、土、金、水，东、南、中、西、北，春、夏、秋、冬等元素一一对应，相互应合，某些时候可以相互替代，因而具有了文化特色。

盛唐诗歌风词群的形成与文化义的产生，也与古人天人合一、宇宙一体思想的影响有关。因五行配合关系的影响，使得四

① 陈鼓应：《庄子今注今译》，71页，北京，中华书局，1983。

方风具有了四季风的文化义，有时也直接转指四季；同时，金风、素风、商风等词语也相应产生，并具有了指称“秋风”的文化义。另外，从唐前及盛唐时期风词语的组合方式及文化义中，可以看出自然意义的“风”，逐渐与人的风度仪表、人伦道德、情感内容、社会风俗及文学艺术等领域产生了联系，人们通过隐喻映射的方式将自然风的特性投射于人体、道德、情感及社会领域，用以指称相应的概念，亦体现了天人合一，人与自然和谐统一、浑然一体的观念。当然，“天人合一”不是物我不分，将自然与人混为一谈，自董仲舒将其发展为“天人合一”的哲学思想体系以来，古人的认知就完成了从区分物、我到重新肯定人与自然的统一的阶段，认为人与天地万物之间存在着有机的联系。刘长林（2008：320）指出：“宇宙一体、天人合一的思想使艺术家们确信，人心中所要抒发的东西，都可以在外间世界找到相应的事物、恰当的表现形式为之寄托。因为宇宙是人的放大，万物是心的外化。”卡西尔也说：“天人合一”是中国的根本隐喻①。因而，盛唐诗歌中诸多风词语的文化义与人的情感有关，盛唐诗人通过隐喻认知方式，用自己内心世界的寒、凉、冷、暖、悲、喜解释外部世界中风的性状与动态，赋予风以人的情感、生命、行为等特征，再反过来用不同态貌、温度、景观的“风”所传递的文化意义表达自己内心复杂的心理感受，使不同类别的风成为自己抒发情感的“出口”。这样，经过时间的沉淀，不同的“风”便成为各种心绪的代表，成为诗人抒发情志的寄托，因而也就具有了相应的文化义。

① 转引自季广茂：《隐喻视野中的诗性传统》，101页，北京，高等教育出版社，1998。

二、汉民族注重形象思维和直觉体验的认知特点的影响

中国古代“天人合一”的思想强调人与自然之间的有机联系与相互作用，认为天地万物，包括人在内，都是一个统一的整体，因此表现在思维特点上，就是善用类比和联想，以具体、形象的方式表达所言说的内容。同时，古人的类比与联想，“近取诸身，远取诸物”，往往通过感性的顿悟来认识和表达事物之间的联系，具有直觉体验的特点。古人这种形象思维和直觉体验的认知方式，也对词汇数量的增长及文化义的产生，有着重要的影响。如汉语中的“劦”一词，《说文》曰：“同力也，从三力。”许慎曰：“同力者，和也。和，调也。”[①]“劦”的甲骨文字形象三耒，表三人三耒合力并耕。之后人们又取该词之意，创造了恊、勰、协（協）三词，分别表示“同心之和”“同思之和”“同众之和”，通过形象直观的方式完成了词汇的扩展和意义的表达。又如孔子关于德政的隐喻：“为政以德，譬如北辰，居其所而众星共之。”（《论语·为政》）通过形象的譬喻说明了统治者施行德政的效果，也使“北辰”具有了“帝王或受尊崇的人”[②]的文化义。

盛唐诗歌风词群的形成和文化义的产生，同样受到了汉民族注重形象思维和直觉体验的认知方式的影响。还是从孔子说起，其“君子之德风，小人之德草”（《论语·颜渊》）的形象隐喻，使得“风”具有了“君子之德”“教化”的文化义，从而扩展出一系列表现人物风度、品格，教化、德泽的风词语。同时，盛唐诗歌风词群中出现的大量处所类和景观类的风词语，如天风、溪

① 许慎撰，段玉裁注：《说文解字注》，701 页，上海，上海古籍出版社，1988。

②《汉语大词典》“北辰”词条，义项 2。

风、林风、岸风、湖风、杉风、风鸳、风花、风蝶、风潭、风榛、风燕等，也是诗人们通过自己的直觉体验和主观感受，形象、具体地展现不同种类的风及风中的不同景观。另外，在形象思维方式的影响下，盛唐诗人通过“风是人”“风是实体”的隐喻，创造了一系列风的组合，赋予风以人的气质、力量、动作、情感等，来认知和理解关于风的体验。

在文化义的产生方面，盛唐诗歌中诸多风词语隐喻义的产生，均体现了形象思维的特点。如“风云”具有君臣遇合的文化义，是以《周易》“云从龙，风从虎”之说，隐喻明君与贤臣的相遇、相从，成就大业；北风、风雨具有国家/社会动荡的文化义，是以风、雨的破坏性形象地比拟社会动荡给人民带来的灾难；另外，盛唐诗歌中具有寒凉属性的西风、秋风、凉风、北风等，均以风的凄寒映射人物内心的悲凉，是古人将身体感受到的“寒”推移到心理范畴，通过隐喻的方式形象、真切地表达抽象、难以言说的心理状态。

三、汉民族的生存状态及认知发展过程的影响

由于认知的局限，中国古人最早认识到的风是有神灵主宰的。甲骨文中以凤为风，且有“帝其令风”“帝使风”“于帝使风、二犬”等记载；《尚书·洪范》中以风作为上天奖惩帝王为政得失的征象之一，有“曰圣，时风若”[①]的记载，指君王圣明，天气就会适时适度刮风；《尚书·金縢》中也有“大风拔木，禾

① 李民、王健：《尚书译注》，227页，上海，上海世纪出版股份有限公司，上海古籍出版社，2004。

尽偃；成王启金滕之书，迎周公，天乃反风，禾尽起”[①]之事，表明在殷商至西周时期，古人眼中的风更多地具有神性色彩，被认为是天帝的使者，预示着人间的灾异与祸福，因而也有了祭祀风的活动。从以上记载中也可以看到，风在古人眼中之所以具有如此神秘又崇高的地位，最根本的原因还是其对于农业生产顺利与否的直接影响。因此，有了先秦时期的“省风”传统，如前第六章第二节所述，“省风”一方面是通过音乐来审察风气与土气，以指导农事；另一方面是“省中和之风以作乐，然后可移恶风，易恶俗也”[②]。由此，风就与音乐、风土、教化有了密切的联系。到后来《诗大序》“风，风也，教也”之说及孔子“君子之德风”的论断产生之时，风作为一种自上而下的、潜移默化的力量，其教化、德泽之意最终得以确立。到魏晋南北朝时期，风又作为人物品评和文学艺术作品鉴赏的标准，具有了风操、风度、风格等文化义。至此，我们可以看出，风的意义演变体现了古人认知发展、成熟的轨迹。从最初因敬畏、恐惧而产生的风神崇拜，到后来通过观察与实践，掌握时令风的特点并合理安排农事，再到通过隐喻认知方式，通过风的特点认知生活中关于音乐、教化、德泽的体验，再将该隐喻扩展到人伦鉴赏及艺术作品鉴赏的领域，等等。人们对风的认知经历了从感性体验到理性认知的过程，因而风的意义也不再局限于单纯的自然现象，而是随着古人的认知发展，扩展到社会生活的诸多领域。从盛唐诗歌风词群中可以看出，盛唐时期的“风”继承了前代产生的文化义，但已基本褪去

① 李民、王健：《尚书译注》，240 页，上海，上海世纪出版股份有限公司，上海古籍出版社，2004。

② 杨伯峻：《春秋左传注》，1424 页，北京，中华书局，1990。

了神性色彩。诗人们在理性认知的基础上将“风”为我所用，通过“风”与其他词/语素的灵活搭配，产生了自然意义范畴的、和人有关的意义范畴的及社会文化意义范畴的风词语，其中自然意义范畴的风词语包括不同类别、不同性状及不同动态的风，也呈现出风中的不同景观，均为写景状物及营造诗歌氛围服务。三个意义范畴的风词语在诗人创造性的隐喻中均表现出不同的文化义，如以风的冷暖映射人物内心的悲凉与喜悦，情绪的低沉或高昂；以风的破坏性映射国家的动荡或人生的艰危处境；以风的速度映射社会生活中人、马、船等的行动迅速；以风向的下方隐喻下位或劣势（下风）；以风的传播性隐喻消息的传播（风听、风声）等。另外，社会文化意义范畴的风词语中，也有一些是以事物在风中的状态或功用等为事物命名，或以建筑物在风中的状态、景观为其命名，如风筝、风帽、风榭等，反映出风与社会生活的更为密切的联系，也体现了古人命名、造词的智慧。

四、古代文人文化心理及观物审美上的变化的影响

由于风对我国古代农业生产的重要影响，使得它是最早进入人们视线的自然现象之一，也在很早的时候就出现在诗歌中。先秦时期《诗经》及其他诗歌中均有“风”出现，数量不多，主要是自然意义的风，个别与风神崇拜及人的情感有关，如《绿衣》中寄托丈夫对妻子深切思念的“风”和《萚兮》中表现少女青春情思的“风”。《楚辞》中的“风”则是诗人抒发主观情感的重要寄托，多表现出悲愁的色彩，且有含风俗、教化之意的“风”出现。汉魏时期，由于社会战乱频繁、动荡不安，诗人们的视角更多转向对于现实的关注和生命的思考，故诗歌中的“风”继承

了“诗骚”的悲情传统，亦多表现出悲愁的特点，悲风、北风、秋风、凉风等均成为诗人内心悲凉凄清情感的寄托。至两晋南北朝时期，受社会政治形势的变化及道家老庄学说的影响，文人传统的儒家政教精神逐渐衰退，对政治采取规避疏远的态度，诗歌内容上开始将对政治与民生的关注转向玄言、山水、田园、闺情及宫廷，情感倾向上则由悲愁苦闷转向愉悦闲适，偶尔出现低回怅惘的情绪。因此，这一时期的“风”悲情较少而多闲适恬淡之貌，惠风、轻风、和风、微风、景风等表现内心舒适愉悦之感的风词语在诗歌中频频出现，风词语的数量不断增多且所表现的情感内涵也丰富起来。同时，含风俗教化及风度仪表之意的“风”及风词语也多次出现，进一步壮大了风词群的队伍。

到了盛唐时期，政治的开明、国力的强盛、经济的繁荣等因素成就了文人的进取精神和开阔胸襟，表现在诗歌中则是气度恢宏、含蓄蕴藉。怀抱济时用世之志，热衷求取功名的诗人们或寄情山水田园之间，或书写立功塞上的豪情；既有洒脱豪放的气度，又有忧国忧民的情怀。因此，反映在诗中所用的风词语中，则表现为风词语的数量大为增加，所具有的文化义也更加丰富，盛唐诗歌风词群以较为丰富的样貌展现在我们眼前。其中，基本包含了前代所用到的风词语，并开拓出一些创造性的组合，其中的溪风、湖风、杉风、竹林风、松里风、松下风、风渚、风鸳、风榛等词语，既体现了风及风中景观的灵动美好，也表现了诗人心中的平静与舒适。风词语的文化义也涵盖了风俗，教化，人物风度仪表、品德操行，诗文风格气韵等内容，同时也具有表现诗人情感的文化义。与前代不同的是，盛唐诗歌中的风及风词语，在诗歌语境的作用下，除了以寒凉的属性映射诗人内心悲凉的情感，或为引发情思之物以外，也以风带给人的清凉舒适之感映射人物心中的快意舒畅、闲适惬意；亦或用风的气势隐喻人的风威、风致。总之，盛唐诗人亦受儒家修身、齐家、治国、平天下传统思想的影响，有着立德、立功、立言之志，但由于社会和文化环境的开放，加之佛、道思想的影响，使得诗人的性格迥然有异，创作风格也有所不同。这就决定了他们既不同于感时伤世的汉魏文人，多钟情于悲风意象；也不同于情感淡漠的玄言诗人，多书写恬静淡薄之风；而是在慷慨激昂中亦有抑郁不得志的忧闷，也常常徘徊在出世与入世的矛盾之中。因此，盛唐诗歌风词群就呈现出不同的风格，在隐喻映射机制的作用下，风词语的情感内涵较为丰富，既有伤感悲凉的，也有轻松愉悦的，亦有饱含激情壮志的。

另外，盛唐诗歌中，也常出现拟人及通感隐喻，诗人在对天人关系理性认知的基础上，通过人的特点认知关于风的体验；也以通感隐喻的方式，用“风”“清风”喻指带给人清凉舒适之感的音乐。这是盛唐诗人创造相似性的隐喻，通过触觉感受来描述和认知听觉感受，为人们认知关于音乐的体验提供了新的视角。

基于以上论述，我们可以说，盛唐诗人相较于前代诗人文化心理上的变化及观物审美上的变化，都对风词群队伍的壮大及文化义的扩展起到了重要的作用。

第八章　结论及后续研究的思考

第一节　主要结论

通过对盛唐诗歌中风词群的研究，我们了解到自然界中看似普通的风，在中华先民眼中有着非凡的意义，从它最早进入人们的视线开始，到盛唐诗歌中呈现出丰富的样貌，扩展出大量的风词语，“风”及“风词语”均产生丰富的文化义，都与古代汉民族在与客观世界互动过程中认知发展的进程有关。在这一过程中，隐喻、转喻认知方式及社会文化的影响都起到了积极的作用。

本书分析了盛唐诗歌风词群的整体面貌，重点分析了盛唐诗歌风词群中词语文化义的产生机制及使用情况，统计了在盛唐诗歌中出现频率较高的风词语文化义的显著度，主要得出以下结论：

第一，盛唐诗歌中共出现“风”1656次，其中“风”单独使用341次，与其他词语搭配使用1315次。按照意义范畴可将盛唐诗歌风词群分为自然意义范畴、与“人”有关的意义范畴和社会文化意义范畴的三类。

盛唐诗歌中单独使用的“风”，仅有一小部分单纯指自然界的“风”，在诗句中无特别的含义，其余的则或凸显“风”的隐含意义，为营造诗歌氛围，表达诗人情感服务；或直接呈现“风”的文化义，如表示人的风操、风度、风习、疾病等，其中文化义都是在隐含意义的基础上通过隐喻、转喻认知方式及社会文化的赋予获得的。

第二，盛唐诗歌中自然意义范畴的风词语包括不同温度、态貌、季节、来向、时间、处所、景观等类别的风，风词语的数量比前代大为增加，命名及分类也颇为细致，体现出当时人们对风的认识已渐趋成熟。这一类风词语的字面义均与自然风相关，但在盛唐诗歌中大多具有渲染诗歌氛围，表达诗人心境的作用，其中，四方风、四季风、长风、飘风、风云、风雨、风尘等出现频率较高的风词语，都含有较为丰富的文化义，且多数词语文化义的总使用频率高于其自然义，而东风、北风、西风、秋风、凉风、风云、风尘的显著度最高的文化义的使用频率高于它们各自自然义的使用频率。因此，我们可以说，盛唐诗歌中出现频率较高的自然意义范畴的风词语，多数情况下均呈现其文化义。这一类风词语显著度较高的文化义多与人的心境有关，这种物我交融，将外界事物与人内心情感对应的方式体现了古人天人合一、世间万物皆有普遍联系的思维特征。此外，四方风显著度最高的文化义基本都是转喻四季，这体现了古人在认知客观世界的过程中对于时间与空间联系的基本认识。

第三，盛唐诗歌中与“人”有关的意义范畴的风词语的文化义，均体现了“风”与人的气度、才华、风范道义、情感、疾病等的关系。风所具有的超脱、高远、自由不羁的特点是古代君子孜孜以求的，且与人内在抽象不可捉摸的精神与气质具有相似性，故“风”被用来隐喻由人内在的精气、道德与禀赋所体现出来的君子的气度与风神。加之“风动万物于无形”的特点及孔子“君子之德”的隐喻，“风”就具有了人的品德、风操的文化义。盛唐诗歌中体现该文化义的词语有清风、轩风、英风等，在诗歌语境中“清风”显著度最高的文化义是“高尚的品格 / 风范”，而轩风、英风等词语中的“风”直接指品德、风操。

与人的情感有关的风词语，包括自然意义范畴中通过隐喻映射机制寄托诗人伤春悲秋、岁月易逝、壮志难酬等感伤的东风、春风、秋风、凉风等；也包括与人内心的凄寒形成隐喻映射的西风、北风、寒风、烈风等；还包括表现人的愉悦闲适之感的熏风、景风、惠风等和表现人内心舒畅惬意之感的微风、清风、泠风等。盛唐诗歌中直接赋予风以人的情感特征，表达悲愁色彩的词为“悲风”。该词最早出现于东汉时期的文人诗歌中，是通过“风是人”的概念隐喻解释自然界中寒冷萧瑟、令人情绪低沉的风，进而使得“悲风”成为历代文人悲愁情绪的寄托。

盛唐诗歌中与人体疾病有关的风词语有风病、风疾、头风、风气等，该文化义的获得与中国古代中医理论中将风的破坏性映射于人体，以风隐喻体内致病因素对人的损伤，并以风指称相关病症有关，也体现了古人天人合一、注重整体的思维特征。即认为天地间的万事万物，包括人体在内，都构成一个系统的整体，具有普遍的联系。

第四，盛唐诗歌中社会文化意义范畴的风词语的文化义，均体现了“风”与风俗、教化、文学、音乐等的关系。“风”指风俗与风的区域性特征使得各地具有不同的自然地理条件，进而产生了不同的风尚习俗有关，是以原因转喻结果。“风”与文学、音乐、教化有关，首先与先秦时期的“省风”传统有关。“省风”所采集到的民间音乐与乐舞歌谣均反映不同地方的风气与土气，故“风”也指代民间音乐、歌谣。其次，风的潜移默化的力量与政治教化中上行下效的特点形成了隐喻映射，因而风也具有了教化之意。另外，两晋南北朝时期，风的清美、具有流动性、超凡脱俗等特点，也被投射于文学作品域，通过隐喻认知的方式来表现文学作品内在的气韵与艺术风格。因而“风”也开始被用于文学鉴赏，并产生了风骨、风格、风韵等词语，到了盛唐诗歌中，这些词语及相应的文化义继续被沿用，并有新的组合出现。

第五，通过对盛唐诗歌风词群的分析我们发现，从先秦至盛唐时期，随着古人渐进性、关联性的认知发展过程，古人关于“风”的认识也完成了从感性到理性、从模糊到清晰的过程。在这一过程中，隐喻、转喻认知手段及社会文化的发展都起到了决定性的作用。在这一过程中，逐渐形成了以“风”的本义为核心意义、典型成员，以风的文化义为非核心意义、边缘成员的语义网络。同时，在风范畴中，由风的文化义扩展出的风词语成为该语义系统 / 网络中的次范畴，这些次范畴也在风的隐含意义的基础上，通过转喻、隐喻认知手段和社会文化的赋予获得了丰富的文化义。因此，盛唐诗歌中风词群的数量与前代相比大为增长，“风”及“风词语”的文化义也在继承前代的基础上进一步发展，构成了盛唐时期的“新风”世界。

第六，本研究为汉语中基本词汇文化义、语义系统的研究做了探索性的工作，在国际中文教育领域，这些研究成果将对汉语教师语言与文化素质的培养，对汉语学习者语用能力、跨文化交际能力的提高及学习型词典中文化义义项的补充发挥积极的作用。

第二节　本研究在国际中文教育中的应用价值

语言是人类认知世界、表达思想及传承文化的重要工具。语言中的词汇，“多多少少忠实地反映出它所服务的文化，从这种意义上说，语言史和文化史沿着平行的路线前进”①，因此，语言和文化有着密切的联系，对任何语言的学习和掌握都不能脱离文化单独进行。汉民族有着悠久的历史和文化传统，汉语词汇势必在长期的发展和演进过程中产生丰富的文化义，具有民族文化的特性。按照黄金贵（1993）的观点，汉语中的词汇依据体现文化意义的不同，可以分为文化词语和通义词语两类。文化词语中除了反映汉民族历史文化的纯文化词语以外，还包括大量表面上看起来是通义词语，实则含文化义义项的交叉型词语，这些交叉型词语的文化义通常表现在语用中，对语境有一定的依赖性。对于汉语母语者而言，大部分词语的文化义是约定俗成的，已通过联想、象征等方式固定下来，少部分文化义则可以通过上下文语境获得；但对于以汉语作为第二语言的学习者来说，由于文化背景的差异，或对汉民族文化缺乏了解，使他们往往对汉语中一些词汇所表达的深层含义无法理解，更谈不上恰当使用，因此学习到一定阶段后语言能力的发展出现化石化现象，很难实现“质”的飞跃，达到理想的汉语水平。这就要求我们在汉语词汇教学中必须重视文化义的讲授，尤其要重视那些表面上看起来无文化义，属于通义词语，而在语用过程中呈现出丰富的文化义的词语。这些词语在汉语中数量较多，所含文化义义项也较繁多，因此在教学过程中教学顺序的安排、教学内容的取舍、为学生讲解的准确性等问题都是我们所要面对的。

基于以上原因，我们尝试通过对盛唐诗歌中风词群文化义

① 爱德华·萨丕尔：《语言论——言语研究导论》，陆卓元译，196页，北京，商务印书馆，1985。

的研究，理清中国古代诗歌中“风”及“风词语”文化义的产生机制和发展脉络，并希望以此为基础，继续探讨汉语中其他自然物象类等基本词汇的文化内涵及产生的理据，构建多个以汉语中使用频率较高的词语的基本义为核心范畴、典型成员，以该词语的文化义为边缘成员、非典型意义的语义网络，实现对汉语中一些基本词汇语义系统的清晰认识及宏观把握。我们认为，这一研究，在国际中文教育中有着切实的应用价值。

第一，在汉语教师培养方面，我们认为，一名好的汉语教师，应该了解自己语言的精妙之处，具有很好地对于汉语词汇和文化的整体认知和把握能力。通过盛唐诗歌中风词群的研究，我们发现“风”及“风词语”文化义的产生，与汉民族认知方式、思维特点、价值观念等因素密切相关，对风词群及其成员文化义的认识和了解必然伴随着对相关文化内容的了解和认识。因此，汉语中以“风”为代表的基本词汇文化义的研究及语义网络的构建，能够帮助汉语教师形成对于一些基本词汇语义引申脉络和相关文化内容的整体认识，使他们在词汇教学过程中不但能够准确地向学习者阐释词汇意义，介绍语用规则，说明该意义产生的理据，还能够以润物无声、潜移默化的方式进行文化教学，使汉语学习者在词汇学习过程中领悟汉民族遣词造句的智慧及源远流长的文化传统。同时，对词汇文化义产生理据的介绍也能够帮助学生建立同一词语不同意义之间的联系，能够加深他们对多义词各义项的理解和记忆。

第二，在汉语词汇意义教学内容的取舍和教学顺序的安排方面，词汇文化义显著度研究的结果可以作为参考。由于教学时间和学生精力的限制，汉语教师不可能向学生讲授所学词汇的所有文化义，而且一些文化义的使用频率不高，对于普通学习者而言也没有必要在课堂学习中掌握，因此，在学习了某个词语的基本义之后，可以结合该词文化义在现代汉语中的使用情况，挑选其文化义显著度较高的义项，给予学生一定的语境，展开教学。

第三，对于以汉语作为第二语言的学习者而言，词汇文化义的学习对提高他们的汉语理解力、语用能力及跨文化交际能力都有着积极的意义。由于汉外文化的差异，学习者母语与汉语中一些表层指称意义相同的词语，可能具有不同的文化内涵，存在语义空缺现象。如汉语中“东风”指“春风”或“春天”，给人以温暖舒适之感；“风云”具有君臣遇合之义，这些文化义是其他语言中与它们相对应的词汇所没有的。而且通过对盛唐诗歌风词群中一些出现频率较高的风词语文化义显著度的统计，我们发现在语用过程中，很多词语文化义的使用频率高于其基本义，这充分说明了将词汇文化义融入教学的必要性。汉语教师在教学中如能根据学习者的汉语水平适度加入词汇文化义的内容，填补语义空缺，则能在很大程度上帮助学习者扫清阅读中的障碍；同时，随着文化义出现频次的增加，学习者也会逐渐学会在适当的语境中使用这些文化义，语用能力及跨文化交际能力均会相应提高。

第四，汉语中基本词汇文化义的研究，可以为针对汉语第二语言的学习者所编纂的学习型词典提供补充。根据章宜华、杜焕君（2010）的研究，留学生的汉语水平与他们对汉语学习词典中文化信息的需求度呈现正相关，即汉语水平越高，对汉语词典中文化内容的重视程度也越高。我们翻阅了《商务馆学汉语词典》《汉语 8000 词词典》《 HSK 汉语水平考试词典》《学汉语用例词典》等面向留学生的学习型词典，发现这些词典的收词基本以《汉语水平词汇与汉字等级大纲》为准，其中反映了部分词语文化义的内容，但由于收词数量的限制，使得许多含文化义也较常用的词语未能在词典中出现。以我们研究的风词群为例，东风、春风、风云、风雨等常见词汇在这些词典中并未作为单独的词项出现，故也无这些词语文化义的介绍。这一类词典具有简洁、明晰、易读的特点，能够满足初、中级汉语水平的学习者的需求，但对于有更高要求的汉语学习者而言，则显不足。对于大多数语言学习者而言，能否灵活地使用语言在很大程度上取决于他们对于多义词的掌握和义项的准确选择，而这一能力的获得除了课堂学习之外，如果我们的学习型词典中也能够较多地呈现多义词的常用义项，较多出现文化义的义项，并提供例句，这将给予学习者莫大的帮助。因此，我们认为，面向以汉语为第二语言的学习者所编纂的词典中，应该至少有一部收词比较详尽，对词语文化义的解释也比较详细、具体的词典。不仅要收入从字面意义上就体现出文化特色的词语，也要收入那些看似无文化义，但在语用中呈现出丰富文化义的词语，而且在词典编写过程中能够充分考虑到词语文化义产生的理据，将多义范畴中关联较密切的义项编排在一起，帮助学习者建立义项间的联系，系统地学习多义词。而词典中这些内容的充实都有赖于前期对词语文化义及汉语中基本词汇语义系统的研究。

总之，词汇教学在国际中文教育中有着举足轻重的作用，其教学效果的好坏直接决定着汉语学习者语言水平的高低。我们对于盛唐诗歌风词群文化义的研究，部分内容可直接用于汉语教师培训及汉语教学，但其更主要的意义在于为研究汉语中一些基本词汇的语义系统、文化义的产生机制做了探索性的工作，在此基础上，进一步研究的展开，将为汉语词汇教学贡献更多的力量。

第三节　后续研究的思考

本书立足于盛唐诗歌风词群，研究了其中“风”及“风词语”的文化义及产生机制，构建了风—风词语—文化义的语义网络，通过研究的展开我们发现，还有许多重要的内容都未能涉及，可以在后续研究的工作中继续加以完善。

第一，语义是思维和文化的体现者，同时也是人类思维和文化发展的结果，因此它是具有传承性的，也是动态的，故只着眼于盛唐诗歌，还不能做到对风词语文化义及演变源流的全面把握。虽然我们在研究过程中注意通过已有研究及典籍资料了解唐前风词语文化义的发展过程，但想要彻底理清其文化义，历时性的、延续性的研究是有必要的。尤其是风词语在盛唐之后直至现代汉语中文化义的演变及使用情况也是值得考察的，这对我们形成关于风的整体认知，指导汉语教学都是有意义的。

第二，在语料收集过程中，我们发现其他自然物象类词语，如山、水、云、雨等，在中国古典诗歌中的使用频率也很高，也具有丰富的文化义。因此，这一类词语的文化义也可作为我们考察的对象。

第三，我们关于风及风词语文化义的研究，最终的落脚点是国际中文教育。汉语中的一些基本词汇，字面意义不是理解的难点，最难把握的是其文化义，因其与语境、情景、文化传承都有关系。因此，如何通过词语文化义的研究帮助汉语教师建立对于汉语词汇的整体认知，使他们具有更好地安排词汇教学顺序、阐释词汇意义等的能力，是我们需要继续研究和探讨的。同时，词汇文化义更能体现出汉民族文化的特点，如何使文化教学与语言教学相互促进，也是我们继续研究的方向。

参考文献

一、著作

[1] 爱德华·萨丕尔．语言论——言语研究导论．陆卓元，译．北京：商务印书馆，1985.

[2] C. 恩伯，M. 恩伯．文化的变异——现代文化人类学通论．杜杉杉，译．沈阳：辽宁人民出版社，1988.

[3] 班固．汉书．北京：中华书局，1962.

[4] 常敬宇．汉语词汇文化．北京：北京大学出版社，1995.

[5] 陈鼓应．庄子今注今译．北京：中华书局，1983.

[6] 陈建民．中国语言和中国社会．广州：广东教育出版社，1999.

[7] 陈铁民．王维集校注．北京：中华书局，1997.

[8] 陈贻焮．增订注释全唐诗．北京：文化艺术出版社，2001.

[9] 陈植锷．诗歌意象论：微观诗史初探．北京：中国社会科学出版社，1990.

[10] 程俊英，蒋见元．诗经注析．北京：中华书局，1999.

[11] 戴昭铭．文化语言学导论．北京：语文出版社，1996.

[12] 邓炎昌，刘润清．语言与文化．北京：外语教学与研究出版社，1989.

[13] 董乃斌．王维集．南京：凤凰出版社，2006.

[14] 房玄龄等．晋书．北京：中华书局，1974.

[15] 冯英，李顺琴．汉语义类词群的语义范畴及隐喻认知研究．北京：北京语言大学出版社，2009.

[16] 符淮青．词义的分析和描写．北京：外语教学与研究出版社，2006.

[17] 符淮青．现代汉语词汇．北京：北京大学出版社，1985.

[18] 高光复．高适岑参诗译释．哈尔滨：黑龙江人民出版社，1984.

[19] 葛本仪．汉语词汇研究．北京：外语教学与研究出版社，2006.

[20] 葛景春．李白诗选．北京：中华书局，2005.

[21] 葛兆光．禅意的“云”：唐诗中一个语词的分析（个案研究之二）（1990）// 葛兆光．中国宗教与文学论集．北京：清华大学出版社，1998.
[22] 郭锦桴．汉语与中国传统文化．北京：商务印书馆，2010.
[23] 郭沫若．甲骨文合集（第五册）．北京：中华书局，1979.
[24] 韩成武，张志民．杜甫诗全译．石家庄：河北人民出版社，1997.
[25] 何宁．淮南子集释．北京：中华书局，1998.
[26] 黄怀信，张懋镕，田旭东撰，李学勤，审定．逸周书汇校集注．上海：上海古籍出版社，1995.
[27] 胡壮麟．认知隐喻学．北京：北京大学出版社，2004.
[28] 黄金贵．古代文化词义集类辨考．上海：上海教育出版社，1995.
[29] 黄金贵．古代文化词语考论．杭州：浙江大学出版社，2001.
[30] 黄晋凯，张秉真，杨恒达．象征主义·意象派．北京：中国人民大学出版社，1989.
[31] 季广茂．隐喻视野中的诗性传统．北京：高等教育出版社，1998.
[32] 季广茂．隐喻理论与文学传统．北京：北京师范大学出版社，2002.
[33] 杰弗里·利奇．语义学．李瑞华，等译．上海：上海外语教育出版社，1987.
[34] 蒋绍愚．唐诗语言研究．北京：语文出版社，2008.
[35] 卡西雷尔．语言与神话．于晓，译．北京：三联书店，1988.
[36] 蓝纯．认知语言学与隐喻研究．北京：外语教学与研究出版社，2005.
[37] 雷可夫，詹森．我们赖以生存的譬喻．周世箴，译．台北：联经出版社，2006.
[38] 李昉．太平御览．北京：中华书局，1960.
[39] 李福印．认知语言学概论．北京：北京大学出版社，2008.
[40] 李景白．孟浩然诗集校注．成都：巴蜀书社，1988.
[41] 李民，王健．尚书译注．上海：上海世纪出版股份有限公司，上海古籍出版社，2004.
[42] 李圃，甲骨文选注．上海：上海古籍出版社，1989.
[43] 李寿松，李翼云．全杜诗新释．北京：中国书店，2002.

[44] 李学勤，主编，《十三经注疏》整理委员会，整理．春秋左传正义．北京：北京大学出版社，2000.
[45] 李学勤，主编，《十三经注疏》整理委员会，整理．毛诗正义．北京：北京大学出版社，1999.
[46] 李学勤，主编，《十三经注疏》整理委员会，整理．周礼注疏．北京：北京大学出版社，1999.
[47] 李学勤，主编，《十三经注疏》整理委员会，整理．周易正义．北京：北京大学出版社，1999.
[48] 李云逸．王昌龄诗注．上海：上海古籍出版社，1984.
[49] 李壮鹰．诗式校注．北京：人民文学出版社，2003.
[50] 刘宝和．李颀诗评注．太原：山西教育出版社，1990.
[51] 刘长林．中国系统思维——文化基因探视．北京：社会科学文献出版社，2008.
[52] 刘叔新．汉语描写词汇学．北京：商务印书馆，1990.
[53] 陆玖，译注．吕氏春秋．北京：中华书局，2011.
[54] 逯钦立，辑校．先秦汉魏晋南北朝诗．北京：中华书局，1983.
[55] 陆宗达，王宁．训诂与训诂学．太原：山西教育出版社，1994.
[56] 罗仲鼎．阮籍咏怀诗译解．南京：南京大学出版社，1999.
[57] 毛公传，郑玄笺．毛诗正义．上海：上海古籍出版社，1990.
[58] 欧阳询，撰，汪绍楹，校．艺文类聚．上海：上海古籍出版社，1965.
[59] 彭定求，等．全唐诗．北京：中华书局，1960.
[60] 浦起龙．读杜心解．北京：中华书局，1978.
[61] 仇兆鳌．杜诗详注．北京：中华书局，1979.
[62] 上海师范大学古籍整理研究所．国语．上海：上海世纪出版股份有限公司，上海古籍出版社，1998.
[63] 司空图，著，罗仲鼎，蔡乃中，注．二十四诗品．杭州：浙江古籍出版社，2013.
[64] 束定芳．语言的认知研究——认知语言学论文精选．上海：上海外语教育出版社，2004.
[65] 束定芳．认知语义学．上海：上海外语教育出版社，2008.

[66] 束定芳 . 隐喻学研究 . 上海：上海外语教育出版社 .2000.
[67] 司马迁 . 史记 . 北京：中华书局，2011.
[68] 苏新春 . 文化语言学教程 . 北京：外语教学与研究出版社，2006.
[69] 苏新春 . 汉语词义学 . 北京：外语教学与研究出版社，2008.
[70] 孙常叙 . 汉语词汇（重排本）. 北京：商务印书馆，2006.
[71] 孙钦善 . 高适集校注 . 上海：上海古籍出版社，1984.
[72] 孙希旦 . 礼记集解 . 北京：中华书局，1989.
[73] 孙毅 . 认知隐喻学经典文献选读 . 北京：中国社会科学出版社，2010.
[74] 王克让 . 河岳英灵集注 . 成都：巴蜀书社，2006.
[75] 王念孙 . 广雅疏证 . 北京：中华书局，1983.
[76] 王宁 . 训诂学原理 . 北京：中国国际广播出版社，1996.
[77] 王琦 . 李太白全集 . 北京：中华书局，1977.
[78] 王文斌 . 隐喻的认知构建与解读 . 上海：上海外语教育出版社，2007.
[79] 王文锦 . 礼记译解 . 北京：中华书局，2001.
[80] 王晓朝 . 希腊哲学简史——从荷马到奥古斯丁 . 上海：上海三联书店，2007.
[81] 王寅 . 认知语言学 . 上海：上海外语教育出版社，2007.
[82] 勒内 · 韦勒克，奥斯汀 · 沃伦 . 文学理论（修订版）. 刘象愚，邢培明，陈圣生，李哲明，译 . 南京：江苏教育出版社，2005.
[83] 吴国华，杨仕章 . 语言国情学 . 上海：上海外语教育出版社，2005.
[84] 伍谦光 . 语义学导论 . 长沙：湖南教育出版社，1988.
[85] 萧统，编，李善，注 . 文选 . 上海：上海古籍出版社，1986.
[86] 小野泽精一，福永光司，山井涌 . 气的思想——中国自然观与人的观念的发展 . 李庆，译 . 上海：世纪出版集团，上海人民出版社，2014.
[87] 解海江，章黎平 . 汉语词汇比较研究 . 北京：中国社会科学出版社，2008.
[88] 谢华，编著 . 黄帝内经 . 北京：中医古籍出版社，2000.
[89] 邢福义，主编 . 文化语言学 . 武汉：湖北教育出版社，2000.
[90] 许家琍 . 李白诗“风”意象之研究 . 台湾新北：花木兰文化出版社，2012.

[91] 徐坚，等．初学记．北京：中华书局，1962.
[92] 许慎．说文解字．北京：中华书局，1963.
[93] 许慎，撰，段玉裁，注．说文解字注．上海：上海古籍出版社，1988.
[94] 杨伯峻．论语译注．北京：中华书局，1980.
[95] 杨伯峻．春秋左传注．北京：中华书局，1990.
[96] 杨琳．汉语词汇与华夏文化．北京：语文出版社，1996.
[97] 应劭．风俗通义校释．天津：天津人民出版社，1980.
[98] 杨元刚．英汉词语文化语义对比研究．武汉：武汉大学出版社，2008.
[99] 袁行霈．中国文学史．北京：高等教育出版社，2005.
[100] 詹福瑞．李白诗全译．石家庄：河北人民出版社，1997.
[101] 詹锳．李白全集校注汇释集评．天津：百花文艺出版社，1996.
[102] 张辉，卢卫中．认知转喻．上海：上海外语教育出版社，2010.
[103] 张辉．认知语义学研究．上海：上海外语教育出版社，2011.
[104] 张联荣．汉语词汇的流变．郑州：大象出版社，2009.
[105] 周光庆．从认知到哲学：汉语词汇研究新思考．北京：外语教学与研究出版社，2009.
[106] 周光庆．汉语词汇认知・文化机制研究．北京：商务印书馆，2012.
[107] 周振甫．《诗品》译注．南京：江苏教育出版社，2006.
[108] 朱立元．当代西方文艺理论．上海：华东师范大学出版社，2005.
[109] 朱全国．文学隐喻研究．北京：中国社会科学出版社，2011.
[110] 宗文点校．华严经．北京：宗教文化出版社，2011.
[111] Lakoff, G. 1987. Woman, Fire and Dangerous Things: What Categories Reveal about the Mind. Chicago: University of Chicago Press.
[112] Lakoff, G. & Johnson, M. 1980. Metaphors We Live By. Chicago: University of Chicago Press.
[113] Lakoff, G. & Turner, M. 1989. More Than Cool Reason: A Field Guide to Poetic Metaphor. Chicago: University of Chicago Press.
[114] Langacker, R. W. 2000. Grammar and Conceptualization. Berlin: Mouton de Gruyter.
[115] Newmark, P. 1988. A Textbook of Translation. New York: Prentice Hall.

[116] Nida, E. 1964. Toward a Science of Translating. Leiden: E. J. Brill.

[117] Radden, G.& Z. Kovecses. 1999. Towads a Theory of Metonymy. Panther In K. Panther & G. Radden(eds.). Metonymy in Language and Thought. Amsterdam/Philadelphia: John Benjamins.

[118] Taylor, John R.1989, 1995. Linguistic Categorization: Prototypes in Linguistic Theory. OUP.

[119] Ungerer, F. & H.J.Schmid. 1996. An Introduction to Cognitive Linguistics. London: Addison Wesley Longman Limited.

二、文章

[1] 常敬宇 . 汉语象征词语的文化含义 . 语言教学与研究，1992（4）：115–127.

[2] 陈兵，刘上扶 . 东风 VS 西风——中外汽车品牌中有关“风”的隐喻对比研究 . 西安外国语学院学报，2006（2）：15–17.

[3] 陈功焕 . 论汉语词语的文化义平面 . 汉字文化，2002（4）：15–17.

[4] 陈红 . 汉语词语的文化性 . 语文学刊：基础教育版，2012（3）：37–38.

[5] 陈琳琳 . 天气现象的隐喻化方式 . 科技信息，2009（5）：479–480.

[6] 陈明芳，彭寒珂 . 一词多义现象的转喻解析 . 云梦学刊，2007（2）：152–154.

[7] 陈岩 . 浅谈汉语词语的文化意义与中西文化差异 . 黑龙江社会科学，2005（2）：111–113.

[8] 崔利平 . 方位词的文化内涵 . 国学，2011（7）：60–61.

[9] 单春樱 . 汉语词语意味的文化探讨 . 云南师范大学学报（哲学社会科学版），2002（2）：5–9.

[10] 道尔吉 . 汉语方位词的文化涵义探析 . 内蒙古社会科学（汉文版），2001（5）：41–44.

[11] 刁生虎 . 水：中国古代的根隐喻 . 中州学刊，2006（5）：180–183.

[12] 丁国强 . 悲风劲吹与好风如水——一个古典意象的两种生存解读 . 浙江社会科学，2006（2）：182–185、209.

[13] 范庆华 ."东、西、南、北"及其文化内涵 . 汉语学习，1991（2）：35–37.

[14] 伏春宇 . 文化词汇研究综观 . 河北理工大学学报（社会科学版），2011（3）：109–112.

[15] 付新宇 . 社会文化与语言的联想意义 . 兰州学刊，1998（3）：32–33.

[16] 高培存 . 东风几多情——古典诗词东风意象探微 . 现代语文（文学研究），2010（4）：127–128.

[17] 过常宝 ."风"义流变考 . 北京师范大学学报（社会科学版），1998（2）：37–42.

[18] 韩梦春 ."火"字及词族一词多义现象的隐喻与转喻分析 . 教师，2009（23）：123–124.

[19] 何丽荣 . 李白诗歌中水意象的概念隐喻分析 . 湖南人文科技学院学报，2012（1）：46–48.

[20] 侯玲文 ."心"义文化探索 . 汉语学习，2001（3）：54–60.

[21] 侯素玲 . 浅析若干"颜色词"的象征及引申意义 . 兰州大学学报（社会科学版），2000（S1）：270–273.

[22] 胡超 ."花"词族概念框架研究 . 宜春学院学报，2009（1）：128–130.

[23] 胡德生 . 中国古代的屏风 . 寻根，1998（1）：18–21.

[24] 胡厚宣 . 甲骨文四方风名考 . 甲骨学商史论丛（上册）. 台北：大通书局，1972–1983.

[25] 胡赛龙 . 中英诗歌中水和风的自然意象对比 . 山东农业大学学报（社会科学版），2012（1）：114–118.

[26] 化振红 . 试论《高僧传》中的"风"及其词族 . 西南民族学院学报（哲学社会科学版），1999（S2）：67–71.

[27] 黄金贵 . 论古代文化词语的训释 . 天津师范大学学报（社会科学版），1993（3）：64–72.

[28] 黄康斌 .《孔子诗论》与"风"之涵义 . 郧阳师范高等专科学校学报，2008（4）：31–34.

[29] 汲传波．词的文化义、交际文化义与对外汉语教学．聊城师范学院学报（哲学社会科学版），2001（1）：118-121.

[30] 贾春华．一种以身体经验感知为基础形成的理论——以“六淫”中的风为例分析中医病因的隐喻特征．世界科学技术（中医药现代化），2011（1）：47-51.

[31] 蒋冰清，彭芬辉．汉语方位词东南西北的文化意义解读．湖南社会科学，2008（3）：193-196.

[32] 蒋绍愚．李白杜甫诗中的“月”和“风”——电脑如何用于古典诗词鉴赏 // 蒋绍愚．唐诗语言研究．北京：语文出版社，2008.

[33] 江荻．论汉藏语言历史比较词表的确定．民族语文，2000（3）：33-40.

[34] 解海江，章黎平．汉语文化词典的设计与编纂：2004 年辞书与数字化研讨会．2004.

[35] 解志维．“空穴来风”溯源．咬文嚼字，2005（10）：40.

[36] 赖德杰．“风俗”略考．内蒙古农业大学学报（社会科学版），2007（1）：30-31.

[37] 李琨．汉代诗歌“风”意象解析．太原理工大学学报（社会科学版），2005（2）：18-20.

[38] 李庆祥．中日颜色词语及其文化象征意义．外语研究，2002（5）：43-47.

[39] 李耸，冯奇．“风”和“wind”隐喻映射的文化透视对比．南昌大学学报（人文社会科学版），2006（4）：157-160.

[40] 李滕．“头”词族隐喻的认知分析．辽宁教育行政学院学报，2009（3）：160-161.

[41] 李天翼．论词语的文化意义及其特点．贵州民族学院学报（哲学社会科学版），2000（S1）：41-43.

[42] 李燕．汉语基本颜色词之认知研究．云南师范大学学报（哲学社会科学版），2004（2）：64-67.

[43] 梁德林．古代诗歌中的“风”意象．社会科学辑刊，1996（2）：128-131.

[44] 刘芳．古诗词中“风”的意象解析．文学教育（下），2008（6）：39.

[45] 刘泰然，陈雪．风：一个影响中国文化的本源性概念．阜阳师范学院学报（社会科学版），2011（1）：130－134.
[46] 刘晓梅．成语中方位词的文化隐喻功能．安庆师范学院学报（社会科学版），2011（2）：61－64.
[47] 刘永红，袁顺芝．我国语言国情学研究十年简评．中国俄语教学，1996（1）：45－50.
[48] 龙又珍．词汇与文化刍议．湖北师范学院学报（哲学社会科学版），2003（1）：137－140.
[49] 卢卫中．人体隐喻化的认知特点．外语教学，2003（6）：23－28.
[50] 鲁枢元．汉字“风”的语义场与中国古代生态文化精神．文学评论，2005（4）：83－92.
[51] 鲁枢元．奇特的汉字“风”．光明日报，2012-5-7（5）.
[52] 陆稼祥．修辞与文化的关系．浙江师范大学学报（社会科学版），2001（1）：29－33.
[53] 陆稼祥．再论修辞与文化的关系．浙江树人大学学报，2003（1）：50－53.
[54] 吕世生．从概念意义到文化语义：汉语新词语英译的隐喻认知模式分析．中国译协科技翻译委员会、广东省翻译协会、第十四届全国科技翻译研讨会论文汇编．南开大学外国语学院，2011：366－374.
[55] 吕晓丽．从隐喻认知角度分析“水”的语义演变．安徽文学（下半月），2009（11）：276－277.
[56] 马建奎．双语语文词典释义括注中的文化信息．辞书研究，2010（4）：81－87.
[57] 毛海莹．浅析汉民族生肖词语的文化附加义．修辞学习，2004（4）：59－61.
[58] 孟子敏．对外汉语中的文化词语 // 陈建民，谭志明，主编．语言与文化多学科研究．北京：北京语言学院出版社，1993：103－108.
[59] 牟发松．说“风流”——其涵义的演化与汉唐历史变迁．历史教学问题，2010（2）：4－16.
[60] 倪同刚．唐诗中“风”的意象．语文知识，2006（2）：5－6.

[61] 聂亚宁．水的概念隐喻．求索，2008（4）：199–200.
[62] 宁培龙．“风骨”源流考辨．绍兴文理学院学报（哲学社会科学版），2002（2）：31–35.
[63] 潘峰，李锂．红色文化义初探．汉字文化，2009（5）：87–91.
[64] 潘峰．传统绿色文化义位系统研究．汉字文化，2012（2）：22–30.
[65] 潘峰．论绿色文化词语的隐含义．作家，2011（22）：189–190.
[66] 钱爱娟．论风雨意象的独特精神内涵．黑龙江史志，2008（16）：95–135.
[67] 任玲玲．浪漫主义诗歌中风之意象．世界文学评论，2011（1）：99–101.
[68] 荣小措．建安“三曹”诗中的风意象考述．兰台世界，2011（22）：75–76.
[69] 荣小措．论“诗骚”中的风意象．语文学刊，2011（13）：48–49.
[70] 荣小措．论汉代诗中的风意象．咸阳师范学院学报，2011（5）：108–110.
[71] 荣小措．论南北朝诗中的风意象．飞天，2011（16）：4–5.
[72] 舒春玲．词语的形象性与文化义．内蒙古农业大学学报（社会科学版），2008（5）：207–208.
[73] 束定芳．论隐喻的诗歌功能．解放军外国语学院学报，2000（6）：12–16.
[74] 苏宝荣．词的语言意义、文化意义与辞书编纂．辞书研究，1996（4）：1–8.
[75] 苏瑞．隐性义素．古汉语研究，1995（3）：89–94.
[76] 苏新春．“实用”观念中的 20 世纪中国语言学．厦门大学学报（哲学社会科学版），1999（4）：1–6.
[77] 苏新春．当代汉语词汇研究的大趋势——词义研究．广东教育学院学报，1994（1）：38–42.
[78] 苏新春．论语言的人文性与词的文化义．学术研究，1994（3）：88–92.
[79] 苏新春．文化词语词典的收词与释义．辞书研究，1995（5）：38–44.
[80] 万旭明，郑雯．“风”之美学内蕴探源．新西部（下半月），2009（4）：

142–143.

[81] 汪少华，徐健．通感与概念隐喻．外语学刊，2002（3）：91–94.

[82] 王德春．国俗语义学和《汉语国俗词典》．辞书研究，1991（6）：8–16.

[83] 王光汉，曹焕英．词义是自在的 // 亚洲辞书学会．亚洲辞书学会第一届年会论文集．亚洲辞书学会，1999.

[84] 王吉象．“空穴”和“风”的关系．咬文嚼字，2005（10）：40–41.

[85] 王琪．2006 年以来的汉语新词语与社会文化．广西民族大学学报（哲学社会科学版），2011（4）：26–32.

[86] 王文斌，林波．论隐喻中的始源之源．外语研究，2003（4）：9–12.

[87] 王文斌．论汉语“心”的空间隐喻的结构化．解放军外国语学院学报，2001（1）：57–60.

[88] 王寅，认知语言学的哲学基础：体验哲学．外语教学与研究，2002（2）：82–89.

[89] 魏春木．跨文化交际中的语义位移研究．外语教学，1993（1）：23–28.

[90] 翁婷婷．论“风流”的用法及其词义演变．南方论刊，2009（2）：65–67.

[91] 吴冬梅．风与逍遥、困顿——庄子对风的研究及其对风之意象的运用．社会科学战线，2010（10）：42–44.

[92] 吴国华，彭文钊．关于语言国情学．当代语言学，2001（3）：199–209.

[93] 吴建辉，马林．论建安诗歌中的“悲风”意象．湖南文理学院学报（社会科学版），2007（6）：91–94.

[94] 吴玲娟，许婺．英汉“上 / 下”方位隐喻的认知文化对比分析．甘肃联合大学学报（社会科学版），2007（3）：104–107.

[95] 吴土良．汉语词的文化义与文化个性．浙江树人大学学报，2002（1）：50–55.

[96] 吴新明，潘桂娟．《黄帝内经》八风理论探源．中国中医基础医学杂志，2006（11）：809–810.

[97] 吴宗海．关于“风马牛不相及”．汉字文化，2005（2）：62.

[98] 许嘉璐.说“正色”——《说文》颜色词考察.中国典籍与文化，1995（3）：7-14.
[99] 徐娟.诗歌中意象隐喻的认知阐释.牡丹江大学学报，2010（2）：21-23.
[100] 徐时仪.汉语语言现象与对外汉语教学.广州大学学报（社会科学版），2009（11）：75-81.
[101] 徐小婷.汉语“花”及“花”词族的隐喻与转喻分析.兰州学刊，2007（9）：205-206.
[102] 闫亚平.外来文化对词语象征义的影响——以颜色词黄、红、绿为例.修辞学习，2005（5）：51-54.
[103] 杨辉.从“风”到风俗——论“风”的文化化历程与先秦音乐“移风易俗”政策之酝酿.哈尔滨工业大学学报（社会科学版），2005（4）：111-115.
[104] 杨立群.凯风因时来，回飙开我襟——浅析陶渊明诗文中“风”的意象.宝鸡文理学院学报（社会科学版），2006（4）：79-84.
[105] 杨杉.唐诗中的风使意象.文学教育（上），2013（2）：146-147.
[106] 杨树达.甲骨文中之四方风名与神名（1945）.积微居甲文说.上海：上海古籍出版社，1986.
[107] 叶军.词语的文化释义系统.海外华文教育，2001（4）：68-75.
[108] 叶舒宪.风、云、雨、露的隐喻通释——兼论汉语中性语汇的文化编码逻辑.新东方，1997（1）：36-42.
[109] 伊莉曼.浅谈汉语词汇中部分词语的文化义.新疆师范大学学报（哲学社会科学版），2002（1）：103-106.
[110] 于逢春.论汉语颜色词的人文性特征.东北师大学报（哲学社会科学版），1999（5）：78-84.
[111] 于嵩楠.“中国红”国家形象在国际语境中的解读.吉林师范大学学报（人文社会科学版），2011（3）：60-62.
[112] 余平，熊奕.论词语的意义与文化心理现实.云梦学刊，2004（2）：110-112.
[113] 袁晓军，董粤章.诗歌世界中意象实现的认知诠释.求是学刊，2006

（4）：115–119.

[114] 曾庆娜．浅谈汉语方位词“东”的文化隐喻功能．语文学刊，2012（18）：12–13.

[115] 张德鑫．方位词的文化考察．世界汉语教学，1996（3）：64–75.

[116] 张福存．《说文解字》雨、风、云三部字的意义及先民自然观解读．许昌学院学报，2010（3）：57–59.

[117] 张慧晶．试论汉语词语的文化附加义．汉语学习，2003（3）：45–48.

[118] 张建理．汉语“心”的多义网络：转喻与隐喻．修辞学习，2005（1）：40–43.

[119] 张建理．英汉“心”的多义网络对比．浙江大学学报（人文社会科学版），2006（3）：161–168.

[120] 张介凡．高台多悲风——论曹植诗歌“风”意象的内涵．时代文学（上），2010（3）：83–84.

[121] 张联荣．语文义·术语义·文化义．辞书研究，1997（6）：1–9.

[122] 张美云．试析汉语“东西南北”方位词的文化内涵及其所反映的认知规律．山花，2009（8）：140–141.

[123] 张权，李晨．隐喻的微观对比研究：中英文“风”的映射层面分析．外语研究，2005（2）：25–30.

[124] 张仁兰．隐含意义与语境．江苏教育学院学报（社会科学版），2006（4）：90–94.

[125] 张威．社会文化与词汇的联想意义．牡丹江师范学院学报（哲学社会科学版），2004（2）：121–122.

[126] 张小平．说“风流”．文史知识，1994（10）：35–38.

[127] 张业菊．词汇文化语义：民族性和动态性．外语与外语教学，2001（4）：43–46.

[128] 章宜华，杜焕君．留学生对汉语学习词典释义方法和表述形式的需求之探讨．华文教学与研究，2010（3）：50–56.

[129] 章宜华．多义性形成的认知机制与词典义项的处理——兼谈多义词的语义理据及词典义项的解读．广东外语外贸大学学报，2005（3）：13–18.

[130] 张应斌 .“风”与文学发生学 . 湖北民族学院学报（哲学社会科学版），1999（4）：31–37.

[131] 张应斌 . 上古的风神崇拜与风神文化 . 中国文化研究，2002（1）：49–57.

[132] 赵婕 . 浅述“八風”. 语文学刊，2010（16）：72–73.

[133] 赵明 . 汉语文化词语界定研究述评 . 现代语文（语言研究版），2009（4）：7–9.

[134] 赵忠江 . 对外汉语“词的文化义”教学几个基本问题解析 . 理论界，2010（4）：170–173.

[135] 郑张尚芳 . 汉语与亲属语同源根词及附缀成分比较上的择对问题 // 王士元 . 汉语的祖先 . 北京：中华书局，2005：442–463.

[136] 周光庆 .“教”族词的形成发展及其文化意蕴 . 古汉语研究，2005（4）：75–81.

[137] 周光庆 . 当代汉语词汇研究之反思 . 陕西师范大学学报（哲学社会科学版），2007（6）：109–115.

[138] 周光庆 . 汉语词汇研究的认知学基础 . 华中师范大学学报（人文社会科学版），2005（5）：106–112.

[139] 周光庆 . 汉语词义结构的新思考 . 荆州师专学报，1991（3）：54–59.

[140] 周光庆 . 汉语词义引申中的文化心理 . 华中师范大学学报（哲学社会科学版），1992（5）：120–126.

[141] 周光庆 . 汉语诗性语言词义的构成 . 荆州师专学报，1992（4）：61–66.

[142] 周光庆 . 隐喻：汉语词汇形成发展的一种机制 . 江汉大学学报（人文科学版），2009（3）：84–90.

[143] 周光庆 . 运用“认知 · 文化机制”研究汉语词汇 . 中国社会科学报，2012-06-11（2）.

[144] 周健 . 字、词、节律中的隐性文化初探：世界汉语教学的新教材与新教法——第十届国际汉语教学研讨会，沈阳，2010.

[145] 周一农 . 文化义的特征及其他 . 绍兴文理学院学报（哲学社会科学版），2007（5）：56–61.

[146] 朱静 . 古诗词中“风”的审美意象新解 . 语文学刊，2010（3）：62-63.

三、学位论文

[1] 陈晦 . 英汉植物词语对比研究 . 上海外国语大学，2012.
[2] 丁建川 . 汉语典故词语研究 . 曲阜师范大学，2004.
[3] 杜倩 . 汉英植物词语文化语义对比研究 . 河北大学，2007.
[4] 高美丽 .“风、花、雪、月”的国俗语义研究 . 上海外国语大学，2006.
[5] 胡超 . 现代汉语“花”词族认知研究 . 湖南师范大学，2009.
[6] 胡皓月 . 建安诗歌中的悲风意象 . 东北师范大学，2006.
[7] 胡拥军 . 盛唐诗歌中的“胡风”. 暨南大学，2009.
[8] 黄田田 . 论唐诗中的风雨意象 . 山东师范大学，2011.
[9] 焦平平 . 仕进文化词语及其文化义探析 . 内蒙古大学，2010.
[10] 柯慧俐 . 论对外汉语教学中词汇教学的文化渗透 . 陕西师范大学，2012.
[11] 李长慧 . 中国古典诗词的隐喻研究 . 曲阜师范大学，2008.
[12] 林聪 . 汉语“天”词族的研究 . 上海交通大学，2012.
[13] 林桦 . 汉英基本色彩词的文化内涵差异及其对外汉语教学对策 . 暨南大学，2010.
[14] 刘艳红 . 唐五代方位词研究 . 南开大学，2010.
[15] 罗洁 .“风”的概念隐喻的中英文对比研究 . 贵州师范大学，2009.
[16] 吕丹斌 .“六畜”词语文化义阐释 . 内蒙古师范大学，2010.
[17] 钱爱娟 . 论杜甫诗中的风雨意象 . 陕西师范大学，2005.
[18] 荣小措 . 试论古代诗歌中的风意象 . 西北大学，2002.
[19] 苏锦锦 . 汉英动物词文化义对比与外汉词汇教学设计 . 重庆师范大学，2014.
[20] 王琪儿 . 颜色词“白”的文化义研究 . 曲阜师范大学，2012.
[21] 王文英 . 古汉语诗歌中隐喻的认知研究 . 长沙理工大学，2008.

[22] 王玉晶 . 唐诗中象征词语的文化意义及其成因探讨 . 长春理工大学，2008.
[23] 吴平 . 文化模式与对外汉语词语教学 . 中央民族大学，2006.
[24] 吴玉凤 . 明清华南竹枝词民俗文化词语与熟语研究 . 山东大学，2011.
[25] 徐彩玲 . 古诗词中“绿”颜色组合词的文化解析 . 云南师范大学，2008.
[26] 杨镇 . 江、河、湖、海、川文化义阐释 . 内蒙古大学，2006.
[27] 应利 .《全唐诗》颜色词语研究 . 西南大学，2008.
[28] 张凤娇 . 对外汉语颜色词文化内涵的教学研究 . 内蒙古师范大学，2013.
[29] 张军 . 汉语饮食味觉词语及其文化义探析 . 内蒙古大学，2008.
[30] 张晓青 . 中国古典诗歌中的季节表现 . 中国社会科学院研究生院，2012.
[31] 张再红 . 词汇文化语义的认知研究 . 华中科技大学，2009.
[32] 赵海亮 . 汉语“风”词群的语义范畴及隐喻认知分析 . 云南师范大学，2008.
[33] 赵丽梅 .《黄帝内经》一词多义的认知研究 . 上海外国语大学，2013.
[34] 赵晓驰 . 隋前汉语颜色词研究 . 苏州大学，2010.
[35] 朱宏 . 俄汉语颜色词隐喻的文化认知分析 . 吉林大学，2007.

四、工具书

[1] 陈万雄 . 汉语大词典 2.0 版光碟版 . 香港：商务印书馆（香港）有限公司，2003.
[2] 汉语大字典编辑委员会 . 汉语大字典（第二版）. 四川出版集团，湖北长江出版集团，四川辞书出版社，崇文书局，2010.
[3] 姜亮夫，夏传才，赵逵夫，等 . 先秦诗鉴赏辞典 . 上海：上海辞书出版社，1998.
[4] 中兴华劲科技有限公司 . 经典多媒体图书馆 . 北京：学苑音像出版社，

2005.
[5] 罗竹风 . 汉语大词典 . 上海：上海辞书出版社，2012.
[6] 上海辞书出版社文学鉴赏辞典编纂中心 . 三曹诗文鉴赏辞典 . 上海：上海辞书出版社，2013.
[7] 王德春 . 汉语国俗词典 . 南京：河海大学出版社，1990.
[8] 吴小如，王运熙，章培恒，等 . 汉魏六朝诗鉴赏辞典 . 上海：上海辞书出版社，1992.
[9] 萧涤非、程千帆、马茂元，等 . 唐诗鉴赏辞典 . 上海：上海辞书出版社，1983.
[10] 郁贤皓 . 李白大辞典 . 南宁：广西教育出版社，1995.
[11] 张忠纲 . 杜甫大辞典 . 济南：山东教育出版社，2009.
[12] 中国社会科学院语言研究所词典编辑室 . 现代汉语词典（第 6 版）. 北京：商务印书馆，2012.
[13] 周啸天 . 唐诗鉴赏辞典 . 北京：商务印书馆国际有限公司，2012.

附　录

附录 1　盛唐诗歌数量及含“风”诗句情况统计

作者	诗歌数量（首）	含“风”诗句（句）
杜甫	1450	570
李白	997	468
岑参	401	116
王维	361	75
孟浩然	268	68
高适	249	109
储光羲	224	65
王昌龄	197	64
李颀	125	49
常建	52	11
崔颢	42	18
祖咏	38	11
裴迪	29	5
张子容	19	7
王翰	16	6
刘昚虚	16	4

续表

作者	诗歌数量（首）	含“风”诗句（句）
陶翰	17	8
王之涣	6	2
总数	4507	1656

附录 2　盛唐诗歌中风词语的使用情况

序号	风词语			李白使用次数	杜甫使用次数	其他盛唐诗人使用次数	总数	备注
	意义范畴	结构	词语					
1	自然意义范畴的风词语	X + 风	春风	47	19	39	105	
2			秋风	22	30	28	80	
3			清风	26	5	29	60	
4			北风	5	12	23	40	
5			东风	19	4	9	32	
6			凉风	7	4	21	32	
7			长风	17	5	7	29	
8			松风	17	2	6	25	
9			南风	7	4	8	19	
10			回风	1	7	8	16	
11			微风	0	7	8	15	
12			朔风	2	7	5	14	
13			天风	8	5	1	14	
14			高风	3	5	4	12	
15			寒风	2	3	6	11	
16			江风	1	4	6	11	

续表

序号	风词语			李白使用次数	杜甫使用次数	其他盛唐诗人使用次数	总数	备注
	意义范畴	结构	词语					
17	自然意义范畴的风词语	X＋风	香风	9	0	2	11	自然意义/与人有关
18			飘风	5	3	1	9	
19			狂风	5	3	0	8	
20			西风	1	2	3	6	
21			烈风	0	2	4	6	
22			和风	0	3	3	6	
23			惊风	1	3	2	6	
24			疾风	1	3	2	6	
25			海风	1	0	5	6	
26			晚风	2	1	2	5	
27			阴风	0	3	2	5	
28			霜风	0	1	4	5	
29			胡风	3	0	2	5	
30			边风	1	0	4	5	
31			严风	3	1	0	4	
32			惠风	2	0	2	4	
33			大风	2	1	1	4	
34			旋风	0	0	4	4	
35			溪风	0	3	1	4	

续表

序号	风词语			李白使用次数	杜甫使用次数	其他盛唐诗人使用次数	总数	备注
	意义范畴	结构	词语					
36	自然意义范畴的风词语	X + 风	炎风	0	1	2	3	
37			万里风	1	2	0	3	
38			樵风	0	0	2	2	
39			金风	2	0	0	2	
40			素风	0	0	2	2	自然意义 / 与人有关
41			晨风	0	0	2	2	
42			熏风	0	1	1	2	
43			好风	1	0	1	2	
44			信风	1	0	1	2	
45			恶风	1	1	0	2	
46			归风	1	0	1	2	
47			野风	0	2	0	2	
48			山风	0	2	0	2	
49			竹风	0	1	1	2	
50			林风	0	1	1	2	
51			湖风	0	2	0	2	
52			荷风	0	0	2	2	
53			松下风	1	0	1	2	
54			阊阖风	0	0	1	1	

续表

序号	风词语			李白使用次数	杜甫使用次数	其他盛唐诗人使用次数	总数	备注
	意义范畴	结构	词语					
55	自然意义范畴的风词语	X + 风	逆水风	0	1	0	1	
56			顺风	0	0	1	1	
57			便风	0	0	1	1	
58			商风	0	0	1	1	
59			绪风	0	0	1	1	
60			夜风	1	0	0	1	
61			朝风	0	0	1	1	
62			暮风	0	0	1	1	
63			凄风	0	0	1	1	
64			景风	1	0	0	1	
65			暖风	1	0	0	1	
66			光风	1	0	0	1	
67			轻风	0	1	0	1	
68			细风	0	1	0	1	
69			袅风	1	0	0	1	
70			泠风	1	0	0	1	
71			幽风	0	0	1	1	
72			赤风	0	0	1	1	
73			千里风	0	1	0	1	
74			猛风	0	1	0	1	

续表

序号	风词语			李白使用次数	杜甫使用次数	其他盛唐诗人使用次数	总数	备注
	意义范畴	结构	词语					
75	自然意义范畴的风词语	X＋风	飒风	0	1	0	1	
76			快风	0	0	1	1	
77			冲风	0	1	0	1	
78			震风	1	0	0	1	
79			洪涛风	0	1	0	1	
80			雷风	0	0	1	1	
81			草木风	0	1	0	1	
82			岸风	0	1	0	1	
83			杉风	0	0	1	1	
84			大地风	0	0	1	1	
85			雪山风	0	1	0	1	
86			竹林风	0	0	1	1	
87			松里风	1	0	0	1	
88			江上风	1	0	0	1	
89			阑风	0	1	0	1	
90			饶风	0	0	1	1	
91			一风	1	0	0	1	
92		风＋N	风尘	12	47	24	83	
93			风雨	3	19	19	41	
94			风云	10	13	1	24	

续表

序号	风词语			李白使用次数	杜甫使用次数	其他盛唐诗人使用次数	总数	备注
	意义范畴	结构	词语					
95	自然意义范畴的风词语	风＋N	风波	7	2	10	19	
96			风景	3	4	9	16	
97			风霜	4	6	4	14	
98			风烟	1	8	4	13	
99			风飙	2	7	4	13	
100			风日	3	2	7	12	
101			风涛	2	10	2	14	
102			风水	3	5	3	11	
103			风沙	4	1	6	11	
104			风浪	0	6	3	9	
105			风雷	4	4	1	9	
106			风雪	1	2	5	8	
107			风土	0	4	3	7	自然意义/社会文化
108			风物	0	3	3	6	
109			风月	2	2	2	6	
110			风光	3	1	2	6	
111			风色	4	2	0	6	
112			风期	3	1	2	6	自然意义/与人有关

续表

<table>
<tr><th rowspan="2">序号</th><th colspan="3">风词语</th><th rowspan="2">李白使用次数</th><th rowspan="2">杜甫使用次数</th><th rowspan="2">其他盛唐诗人使用次数</th><th rowspan="2">总数</th><th rowspan="2">备注</th></tr>
<tr><th>意义范畴</th><th>结构</th><th>词语</th></tr>
<tr><td>113</td><td rowspan="18">自然意义范畴的风词语</td><td rowspan="18">风＋N</td><td>风湍</td><td>0</td><td>2</td><td>3</td><td>5</td><td></td></tr>
<tr><td>114</td><td>风帆</td><td>1</td><td>2</td><td>2</td><td>5</td><td></td></tr>
<tr><td>115</td><td>风潮</td><td>1</td><td>0</td><td>4</td><td>5</td><td></td></tr>
<tr><td>116</td><td>风花</td><td>0</td><td>2</td><td>1</td><td>3</td><td></td></tr>
<tr><td>117</td><td>风泉</td><td>1</td><td>0</td><td>2</td><td>3</td><td></td></tr>
<tr><td>118</td><td>风火</td><td>1</td><td>1</td><td>1</td><td>3</td><td></td></tr>
<tr><td>119</td><td>风竹</td><td>0</td><td>2</td><td>0</td><td>2</td><td></td></tr>
<tr><td>120</td><td>风渚</td><td>0</td><td>2</td><td>0</td><td>2</td><td></td></tr>
<tr><td>121</td><td>风蝶</td><td>0</td><td>2</td><td>0</td><td>2</td><td></td></tr>
<tr><td>122</td><td>风帘</td><td>0</td><td>1</td><td>1</td><td>2</td><td></td></tr>
<tr><td>123</td><td>风威</td><td>0</td><td>1</td><td>1</td><td>2</td><td>自然意义 / 与人有关</td></tr>
<tr><td>124</td><td>风气</td><td>1</td><td>0</td><td>1</td><td>2</td><td>自然意义 / 与人有关</td></tr>
<tr><td>125</td><td>风头</td><td>0</td><td>0</td><td>2</td><td>2</td><td></td></tr>
<tr><td>126</td><td>风中</td><td>0</td><td>0</td><td>2</td><td>2</td><td></td></tr>
<tr><td>127</td><td>风露</td><td>0</td><td>1</td><td>1</td><td>2</td><td></td></tr>
<tr><td>128</td><td>风江</td><td>0</td><td>1</td><td>0</td><td>1</td><td></td></tr>
<tr><td>129</td><td>风松</td><td>0</td><td>0</td><td>1</td><td>1</td><td></td></tr>
<tr><td>130</td><td>风鸳</td><td>0</td><td>1</td><td>0</td><td>1</td><td></td></tr>
</table>

续表

序号	风词语			李白使用次数	杜甫使用次数	其他盛唐诗人使用次数	总数	备注
	意义范畴	结构	词语					
131	自然意义范畴的风词语	风＋N	风林	0	1	0	1	
132			风潭	0	1	0	1	
133			风杉	0	1	0	1	
134			风缆	0	1	0	1	
135			风燕	0	1	0	1	
136			风榛	0	0	1	1	
137			风翮	0	1	0	1	
138			风襟	0	1	0	1	
139			风扉	0	1	0	1	
140			风门	0	1	0	1	
141			风床	0	1	0	1	
142			风线	1	0	0	1	
143			风响	0	0	1	1	
144			风力	0	1	0	1	自然意义/与人有关
145			风末	0	0	1	1	
146			风电	1	0	0	1	
147			风候	0	0	1	1	

续表

序号	风词语			李白使用次数	杜甫使用次数	其他盛唐诗人使用次数	总数	备注
	意义范畴	结构	词语					
148	与“人”有关的意义范畴的风词语	X + 风	悲风	5	9	3	17	
149			英风	7	0	0	7	
150			雄风	3	0	0	3	
151			馀风	1	0	1	2	
152			头风	0	2	0	2	
153			仙风	1	0	0	1	
154			峻风	0	0	1	1	
155			前贤风	0	1	0	1	
156			轩风	0	0	1	1	
157			破浪风	0	0	1	1	
158		风 + N	风流	14	15	16	45	
159			风雅	3	1	3	7	与人有关 / 社会文化
160			风骨	1	0	1	2	与人有关 / 社会文化
161			风味	0	2	0	2	
162			风义	1	0	1	2	
163			风神	0	1	0	1	
164			风采	1	0	0	1	
165			风颜	1	0	0	1	

续表

序号	风词语			李白使用次数	杜甫使用次数	其他盛唐诗人使用次数	总数	备注
	意义范畴	结构	词语					
166	与“人”有关的意义范畴的风词语	风＋N	风韵	1	0	0	1	与人有关/社会文化
167			风病	0	1	0	1	
168			风疾	0	1	0	1	
169			风声	0	0	1	1	
170	社会文化意义范畴的风词语	X＋风	屏风	4	0	2	6	
171			遗风	0	1	4	5	
172			土风	2	2	1	5	
173			王风	3	0	0	3	
174			古风	0	2	0	2	
175			道风	1	0	1	2	
176			晋风	1	0	1	2	
177			古人风	0	1	1	2	
178			皇风	0	0	2	2	
179			国风	0	1	1	2	
180			浇风	1	0	0	1	
181			玄风	1	0	0	1	
182			吴风	1	0	0	1	
183			闺风	0	0	1	1	
184			流风	0	0	1	1	

续表

序号	风词语			李白使用次数	杜甫使用次数	其他盛唐诗人使用次数	总数	备注
	意义范畴	结构	词语					
185	社会文化意义范畴的风词语	X＋风	夷风	0	0	1	1	
186			上皇风	0	0	1	1	
187			贤达风	1	0	0	1	
188			楚王风	0	1	0	1	
189			儒风	0	0	1	1	
190			仁风	0	0	1	1	
191			结风	1	0	0	1	
192			江左风	0	0	1	1	
193			谷风	0	0	1	1	
194			下风	0	0	1	1	
195			轮风	1	0	0	1	
196		风＋N	风俗	6	9	12	27	
197			风土	0	4	3	7	
198			风骚	0	3	3	6	
199			风化	2	1	0	3	
200			风磴	0	3	0	3	
201			风筝	1	1	0	2	
202			风幔	0	2	0	2	
203			风壤	0	1	0	1	
204			风格	0	1	0	1	

续表

<table>
<tr><th rowspan="2">序号</th><th colspan="3">风词语</th><th rowspan="2">李白使用次数</th><th rowspan="2">杜甫使用次数</th><th rowspan="2">其他盛唐诗人使用次数</th><th rowspan="2">总数</th><th rowspan="2">备注</th></tr>
<tr><th>意义范畴</th><th>结构</th><th>词语</th></tr>
<tr><td>205</td><td rowspan="6">社会文化意义范畴的风词语</td><td rowspan="6">风 + N</td><td>风谣</td><td>0</td><td>0</td><td>1</td><td>1</td><td></td></tr>
<tr><td>206</td><td>风榭</td><td>0</td><td>1</td><td>0</td><td>1</td><td></td></tr>
<tr><td>207</td><td>风灯</td><td>0</td><td>1</td><td>0</td><td>1</td><td></td></tr>
<tr><td>208</td><td>风帽</td><td>1</td><td>0</td><td>0</td><td>1</td><td></td></tr>
<tr><td>209</td><td>风炉</td><td>0</td><td>0</td><td>1</td><td>1</td><td></td></tr>
<tr><td>210</td><td>风听</td><td>0</td><td>0</td><td>0</td><td>0</td><td></td></tr>
<tr><td>211</td><td rowspan="8">其他</td><td rowspan="5">地名</td><td>扶风</td><td>2</td><td>0</td><td>4</td><td>6</td><td></td></tr>
<tr><td>212</td><td>阆风</td><td>2</td><td>2</td><td>1</td><td>5</td><td></td></tr>
<tr><td>213</td><td>迎风</td><td>0</td><td>1</td><td>0</td><td>1</td><td></td></tr>
<tr><td>214</td><td>风琴</td><td>1</td><td>0</td><td>0</td><td>1</td><td></td></tr>
<tr><td>215</td><td>长风沙</td><td>1</td><td>0</td><td>0</td><td>1</td><td></td></tr>
<tr><td>216</td><td rowspan="3">人名</td><td>风后</td><td>0</td><td>1</td><td>1</td><td>2</td><td></td></tr>
<tr><td>217</td><td>风胡</td><td>1</td><td>0</td><td>0</td><td>1</td><td></td></tr>
<tr><td>218</td><td>风伯</td><td>0</td><td>0</td><td>1</td><td>1</td><td></td></tr>
</table>

后　记

论文终于完成了，在得知盲审顺利通过的瞬间，心中百感交集，喜悦和激动如一只欢腾的小鸟，扑棱着翅膀在心中上下翻飞；好长一段时间以来积聚在内心的焦虑与压抑，还有那么些许委屈，也随着泪水倾泻而出。此刻的我，只想飞奔到亲人身边，任不争气的眼泪恣意流淌，更想让他们在第一时间分享我的喜悦。

从 2007 年秋作为进修教师第一次步入北师大的校门，准备考博，到今天完成博士学业，已近八年时间。这是我青春正好的八年，其中有许多美好与动人的回忆，也经历了诸多的艰辛与不易。对于硕士期间攻读中国古代文学专业的我而言，考取语言学的博士并非易事，在经过了几年的准备与失败之后，终于在 2011 年承蒙导师王学松教授不弃，得以忝列门墙，使我终于又在迷惘的学术之路上找到了方向。

读博的过程是美好的，重做学生的我，惊叹于北师大浓郁的学术氛围与深厚的文化底蕴，并享受其中。在专业上，除了受教于包括导师在内的汉语文化学院几位治学严谨、学养渊深的老师，也能时常聆听到来自其他名校的本专业多位专家学者的讲座，能于忙碌与充实中欣慰地感受到自己的点滴进步，并偶尔迸发出思想的火花；专业学习之外，其他院系及图书馆举办的名师讲座、各种文化活动，都极大地满足着我对于文学与文化的热爱、对于知识的渴求。甚至校园之外的国家图书馆、北京人艺、798 艺术中心、北京电影资料馆等，都曾经于紧张的学习之余成为我滋养心灵的场所。但美好真的转瞬即逝。

读博的过程也是痛苦的，毕业论文的压力在求学的四年中如影随形。选题时的困惑与迷茫，文献及语料分析整理时的千头万绪，论文写作过程中的沟沟坎坎，还有开题、预答辩、盲审等一系列要面临的考验，使我这个睡眠极好的人也曾一度为睡不着觉而烦恼。这一路走来，已记不清有多少次因论文无法推进而从图书馆沮丧而归；也记不清有多少次在选题的放弃与继续之间徘徊不前。每每身心疲惫之时，会在心中暗自感叹：博士论文的写作，不仅是对一个人学术能力的考查，也是对其毅力与体力的考验。所幸在经历了这一切之后，我能将这本论文呈现出来，虽然离当初的期许还有一定距离，但它见证了我在学术上努力与成长的过程，也带给我满满的收获和小小的成就感。论文的完成，非我一人之功，它凝聚了太多人的心血。

首先由衷地感谢我的导师王学松教授。这篇论文从选题到完稿，都得到了老师的悉心指导。老师温文儒雅、学养深厚、治学严谨又为人谦和，他的高屋建瓴，常常使我的困惑迎刃而解；他的包容与鼓励，每每使我于焦躁和不自信中趋于平和。他教给我的，不仅是严谨的治学态度和做学问的方法，还有为人之道、为师之道。

其次，感谢北京大学对外汉语教育学院的张英教授、李红印教授，感谢北师大汉语文化学院的马燕华教授、董明教授、张和生教授，几位老师在开题和预答辩中以开阔的学术视野和独到的学术眼光为我指点迷津，帮助我及时调整论文思路，完善论文结构，使我获益良多。

感谢三位盲审专家对论文的辛苦评阅，也感谢他们对论文的修改和今后努力的方向所提出的宝贵意见。

感谢汉语文化学院所有的老师和博士班的同学们，感谢大家共同营造的温暖、和谐、上进的氛围，让我的求学之路走得积极又不失温情。感谢舍友王亚琼，同学吴剑、王慧，不厌其烦地与我讨论论文，分享资料与心得，在失意、倦怠时给予我激励与警醒；感谢师妹宋瑞、周洋、李丹青、郝静芳等同学在延期的日子里为我提供的各种帮助。

感谢我的工作单位西北师范大学在读博期间给予我的关心与支持；感谢与我同来北师大读博的赵丽瑾、郝莹、王莹、何廷年、王宗兵等同事，他们的鼓励和关照，使得身在异乡的我感受到了亲人般的温暖。

最后要特别感谢的是我的家人，他们是支持我完成学业的最坚强的后盾。我最亲爱的父母都已年过花甲，在我的生活与学习中他们从来都是默默付出，不求回报。本该尽享天伦之乐的他们，却在我来京之后挑起了帮忙照顾孩子、打理小家的重担。每每看到他们的白发和渐不灵便的腿脚，我心中的自责与愧疚就会越发深重。《韩诗外传》中那句劝人及时行孝的言语常在我心头萦绕，令我心生恐惧，我甚至不敢将它诉诸笔端。唯愿父母健康长寿，赐予我长长久久的时间，让我尽孝膝前。感谢我的爱人，结婚九年，有近一半时间我在外进修、读博，他的包容与支持使我无论离家多远，心中都有踏实的感觉！也要感谢我的宝贝女儿，虽然在她的成长过程中，妈妈总是缺席；虽然在她幼小的心灵中，美丽的“北京”曾因妈妈的远离而那么让人讨厌；虽然她的小嘴巴里常常抱怨：“妈妈怎么总也写不完论文”……可是在她心里，妈妈总是最亲的，她的每一幅画上都写着“送给妈妈”。

四年的时光，转瞬即逝，回首看来，所有的付出都是值得的，只是我还应该做得更好，才不愧对所受到的如此多的眷顾与关照。论文的完成，并不意味着结束，而是一个新的开始。前路漫漫，我将带着在北师大所有的收获继续求索，也祝愿所有给予我帮助与支持的人们幸福、安康!

李莉

2015 年 6 月 18 日于北师大学 3 楼 1206 室

图书在版编目（CIP）数据

盛唐诗歌中风词群的文化义研究 / 李莉著. -- 北京：民族出版社，2024.5

ISBN 978-7-105-17265-8

Ⅰ. ①盛… Ⅱ. ①李… Ⅲ. ①唐诗－诗歌研究 Ⅳ. ① I207.227.42

中国国家版本馆 CIP 数据核字（2024）第 111341 号

盛唐诗歌中风词群的文化义研究

策划编辑：刘海涛
责任编辑：刘海涛
封面设计：金　晔
出版发行：民族出版社
社　　址：北京市和平里北街 14 号　邮编：100013
电　　话：010-58130917（编辑室）010-64224782（发行部）
网　　址：http://www.mzcbs.com
印　　刷：北京中石油彩色印刷有限责任公司
经　　销：各地新华书店
版　　次：2024 年 5 月第 1 版　2024 年 5 月第 1 次印刷
开　　本：880 毫米 ×1230 毫米　1/32
字　　数：215 千字
印　　张：8.625
书　　号：ISBN 978-7-105-17265-8 / I · 3290（汉 2946）
定　　价：55.00 元
